《中国家庭基本藏书》

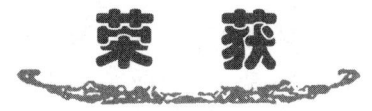

新闻出版总署优秀畅销书奖
全国优秀古籍图书普及读物奖
第十七届山西省优秀图书一等奖
第二届山西出版政府奖
山西出版集团2008年度十种好书

全套藏书累计销售500万册

中国家庭基本藏书（修订版）

诸子百家卷

《诗经》　《楚辞》　《论语·大学·中庸》　《孟子》　《老子》
《庄子》　《荀子》　《韩非子》　《孙子兵法·尉缭子·鬼谷子》
《墨子》　《周易》　《山海经》　《吕氏春秋》　《三十六计》

名家选集卷

《三曹诗集》　《陶渊明集》　《王勃集》　《孟浩然集》　《高适集》
《王维集》　《李白集》　《杜甫集》　《岑参集》　《韩愈集》
《白居易集》　《刘禹锡集》　《柳宗元集》　《元稹集》　《李贺集》
《杜牧集》　《李商隐集》　《李煜集》　《柳永集》　《欧阳修集》
《王安石集》　《苏轼集》　《黄庭坚集》　《秦观集》　《周邦彦集》
《李清照集》　《陆游集》　《范成大集》　《杨万里集》　《辛弃疾集》
《姜夔集》　《元好问集》　《文天祥集》　《唐伯虎集》　《李贽集》
《三袁集》　《张岱集》　《傅山集》　《纳兰性德集》　《郑板桥集》
《袁枚集》　《龚自珍集》

史著选集卷

《左传》《国语》《战国策》《史记》《汉书》《后汉书》《三国志》
《资治通鉴》

综合选集卷

《唐诗三百首》《宋词三百首》《元曲三百首》《千家诗》《古文观止》
《汉魏六朝小赋骈文选》　《唐宋八大家文选》　《明清小品文选》

笔记杂著卷

《蒙学六种——三字经·百家姓·千字文·增广贤文·幼学琼林·格言联璧》
《颜氏家训·朱子家训》《世说新语》《曾国藩家书》《金刚经·坛经》
《菜根谭·小窗幽记·幽梦影》《浮生六记》《闲情偶寄》《近思录》
《徐霞客游记》《古代书信精选》

戏曲小说卷

《元杂剧精选》《西厢记》《牡丹亭》《长生殿》《桃花扇》《今古奇观》
《三国演义》《水浒传》《西游记》《红楼梦》《聊斋志异》《儒林外史》
《封神演义》《话本小说选》《文言小说选》

辛弃疾集

[宋] 辛弃疾 著　王增斌 解评

中国家庭基本藏书　名家选集卷

山西出版集团
三晋出版社

博学工作室

智慧之库 经验之谈 可读可藏 可鉴可行

九五夏 姚奠中

· 山西大学教授姚奠中先生为《中国家庭基本藏书》题词

前言

辛弃疾(1140—1207),字幼安,中年名所居曰稼轩,因自号稼轩居士。始祖辛维叶,在唐朝曾任大理事评事,由陇西狄道迁济南,故世为济南人。高祖辛师古,曾任儒林郎。曾祖辛寂,曾任滨州司户参军。祖父辛赞,因累于族众,靖康之变时未能随宋室南渡,仕于金,先后为谯县、开封等地守令。辛弃疾父辛文郁早卒,他自幼随祖父辛赞生活。

一

辛弃疾所处的时代,是一个迫切需要英雄但又无法给英雄提供表演舞台的时代;辛弃疾的一生,是机遇、希望与失望、惆怅交织的一生。

辛弃疾出生时,金人已居中原地区长达十三年。辛弃疾出生之年(宋高宗赵构绍兴十年即1140年),宋、金发生激烈战争:金都元帅宗弼率兵四路南侵,东京副留守刘锜指挥王彦旧部,在顺昌大败金人;宋将岳飞也在河南郾城大破金兵,直追金兵到汴京附近的朱仙镇。但宋廷未能利用这一胜利收复失地,赵构、秦桧力主和议,岳飞被召回惨遭杀害。第二年,宋、金和议告成,两朝形成南北分治局面。

绍兴三十一年(1161),金主完颜亮征发番汉兵四十万南侵,金辽阳留守完颜雍乘机自立称帝。军心动摇的完颜亮被宋军大败于长江采石矶,随后为部下所杀。北方各地乘金内乱,"豪杰并起"。济南耿京亦聚众起兵,"称天平节度使,节制山东、河北忠义军马"。二十二岁的辛弃疾聚众二千,加入耿京的队伍,"为掌书记"。

绍兴三十二年,辛弃疾奉耿京令,"奉表归宋",宋高宗赵构在建康召见他,授他"承务郎、天平节度掌书记",并让他"以节使印告召京"。但这时耿京军已溃败,手下张安国、邵进"杀京降金"。弃疾还至海州,得知消息,"约统制王世隆及忠义人马全福等,径趋金营。安国方与金将酣饮,即众中缚之以归","献俘行在,斩安国于市"。

辛南归后,初被任命为江阴签判。隆兴元年(1163),张浚北伐失败。乾道元年(1165),辛弃疾考察符离失败形势,分析敌我长短,成《美芹十论》上奏,引起孝宗的注意。四年(1168),辛被任建康通判。乾道六年,辛受孝宗召见,留京任司农主簿。此时,曾向时任宰相的虞允文上北伐建议书《九议》。

乾道八年(1172),他出知兵家必争之地滁州。在任期间,他召集流散、减免税额、教练民兵,使当地经济恢复繁荣。

淳熙元年(1174),辛再被朝廷召见,被任为仓部郎官。次年,茶商赖文政发动起义。辛任江西提点刑狱,节制诸军,诱杀赖文政,升加秘阁修撰。

淳熙三年(1176)开始,他任官频繁:

淳熙三年,被差知江陵府并兼湖北安抚使。

淳熙四年,由知江陵府并兼湖北安抚使,再迁隆兴府兼江西安抚,以大理少卿被召入京(临安)。

淳熙五年(1178)春,他在临安任大理寺少卿。夏秋之际,再出为湖北转运副使。

淳熙六年,他由湖北转运副使改湖南转运副使,再知潭州(长沙),兼湖南安抚使。

淳熙十一年(1184),辛弃疾由湖南移任江西安抚使。

淳熙十二年(1185),辛弃疾在江西安抚使任内,约于秋冬间被劾落职。

淳熙十三年开始,他闲居江西上饶之带湖。

宋光宗绍熙二年(1191),辛弃疾由上饶家居起复为福建提点刑狱。

绍熙四年(1193),辛弃疾被光宗召见,迁大理寺少卿(据辛启泰、梁启超《辛弃疾年谱》,辛曾两任大理寺少卿。另有学者认为这一次是任太府少卿),加集英殿修撰,知福州,兼福建安抚使。任职期间,他撙节开支,设置备安库,积钱五十万贯,准备购粮存储,招募强勇,建立一支新军。

绍熙五年(1194),台臣王蔺举劾辛弃疾:"用钱如泥沙,杀人如草芥。旦夕望端坐闽王殿。"于是罢归。

庆元四年(1198),他主管武夷山冲祐观,并知绍兴府,兼浙江安抚使。

宁宗嘉泰四年(1204),在浙江安抚使任上的辛弃疾被宋宁宗召见,"言盐法,加宝谟阁待制提举、提举冲祐观"。不久,差知镇江府。

宁宗开禧元年(1205)三月,在镇江知府任上的辛弃疾,以荐人不当,降朝散大夫。六月,改知隆兴府。七月初,尚未至新任,因臣僚劾其"好色贪财,淫刑聚敛",于是罢职归铅山。

开禧二年(1206)春,朝命辛弃疾知绍兴府,兼两浙东路安抚使,辛辞免。十二月,进龙图阁待制,知江陵府,诏令赴京奏事。

开禧三年(1207),辛弃疾到京师奏对,被任命为兵部侍郎,他力请辞免,遂罢。继之被复朝请大夫、朝议大夫。八月,归居铅山,不久染病。九月,朝廷除他枢密院都承旨,令速赴行在奏事。他未受命,上奏乞致仕。九月十日,卒于家,葬铅山县南十五里之阳原山中。

二

作为南宋颇具政治、军事才能的一代英杰,辛弃疾以其词作奠定了他在文学史上的崇高地位。

辛弃疾词,前人研究颇多,对他的词总体上也曾进行了不同方式的切割分析,诸如:抒发爱国思想与战斗豪情壮志之作,表达深沉的壮志未酬的忧愤之作,以及登临怀古、流连诗酒、啸傲溪山、描绘田园风物之作等,但从总体上讲,我赞成杨海明先生对辛词独特个性的解读,即辛词在大多数场合都"充满着一股几乎无处不有的'生气'"。杨海明先生说:"这股'生气',若从其内在本质而言,就是一种不肯向现实环境屈服的'狂放精神';而其表现形式,便是'以气入词'。辛词的抒情,便主要是在抒写或表现这种'狂放精神';辛词的抒情,也就不同于传统词的'以情入词',而在此同时又挟带了'气势'入词。"(杨海明《唐宋词史》,

江苏古籍出版社1987年版)因而造成了辛词所表现出的独特的狂放精神和以气入词的主调。

就其狂放精神而言,辛本人曾自言:"不恨古人吾不见,恨古人不见吾狂耳!知我者,二三子。"(《贺新郎》)王国维《人间词话》亦谓:"苏、辛,词中之狂也。"何谓狂放精神?《论语·子路》:"狂者进取,狷者有所不为。"孔安国集注:"狂者,志极高而行不掩。"狂者的内核,就是对于不合理的传统以及现状敢于抗争,敢于批判。这种狂放精神,就辛词本质而言,"它实在是一种外表有些'走样'或'畸形'的爱国精神"(同上杨书)。

就其以气入词而言,辛本人论人论事极重"气"。他在《美芹十论》中,极赞张浚北伐,认为"张浚符离之师,粗有生气"。他论作战时说:"盖古之英雄拨乱之君,必先内有以作三军之气,外有以破敌人之心,故曰'未战养其气',又曰'先人有夺人之心'……"在他的词里也屡见有对气的赞赏,如"刘郎才气"、"元龙豪气"、"凛然生气"、"气吞万里如虎",甚至连静物也都有着"生气":"青山意气峥嵘,似为我归来妩媚生"(《沁园春》)。时人范开《稼轩词序》论辛词云:

> 故其词之为体,如张乐洞庭之野,无首无尾,不主故常;又如春云浮空,卷舒起灭,随所变态,无非可观。无他,意不在于作词,而其气之所充,蓄之所发,词自不能不尔也。其间固有清而丽、婉而妩媚,此又坡词之所无,而公词之所独也。

总之,辛词的这种狂放精神,随处可发,辛词的这种豪气,无处不及。"大至复国杀敌的'重大题材',小至乡居生活的一山一水,均可入词。以前词中人为地筑起的'樊篱'至此已被冲破,而即使'词'与'诗'、与'文'之间的'文体界限',几乎也将被它跨越而过。词至东坡,几已'如诗如文,如天地奇观';那么,到了稼轩,则更加'宾主酬畅,谈不暇顾'了。"(同上杨书)

辛词的这种"狂放精神"和"豪气",当作者处在心情慷慨激昂的时候,就转化为那种直抒爱国激情的词;当作者处在心情郁塞的时候,这种"狂放精神"和"豪气",就"敛雄心,抗高调,变温婉,成悲凉",转化为悲凉的忧国之词,成为一种"悲士语";当作者处在心情比较平静的时候,这种"狂放精神"和"豪气",又暂时地"隐匿"了;发而为词,则多为对于隐逸生活和乡居生活的歌咏。但这些偏于恬淡、宁静的闲适词、农村词,往往又有如运行在地壳底下的地火那样,虽表面平静,但会时不时地露出愤怒的"火苗"来。

三

相对辛弃疾的豪放词,辛弃疾的婉约词则未能引起人们过多的注意。现存辛词六百多首中,婉约词(限于女性、风情、咏物、相思离别、闺怨类题材)粗略估计,约近百首。近百首婉约词中,数量最多的是咏物词(几占全部婉约词之半)。

辛弃疾咏物词,以歌咏艳花草木者占绝大多数。花卉草木中,写得最多的是梅花、牡丹与木樨。除三花外,进入其咏物词的,尚有水仙、杜鹃花、菊花、荼蘼、虞美人草、荷花、海棠等。

辛弃疾咏花词的基本思想基调之一,是以花喻人,借写花之品格,表达自己的一种高洁的精神追求。如其《浣溪沙·种梅菊》一词:

> 百世孤芳肯自媒,直须诗句与推排。不然唤近酒边来。　自有渊明方有菊,若无和靖即无梅。只今何处向人开?

又如他的《踏莎行·赋木樨》:

> 弄影阑干,吹香岩谷,枝枝点点黄金粟。未堪收拾付薰炉,窗前且把《离骚》读。　奴仆葵花,儿曹金菊,一秋风露清凉足。旁边只欠个姮娥,分明身在蟾宫宿。

辛弃疾咏花词思想基调之二,是将政治批判主题融入词中,表达自己一种鲜明的思想倾向。如其《杏花天·嘲牡丹》:

> 牡丹比得谁颜色?似宫中、太真第一。渔阳鼙鼓边风急,人在沉香亭北。　买栽池馆多何益,莫虚把、千金抛掷。若叫解语倾人国,一个西施也得。

从词中所写来看,此词虽明显带有传统文人女色祸国论陈调,但其对政治的关切于此显得更强烈。

辛弃疾这一类咏花词,有时兼具咏史词的性质。作者借助咏物,融汇古今,检评古人,分析古事,寓咏物词以深广的思想内核,如《浪淘沙·赋虞美人草》两首均歌咏项羽、虞姬事。其第二首云:

> 当年得意如芳草,日日春风好。拔山力尽忽悲歌,饮罢虞姬、从此奈君何。　人间不识精诚苦,贪看青青舞。蓦然敛袂却亭亭,怕是曲中犹带、楚歌声。

辛弃疾咏物词思想基调之三,是把亡国之恨、亡家之痛寓写入词,表达一种时代民族的悲剧。如其《瑞鹤仙·赋梅》:

> 雁霜寒透幕,正护月云轻,嫩冰犹薄。溪奁照梳掠。想含香弄粉,

艳妆难学。玉肌瘦弱、更重重，龙绡衬着。倚东风，一笑嫣然，转盼万花羞落。　　寂寞，家山何在？雪后园林，水边楼阁。瑶池旧约、鳞鸿更、仗谁托？粉蝶儿只能、寻桃觅柳，开遍南枝未觉。但伤心，冷落黄昏，数声画角。

此词前半以花拟人，把梅花想象为一名艳美无比的女性，写其神态风姿；后半写其行踪的漂泊无依。结尾三句，冷落黄昏与数声画角相衬，其家国之恨的悲凉毕现其中。

除咏物词外，辛弃疾的婉约词，与传统词家一样，大都表现男女之情。其基本风调或曰精神写照，有一首《满江红》可为代表。词的前半略记自己往日行踪颇为直率："老子当年，饱经惯、花期酒约。行乐处，轻裘缓带，绣鞍金络。明月楼台箫鼓夜，梨花院落秋千索。共何人，对饮五三钟，颜如玉。"作为一个典型的封建官僚，生在宋代这个对文人特殊优宠的时代，辛弃疾的所作所为也不可能免俗。

辛弃疾男女艳情词作，大致可归为以下四个类型。

一、以赋笔写人之作

这一类作品，不少是描写官僚贵族家庭女侍形象的。如《蝶恋花·席上赠杨济翁侍儿》描绘一个羞涩少女的形象：

小小华年才月半。罗幕春风，幸自无人见。刚道羞郎低粉面。旁人瞥见回娇盼。　　昨夜西池陪女伴。柳困花慵，见说归来晚。劝客持觞浑未惯，未歌先觉花枝颤。

《定风波·施枢密席上赋》写的则是一个舞态、歌喉兼美的女性形象：

春到蓬壶特地晴，神仙队里相公行。翠玉相挨呼小字。须记，笑簪花底是飞琼。　　总是倾城来一处，谁妒。谁携歌舞到园亭。柳妒腰肢花妒艳。听看，流莺只是妒歌声。

《浣溪沙·赠子文侍人名笑笑》则写笑态甜美的女性风姿：

侬是嵚崎可笑人，不妨开口笑时频，有人一笑坐生春。　　歌喉频时还浅笑，醉逢笑处却轻频，宜颦宜笑越精神。

《唐多令》一首，则写一个天性调皮、性格娇纵的女性形象。写得颇为生动，神态逼真，读之如闻其声，如见其人：

淑景斗清明，和风拂面轻。小杯盘、同集郊坰。著个轿儿不肯上，须索要、大家行。　　行步渐轻盈，行行笑语频。凤鞋儿，微褪些根。忽地倚人陪笑道，真个是、脚儿疼。

常为人称引的《青玉案·元夕》当为写一邂逅的颇具魅力的女性，

词人为她的风姿如痴如醉、不能自已：

东风夜放花千树，更吹落，星如雨。宝马雕车香满路。凤箫声动，玉壶光转，一夜鱼龙舞。　蛾儿雪柳黄金缕，笑语盈盈暗香去。众里寻他千百度，蓦然回首，那人却在灯火阑珊处。

辛弃疾另有一些赠妓写妓之作，这一类作品，多写清秀绝尘、与自己精神境界切近之女性。如《念奴娇·赠妓》：

江南尽处，堕玉京仙子，绝尘英秀。彩笔风流，偏解写、姑射冰姿清瘦。笑杀春工，细窥天巧，妙绝应难有。丹青图画，一时都愧凡陋。　还似篱落孤山，嫩寒清晓，只欠香沾袖。淡伫轻盈，谁付与、弄粉调朱纤手。疑是花神，竭来人世，占得佳名久。松篁佳韵，倩君添做三友。

他有一首《眼儿媚》词，风格虽近俗词，但思想基调与上词却一致：

烟花丛里不宜他，绝似好人家。淡妆娇面，轻注朱唇，一朵梅花。　相逢比着年时节，顾意又争些。来朝去也，莫因别个，忘了人咱。

二、相思离别之作

辛词相思离别之作，有的是借助梦境，表达对伊人的一种刻骨铭心的思念之情，如《西江月》：

锦书谁寄相思语，天边数遍飞鸿数。一夜梦千回，梅花入梦来。涨痕纷树发，霜落沙洲白。心事莫惊鸥，人间千万愁。

有的则抒发一种由时令佳节引发的绵绵无已的对情人的思念，如《满江红·中秋寄远》：

快上西楼，怕天放、浮云遮月。但唤取、玉纤横管，一声吹裂。谁做冰壶凉世界，最怜玉斧修时节。问嫦娥，孤令有愁无？应华发。　云液满，琼杯滑。长袖舞，清歌咽。叹十常八九，欲磨还缺。但愿长圆如此夜，人情未必看承别。把从前、离恨总成欢，归时说。

有的表现与情人别离时的一种瞬间痛苦感受，如《鹊桥仙·送粉卿行》：

轿儿排了，担儿装了，杜宇一声催起。从今一步一回头，怎睚得、一千馀里。　旧时行处，旧时歌处，空有燕泥香坠。莫嫌白发不思量，也须有、思量去里。

三、闺情怨别之作

辛弃疾闺情怨别之作，多从女性角度设想，具体入微地表现别后女性对男子的思念之情。如《南歌子》写一坐着轿儿离去的女性，设想自己离去后不会自我照顾的男子诸多的麻烦事：

> 万万千千恨，前前后后山。旁人道我轿儿宽，不道被他遮得、望伊难。　今夜江头树，船儿系那边？知他热后甚时眠？万万不成眠后、有谁扇？

有的写女性由对往日两人相亲相爱的动作神情及其自然环境的忆念引发的对男子的思念之情，如《一剪梅》：

> 记得同烧此夜香。人在回廊，月在回廊。而今独自睡黄昏。行也思量，坐也思量。　锦字都来三两行。千断人肠，万断人肠。雁儿何处是仙乡。来也恓惶，去也恓惶。

这一类词，更多的是通过描写环境的孤独凄凉衬写女性的相思痛苦之情，如《临江仙》：

> 小扇人怜都恶瘦，曲眉天与长颦。沉思欢事惜腰身。枕添离别泪，粉落却深匀。　翠袖盈盈浑力薄，玉笙袅袅愁新。夕阳依旧倚窗尘。叶红苔郁碧，深院断无人。

四、男女欢情之作

辛弃疾所写男女欢情之作，大多风格近俗，写得较为浅显，但在表现上却颇为含蓄。如《恋绣衾·无题》：

> 长夜偏恨添被儿。枕头儿、移了又移。我自是笑别人底，却元来、当局者迷。　如今只恨因缘浅，也不曾、抵死恨伊。合手下、安排了，那筵席，须有散时。

又如《南乡子》：

> 好个主人家，不问因由便去嗏。病得那人妆晃了，巴巴。系上裙儿稳也哪。　别泪没些些，海誓山盟总是赊。今日新欢须记取，孩儿，更过十年也似他。

《西江月·题可卿画像》则写自己与一个名叫可卿的女孩刻骨铭心的爱恋：

> 人道偏宜歌舞，天教只入丹青。喧天画鼓要他听，把着花枝不应。　何处娇魂瘦影，向来软语柔情。有时醉里唤卿卿，却被旁人笑问。

四

除词的创作外，辛弃疾尚写有一定数量的古近体诗篇，存留到今者，约90馀题近140首。辛弃疾的诗，约略可分为感怀、闲适、咏物、佛道哲理、写景、教子等类,内容也相对多样化。

辛弃疾的感怀诗,在其现存诗篇中占的比例最大,表达的思想感情也较为复杂。其中有追念自己早年战斗生活、抒发自己报国热忱的,如《鹅湖夜坐》、《送别湖南部曲》;有表达自己壮志未酬的苦闷和对朝政日非的感慨的,如《傅岩叟见和用韵答之》;有抒发自己才无所施的愤激之情的,如《偶作四首》其二、其三;有写自己对朝政斗争的厌倦、表达自己远离风尘的快乐的,如《偶作四首》其一;亦有抒发自己对人间贤愚莫辨的激愤之情的,如《再用儒字韵二首》等。

辛弃疾的闲适诗,有的写自己闲中行乐的思想。这一类诗,与唐代白居易、宋初王禹偁闲适诗的风格颇为接近,如《即事示儿》:

扫迹衡门下,终朝抱膝吟。

贫须依稼穑,老不厌山林。

有酒无馀愿,因闲得此心。

西园早行乐,桃李渐成阴。

有一些闲适诗,在庆幸自己安闲优游的生活时,往往夹带一种难以掩饰的悲愁之气。如《鹤鸣亭独饮》:"小亭独酌兴悠哉,忽有清愁到酒杯。四面青山围欲合,不知愁自那边来。"在这种情况下,诗人为了保持自己安适的心境,只有驱愁扫烦,强作解人:

百忧常与事俱来,莫把胸中荆棘栽。

但只熙熙闲过日,人间无处不春台。

辛弃疾的咏物之诗,与他的咏物词一样,写梅之作最多,表现了对梅花的钟爱;其基本思想基调也如同词,表现梅花不畏风霜、凌寒开放的风姿和不与凡花为伍的高洁志向。如《梅花二首》其一:

百花头上开,冰雪寒中见。

霜月定相知,先识春风面。

又如《和傅岩叟梅花二首》其一:

月淡黄昏欲雪时,小窗犹欠岁寒枝。

暗香疏影无人处,唯有西湖处士知。

他的《和赵国兴知录赠琴》则表达了对朋友高远志向的期许和对知己之情的赞叹(本书正文中有全诗详解,兹不录)。

辛弃疾的佛道诗,有的表达对佛道生活的企羡,如《赠黄冠》、《和泉上人》;有的抒发自己对佛道思想的感悟,如《题金相寺净照轩诗》、《戏书圆觉经》;有的对世人追逐名利之行予以否定,如《玉真书院经德堂》;有的表达自己告老后驰心于佛道的期许,如《丙寅九月二十八日作,明年将告老》。但终辛弃疾的一生,从未放弃对世事的关注,儒家积极用世之心,始终主宰着他,成为他言行的动力。他在《读语孟二首》诗中说:

  道言不死真成妄,佛说无生更转诬。
  要识死生真道理,须凭邹鲁圣人儒。

  屏去佛经与道书,只将《论》、《孟》味真腴。
  出门俯仰见天地,日月光中行坦途。

  辛弃疾的文章,见于《四库全书》的惟《美芹十论》一种。珠海出版社2002年出版了王步高、刘林辑校的《辛弃疾全集》,除《美芹十论》外,尚辑有多篇。

五

  本书是为普通读者选编的一本选集。共收辛弃疾诗作18首,词作82首,文5篇。为方便读者使用,末附"辛弃疾行年略考"、"辛弃疾研究主要文献资料"及"《辛弃疾集》名言警句"(正文中用着重号标出)。解评吸收了前辈和时贤的研究成果,在此深致谢忱。书中疏漏之处,请方家不吝指正。

王增斌

2008年6月

中国诗史·南宋词·辛弃疾（代序）

陆侃如　冯沅君

辛弃疾是诗史上一个怪杰。他是位慷慨报国的志士，他是位建牙开府的大吏，但同时又是位领袖一代的大词人。他不独貌如青兕，精神尤健于猛虎。他有透辟深切的见解，还有敢作敢为的魄力。在他的奏疏中曾指出官吏对人民的残害科敛：

> 今朝廷清明，比年，李全、赖文正、陈子明、李峒相继窃发，皆能一呼啸，聚千百，杀掠吏民，死且不顾。良由州以趣办财赋为急，吏有残民害物之状而州不敢问；县以并缘科敛为急，吏有残民害物之状而县不敢问；田野之民，郡以聚敛害之，县以科率害之，吏以乞取害之，豪民以兼并害之，盗贼以剽夺害之。民不为盗，去将安之？

这位"慷慨有大略"的词人留给我们的有《稼轩词》四卷，约存词六百馀首。因为作者是个天资绝高、阅世绝深而创造性极富的人，所以他这六百馀首词不独"横扫六合"，甚且"包罗万有"；就其大端而论，我们可指出豪放、雅洁两种特点。以下便以这两点叙述。

先论豪放。所谓豪放者，实兼内容、形式两方面言，故以下所叙的五项，前两项是属于内容的，后三项则属于形式的。

一、辛词中多慷慨悲壮语，例如：

> 事无两样人心别。问渠侬、神州毕竟、几番离合？汗血盐车无人顾，千里空收骏骨。正目断、关河路绝。我最怜君中宵舞，道男儿、到死心如铁。看试手，补天裂。（《贺新郎》）

这种慷慨悲壮的作品，大都出于爱国忧时的情怀，它不独为晏、秦诸人所未梦到，苏轼当之也有愧色。

二、辛词的题材极广，举凡说理、怀古、嘲笑、发牢骚……皆可入之于词。今举两个较奇特的例子如下：

> 蜗角斗争，左触右蛮，一战连千里。君试思，方寸此心微，总虚空，并包无际。喻此理，何言泰山毫末，从来天地一稊米。（《哨遍》）

这是说理的例子。

> 已阙两边厢，又豁中间个。说与儿曹莫笑翁，狗窦从君过。（《卜算子》）

这是嘲笑的例子。《宋史》论苏轼的文章道："凡嬉笑怒骂之辞，皆可书而诵之。"我们可借以评辛词。

三、辛词常采用经子诗赋语。辛词中有用《庄子》的，例如：

> 有客问洪河，百川灌雨，泾渭不辨涯涘。于是焉，河伯欣然喜，以天下之美尽在己。渺沧溟，望洋东视。逡巡向若惊叹，谓我非逢子，大方达观之家，未免长见，悠然而笑耳。（《哨遍》）

有用《楚辞》的，例如：

> 余既滋兰九畹，又树蕙之百亩，秋菊更餐英。（《水调歌头》）

有用《诗经》的，例如：

> 衡门之下可栖迟，日之夕矣牛羊下。（《踏莎行》）

有用《论语》的，例如：

> 人不堪忧，一瓢自乐，贤哉回也。料当年曾问，饭蔬饮水，何为是，栖栖者。（《水龙吟》）

其他用《史记》（如《水龙吟》）、《世说新语》（如《木兰花》）、汉诗（如《新荷叶》）、晋诗（如《声声慢》）、唐诗（如《上西平》）的，尤难枚举。论者讥辛词"掉书袋"，便是为此。

四、辛词多散文化。辛词中如：

> 几者动之微。（《哨遍》）

吾语汝。(《六州歌头》)

此地菟裘也。(《卜算子》)

何幸如之。(《一剪梅》)

此四例都可以证明辛词的句法如何的多近散文。若就词的体制论，则奇特的更多。其中有用对话体的，例如：

杯汝前来，老子今朝，点检形骸。甚长年抱渴，咽如焦釜；于今喜睡，气似奔雷。汝说刘伶，古今达者，醉后何妨死便埋。浑如此，叹汝于知己，真少恩哉！……杯再拜，道"麾之即去，招亦须来"。(《沁园春》)

这段对话直可说是有韵的散文。有用盟誓体的，例如：

带湖吾甚爱，千丈翠奁开。先生杖屦无事，一日走千回。凡我同盟鸥鹭，今日既盟之后，来往莫相猜。(《水调歌头》)

全词大都是对鸥鹭的盟誓。"凡我同盟鸥鹭，今日既盟之后"诸语，更是春秋时代诸侯盟誓的习惯用语。有仿《天问》体的，例如：

可怜今夕月，向何处、去悠悠？是别有人间，那边才见光影东头？是天外，空汗漫，但长风浩荡送中秋？飞镜无根谁系？姮娥不嫁谁留？(《木兰花慢》)

全词都是许多问句连缀而成的。有仿《招魂》体的，例如：

听兮清珮琼瑶些，明兮镜秋毫些。君无去此，流昏涨腻，生蓬蒿些。虎豹甘人，渴而饮汝，宁猿猱些。……(《水龙吟》)

此词不独句尾全用"些"字，而且"君无去此"、"虎豹甘人"等句亦袭《招魂》。此四者外，如《水调歌头》("我志在寥廓")仿《抽思》而用"少歌"、《定风波》("仄月高寒水石乡")之集药名等奇怪的体裁大都是空前的。

五、辛词多"用前韵"。辛词中"用前韵"的凡三四十处，其中用的次数最多的当推《卜算子》。如："一以我为牛"、"夜雨醉瓜庐"、"千古李将军"、"珠玉做泥沙"、"百郡怯登车"、"万里笮浮云"等六阕，皆用"马"、"者"、"瓦"、"也"四字为韵。这种"用前韵"的风气，虽不自辛弃疾始，但到辛更变本加厉。总之，辛弃疾是个最痛快、最大胆的人，当他的创作欲炽盛的时候，他便尽情地写起来。他仿佛是词坛上的"飞将军"，无论如何森严的行阵，一遇着他便要被冲破了。论者曾说苏词是"词诗"，辛词是"词论"，这是很恰切的评语。所谓"词论"者，便是以散文的做法来写词。词既同散文沟通了，尚有何事不可入？何意不可言？何种体制和句法不可采用？

次论雅洁。所谓雅洁者，也包括内容与形式两方面。所谓内容的雅洁者,便是说词的内容不涉狎亵;所谓形式的雅洁者,便是说不用那些金、玉、锦、绣、花笑、莺啼等庸滥的词句。辛词现存六百馀首,这六百馀首内,言男女艳情的不过二十分之一。在这些许艳词中,有狎亵的嫌疑的,更不过十分之二。"愿奶奶兰心蕙性,枕前言下,表余深意",像柳永这样的词固然为辛词所无,即"今宵剩把银釭照,犹恐相逢是梦中",像晏幾道这样的词也是少之又少。毛晋说:

> 但词家争斗浓纤,而稼轩率多抚时感事之作,磊落英多,绝不作妮子态。(《稼轩词跋》)

这便是辛词不涉狎亵的证据。至于形式的雅洁,我们可举两例来说明。辛词中如:

> 争先见面重重,看爽气朝来三数峰。似谢家子弟,衣冠磊落;相如庭户,车骑雍容。我觉其间,雄深雅健,如对文章太史公。(《沁园春》)

> 雪里温柔,水边明秀,不惜春工力。(《念奴娇》)

此二例虽皆以体物为主,但都可证明辛词的词句如何雅洁,而后者尤值得我们注意。因为以人和文章喻山已自新颖,至孤瘦如梅花而言其"温柔",则非别有会心者不办。论者说他"胸有万卷,笔无点尘",便是为此。

辛词的两大特点略如上述。现在,我们再举一两首词,代表辛词的其他方面。先说《祝英台近》:

> 宝钗分,桃叶渡,烟柳暗南浦。怕上层楼,十日九风雨。断肠片片飞红,都无人管,更谁劝,啼莺声住?

此词秾密缠绵,颇似晏、秦。再举《丑奴儿近》:

> 千峰云起,骤雨一霎儿价。更远树斜阳风景,怎生图画?青旗卖酒,山那畔别有人家。只消山水光中,无事过这一夏。

此词淡婉潇洒,直是《漱玉词》中妙品。刘克庄论辛词道:

> 公所作,大声镗鞳,小声铿鍧,横绝六合,扫空万古……其秾丽绵密者,亦不在小晏、秦郎之下。(《辛稼轩集序》)

这真是知辛词者的吐属。

最后略论辛弃疾在词坛上承前启后的关系。在前代词人中,他与苏轼的关系最密切。他之以散文句法入词,以经子诗赋入词,以词说理、嘲笑,等等,皆与苏同,虽然他比苏还要"放"些。不过,苏轼是个文士,处的是太平时代,辛弃疾是个英雄,处的是乱离时代,故辛多悲壮,苏多清旷,这是他同苏的异点。至于他对于其他作者的影响,简单地说,便是在南宋词人中造成五六十位(就有词流传者言)与他作风近似的作者。

陆侃如(1903—1978),山东青岛人。当代著名中国文学史研究专家、教育家,曾任山东大学副校长。1920年入北京大学中文系,1935年留学法国,获巴黎大学文学博士学位。先后执教于复旦大学、暨南大学、南京大学、中山大学、东北大学、山东大学等。主要学术代表作有:《中国诗史》、《中国文学系年》、《中国文学史简编》(均与夫人冯沅君合著)等,为当代著名的学贯中西的大师。

冯沅君(1900—1974),河南唐河人。当代著名中国文学史研究专家,20世纪二、三十年代著名新女性作家,曾任山东大学副校长,全国人大第一、二、三届代表。系著名哲学家冯友兰之妹,陆侃如的夫人。1917年入北京女子高等师范,1922年为北京大学研究所国学门研究生,1925年毕业后任教于南京金陵女子大学,后在山东大学任教。1924年开始发表文学作品,其短篇小说曾结集编入鲁迅编辑的《乌合丛书》。写有短篇小说集《劫灰》、书信体小说《春痕》等。古典文学研究方面,除与陆侃如共著三部文学史外,主要成就在古剧方面,代表作有《古优解》、《古剧说汇》等。

以上"代序"节选自两位先生所著《中国诗史》下卷第三篇专论辛弃疾的第二章。

目录

前言 /001

中国诗史·南宋词·辛弃疾(代序)
　　(陆侃如　冯沅君)/001

◎ 诗

鹅湖夜坐 /001
送别湖南部曲 /005
傅岩叟见和用韵答之 /006
偶作四首(其二)/008
偶作四首(其三)/009
和赵国兴知录赠琴 /010
送剑与傅岩叟 /013
读语孟二首 /014
题鹤鸣亭三首(其二)/015
游武夷,作棹歌呈晦翁十首(选六)/017
丙寅岁,山间竞传诸将有下棘寺者 /020
丙寅九月二十八日作,明年将告老 /021

◎ 词

青玉案(东风夜放花千树)/023
满江红(敲碎离愁)/024
满江红(家住江南)/026
鹊桥仙(轿儿排了)/027

目录

南乡子(欹枕橹声边)/028
南歌子(万万千千恨)/030
祝英台近(宝钗分，桃叶渡)/031
祝英台近(绿杨堤，青草渡)/032
念奴娇(野棠花落)/034
霜天晓角(吴头楚尾)/035
鹧鸪天(困不成眠奈夜何)/037
贺新郎(凤尾龙香拨)/038
瑞鹤仙(雁霜寒透幕)/040
一剪梅(忆对中秋丹桂丛)/042
满江红(快上西楼)/043
木兰花慢(可怜今夕月)/045
汉宫春(春已归来)/046
粉蝶儿(昨日春如)/048
喜迁莺(暑风凉月)/050
水调歌头(千里渥洼种)/052
满江红(鹏翼垂空)/054
念奴娇(我来吊古)/056
声声慢(征埃成阵)/058
水龙吟(楚天千里清秋)/059
太常引(一轮秋影转金波)/062
酒泉子(流水无情)/063
菩萨蛮(郁孤台下清江水)/064
摸鱼儿(望飞来，半空鸥鹭)/066
满江红(汉水东流)/068
鹧鸪天(聚散匆匆不偶然)/070
水调歌头(落日塞尘起)/071
满江红(过眼溪山)/074
摸鱼儿(更能消几番风雨)/075
阮郎归(山前灯火欲黄昏)/077
满庭芳(倾国无媒)/078

木兰花慢(汉中开汉业)/080
水调歌头(白日射金阙)/082
水调歌头(君莫赋幽愤)/084
满江红(蜀道登天)/086
水龙吟(渡江天马南来)/088
破阵子(醉里挑灯看剑)/090
贺新郎(把酒长亭别)/092
贺新郎(老大那堪说)/094
贺新郎(细把君诗说)/097
水调歌头(日月如磨蚁)/099
念奴娇(倘来轩冕)/102
满江红(倦客新丰)/104
定风波(莫望中州叹黍离)/106
水龙吟(举头西北浮云)/108
沁园春(杯汝前来)/110
贺新郎(甚矣吾衰矣)/111
水调歌头(我志在寥阔)/114
鹧鸪天(壮岁旌旗拥万夫)/116
卜算子(千古李将军)/117
八声甘州(故将军饮罢夜归来)/118
千年调(左手把青霓)/120
永遇乐(烈日秋霜)/122
永遇乐(千古江山)/124
南乡子(何处望神州)/126
鹧鸪天(扑面征尘去路遥)/127
鹧鸪天(春入平原荠菜花)/129
鹧鸪天(枕簟溪堂冷欲秋)/130
鹧鸪天(着意寻春懒便回)/132
鹧鸪天(鸡鸭成群晚未收)/133
鹧鸪天(晚岁躬耕不怨贫)/134

鹧鸪天(欲上高楼去避愁)/135
鹧鸪天(唱彻《阳关》泪未干)/137
鹧鸪天(陌上柔桑破嫩芽)/138
生查子(溪边照影行)/139
沁园春(叠嶂西驰)/140
玉楼春(三三两两谁家女)/142
西江月(醉里且贪欢笑)/143
西江月(明月别枝惊鹊)/145
清平乐(茅檐低小)/146
清平乐(绕床饥鼠)/147
丑奴儿(少年不知愁滋味)/148
丑奴儿近(千峰云起)/149
水调歌头(带湖吾甚爱)/150
临江仙(偶向停云堂上坐)/152
归朝欢(我笑共工缘底怒)/153
念奴娇(近来何处)/155
水龙吟(老来曾识渊明)/157

◎文

进美芹十论表/160
审势第一/163
淳熙己亥论盗贼札子/166
九议(其九)/169
祭陈同父文/174

◎附　录

辛弃疾行年略考/176
辛弃疾研究主要文献资料/180
《辛弃疾集》名言警句/181

◎诗

鹅湖夜坐

  本诗写作之年,梁启超先生认为是在淳熙四年(1177)作者三十八岁时。梁先生说:"此诗为先生自述中年以前经历,集中仅见之佳史料也。前半,言在天平节度使掌书记(耿京幕中)时事……中云:'一朝去军中,十载客道旁。看花身落魄,对酒色凄凉。'盖南归后十餘年,碌碌作风尘小吏,且常以北人为南人所忌。"这年,辛弃疾先任隆兴府(在南昌)知府并兼江西安抚,秋冬之际,他再被任为大理少卿,本诗即作于诗人应召赴临安夜宿鹅湖寺途中。诗作前半追忆自己早年在耿京军中时与金人作战经历,为国杀敌的豪情跃然纸上;后半抒写南归后的感受,表达自己在南宋各地辗转做官有如投放闲置不能为国杀敌的苦闷之情。

  士生始堕地,弧矢志四方。
  岂若彼妇女,龌龊藏闺房。
  我行环万里,险阻真倍尝。
  昔者戍南郑,泰山郁苍苍。
  铁衣卧枕戈,睡觉身满霜。
  官虽备幕府,气实先颜行。
  拥马涉阻水,飞鸢上中梁。
  劲酒举数斗,壮士不能当。
  马鞍挂狐兔,燔炙百步香。
  拔剑切大肉,哆然如饿狼。
  时时登高望,指顾无咸阳。
  一朝去军中,十载客道旁。
  看花身落魄,对酒色凄凉。
  去年悉号召,五月触瞿塘。
  青衫暗欲尽,人对哀泪滂。
  今年诏复下,鸿雁初南翔。
  俯仰未阅岁,上恩实非常。

夜宿鹅湖寺，槠叶投客床。
寒灯照不寐，抚枕慨以慷。
李靖问征辽，病瘦更激昂。
裴度请计蔡，奏事犹裹创。
我亦思报国，梦绕古战场。

【新解】

士生始堕地，弧矢志四方——士：男子之美称，《诗经·郑风·女曰鸡鸣》孔颖达疏："士者，男子之大号。"堕地，呱呱坠地，初生之意。弧矢，指弓和箭，喻指习武卫国，《周易·系辞下》："弦木为弧，剡木为矢，弧矢之利，以威天下。"这两句是说，作为男子，就应当立志远大，以纵横四方、保家卫国为念。

岂若彼妇女，龌龊藏闺房——两句承上：男子汉大丈夫，怎么能像那些女流之辈一样，气量狭小，眼界不开，只注意自己闺房周围的一小片天地呢？"龌龊"，气量狭小，为小节小事拘牵之意，如张衡《西京赋》："独俭啬以龌龊。"两句以封建时代的女性之行，映衬豪杰之士的远大志向。当然，辛弃疾的这两句话极易引起当代女权主义者的反感，但在漫长的封建社会，妇女被人为地局限于闺房，自然眼界不会开阔，却是一个不争的事实。

我行环万里，险阻真倍尝——立下远大志向，自然所行与众不同。"环万里"，环行万里之意，虽带某种夸张性，但也是辛弃疾对自己早年行为的一种实写。"险阻"，指作者经历的各种艰难困苦。"倍尝"，加倍感受尝试的意思。以下作者开始追叙自己早年转战各地经历。

昔者戍南郑，泰山郁苍苍——"南郑"、"泰山"均为北方地名，一西一东。这里的南郑非指汉高祖受项羽之封汉中王时的都城南郑，而是在今陕西华县北。西周穆王曾于此建都，以在镐京之南，故曰南郑；后周宣王封其弟桓公于此，成为郑国的始祖。泰山在今山东境内。史载辛弃疾早年曾投身耿京义军，在山东一带活动，但从这两句可以看出，耿京义军曾在金军统治的北方广大地区东西驰骋，并不局限于山东地区，其所向披靡的气势亦可以想见。以上两句承"我行环万里"一句而来。

铁衣卧枕戈，睡觉身满霜——因为高度戒备，睡觉时不脱铠甲枕戈而眠，随时准备行军打仗；因为是露宿野外，醒来时全身寒霜结满——其苦可知。这两句承"险阻真倍尝"句。

官虽备幕府，气实先颜行——"幕府"，指将军的府署。军队出征，施用帐幕，将军处理公务，在大幕里进行，故以幕府代指将军或将军的官署。辛弃疾在耿京军中曾为"掌书记"，故言"官备幕府"。气，指气度、见识、胆量等。颜：指颜面、脸色、眼色等,根据主将面部表情的变化就可以看出他心中想什么,即将采取什么行动下达什么指令。他还没有出口下达指令,自己早已有预见,先于主将而实施了行动——是为"先颜行"。

拥马涉阻水,飞鸢上中梁。劲酒举数斗,壮士不能当——四句写自己不凡的气度:骑马可轻易横渡险要之水,可如飞鹰一样跃上高险的山冈;烈酒一饮数斗不在话下,豪情壮志远胜军中的任何壮士。"拥马",犹言骑马;"阻水",险要之水;"飞鸢",飞行的雄鹰;"中梁",山之峰梁。"劲酒",指烈性之酒。

马鞍挂狐兔,燔炙百步香。拔剑切大肉,哆然如饿狼——马鞍上挂着打来的野狐野兔,放在篝火上烧烤。拔出刀剑切肉而食,狼吞虎咽有如饿兽。这两句渲染自己军中的壮行。"燔炙",将肉放在火上烧烤。"哆(duō)然",大张其口的样子。

时时登高望,指顾无咸阳——这两句含蕴意象较为丰富:登高远望祖国山川,慨然有收复四方之志;意气风发豪情满怀,视平治天下若等闲。"咸阳",在今陕西咸阳,曾为秦之国都。"指顾无咸阳",疑用秦末项羽刘邦推翻暴秦之典,存疑待考。

一朝去军中,十载客道旁——自当离开沸腾的军中战斗生活,十多年来奔波于路辗转各地做官。这两句由对昔日往事的追念,转到诗人目前心态的叙写:辛弃疾是北方人,视南方为寄居之地,故曰"客";他又不停地奔波于各地做官,故曰"客道旁";一个"客"字,赋尽了诗人远别故园的凄凉感受。按辛弃疾于绍兴三十二年(1162)南归,此诗如依梁启超先生说作于淳熙四年(1177),则辛南归后已十五年,"十载"当是一个约数的说法(或者此诗不作于此年,而是作于此前四五年)。

看花身落魄,对酒色凄凉——这两句承上"客"字,写诗人触景生情的瞬间感受。看到花儿,联想到的是自己寂寞冷落的痛苦;面对美酒,脸上显现的是一种难忍的客居凄凉感受。花,这里因与酒对应,疑为美色之代称。"落魄",犹言落寞、落托,寂寞困苦意。

去年忝号召,五月触瞿塘。青衫暗欲尽,人对哀泪滂——据梁启超先生说法,去年指淳熙三年(1176),这年,辛弃疾被任知江陵府兼湖北安抚。从诗中所写看,这年作者似由长江上游顺江而下前往临安。"忝号召",有愧于君王的召请。"瞿塘",长江三峡之首,在今重庆奉节,两崖峻峭对峙,中贯一江,滟滪堆正当其口,于江心突兀而出,历史上为全蜀之门户,历来为兵家必争之地。但今天三峡水库的修建,已不复见其原始面目。

今年诏复下,鸿雁初南翔。俯仰未阅岁,上恩实非常——词人写本诗时(1177年),正被朝廷任命为大理寺少卿奉诏赴临安。"鸿雁初南翔",初秋之候也。一岁之间,他两次升迁,故对皇帝心存感激之情,"俯仰"两句,即就此而言。"俯仰",

原指抬头低头之际，这里比喻时间短暂。曹植《杂诗》："俯仰岁将暮，荣耀难久持。""未阅岁"，不足一年。"上恩"，指君主之恩。"非常"，非同寻常。

夜宿鹅湖寺，槁叶投客床。寒灯照不寐，抚枕慨以慷——四句写诗人夜宿鹅湖寺难以成眠、心潮澎湃情景。"鹅湖寺"，在今江西铅山县东北。据《铅山县志》、《鄱阳记》，铅山县东北有山，山上有湖，东晋时曾有龚氏居此山养鹅，遂名曰鹅湖，在其山麓建有鹅湖寺。"槁叶"，指秋冬之季的枯枝败叶；"慨慷"，意气激昂之意。

李靖问征辽，病瘦更激昂——李靖(571—649)，唐代著名军事家。他精于兵法，在隋曾任马邑郡丞，归唐后屡立战功，唐太宗时历任兵部尚书、尚书右仆射等职。据《旧唐书·李靖传》：李靖晚年，唐太宗将伐辽，问计于李靖。李靖不顾衰老之身，慷慨请缨，欲再率兵平辽："臣往者凭借天威，薄展微效，今残年朽骨，唯拟此行。陛下若不弃，老臣病期瘳矣。"但太宗最终"愍其羸老，不许"。

裴度请计蔡，奏事犹裹创——裴度(765—839)，唐朝大臣，字中立，河东闻喜(今山西闻喜东北)人。唐德宗时曾任监察御史、起居舍人；宪宗元和十年，为同中书门下平章事。元和十二年，他督师攻破蔡州(今河南汝南)，擒获藩镇割据者吴元济。河北诸藩镇闻风大惧，相继臣服于朝廷，割据之患曾一度平息。据《旧唐书·裴度传》，元和十年六月，裴度曾被王承宗、李师道所遣刺客刺伤(宰相武元衡即在这次行刺中被刺死)，裴度不为所惧，力主对藩镇用兵。唐宪宗亦以裴度为可用，信任有加。度以所伤，告假二十馀日，宪宗诏以卫兵宿卫裴府，中使问讯不绝。裴度伤未好，宪宗召见，问以平吴元济事，裴度慷慨陈言论事有方。辛弃疾此两句，当指此事。

我亦思报国，梦绕古战场——表达自己拳拳为国之心。诗人魂牵梦萦的是冲杀在古战场，收复失地，为国效力。本句为全诗正意所在，作者心心念念的全在于此，可称全诗的"诗眼"。

【新评】

本诗为辛弃疾追念自己早年战斗经历、抒发南归后心情感受的一篇诗作，对于辛弃疾生平思想及行踪的研究极具重要价值。诗以抒发自己的雄心壮志开头，为全诗建构起一种昂扬向上的格调。早年战斗生活的叙写，为诗作前半部平添了一种澎湃的激情；后半部转写自己客居南方生活的感受，格调趋向低沉舒缓，其中虽不乏因得朝廷信任而充满对最高统治当局的感激之情，但诗人由于复国统一志向难以实现而带来的难以掩抑的悲苦心情跃然纸上。再后词人借助唐人李靖、裴度之事，敞露自己心迹，其为国效力的拳拳爱国之心因之而表露无遗，亦为全诗平添一种悲壮的气息。

送别湖南部曲

本诗从诗题来看,是为前来探望的湖南旧部下送别而作,其写作时间难以确知,可能是作者晚年之作。据《宋史·辛弃疾传》,辛弃疾任官湖南(约当淳熙六年开始)期间,为安定地方,曾"依广东摧锋、荆南神劲、福建左翼例",创立一枝新兴军队名湖南飞虎军。诗题中的湖南部曲,极可能是他在湖南时的飞虎军旧部将领。诗作有对往日军旅生涯的怀念,有对今日闲置无用的感慨,亦有诗人对自己未能使部下的勇力和武功用在杀敌战场转而空无所施的愧疚之情。透过诗中的多重感慨,表达了诗人一种抗金复国之志难以实现的惆怅之情。

> 青衫匹马万人呼,幕府当年急急符。
> 愧我明珠成薏苡,负君赤手缚於菟。
> 观书到老眼如镜,论事惊人胆满躯。
> 万里云山送君去,不妨风雨破吾庐。

青衫匹马万人呼——这句当是对前来探望的部下当年投军时英姿焕发神情的追念。"青衫",是说部下当年投军时官职卑微。唐代曾规定,文官八品、九品服以青,后青衫遂成为官职卑微的代称,如欧阳修《圣俞会饮诗》:"嗟余身贱不敢荐,四十白发犹青衫。""匹马万人呼",写部下与众不同的勇力和武功:单枪匹马,往来驰骋,与人决斗,其勇壮之气和武功为万人惊呼。

幕府当年急急符——这句承上:因为有万人惊呼的武功,故当年将军下符令急急招请。"幕府",代指将军或将军的指挥机关,参见《鹅湖夜坐》一诗。符,古代用以传达命令或调兵遣将的凭证,以竹木或金玉为之,上书文字,剖而为二,各存其一,用时相合以为凭信。

愧我明珠成薏苡,负君赤手缚於菟——"薏苡"是一种禾本科植物,果实圆形,果仁名薏米,白色,形似珍珠。"於菟":当年南方楚国人对老虎的一种别称。《左传·宣公四年》:"楚人……谓虎曰於菟。"这两句承上,分写诗人自身和对方:当年令行禁止、指挥千军万马的幕府将军已朽而无用,有如价值连城的明珠变成一粒空无所用的薏米,徒然地辜负了将军赤手搏虎的勇力和武功。愧,愧疚、有愧之意;"明珠",即珍珠,多用以比喻可宝贵的人或物。如《汉书·刘孺传》曾载刘孺父评幼年的刘孺,称:"此儿,吾家之明珠也。"

观书到老眼如镜,论事惊人胆满躯——这两句话写自己,前句是说自己尽管年老闲置只能以观书度日,但眼明如镜,洞悉一切。由于眼明如镜,洞悉一切,故谈论时事时出惊人之见,豪情胆气充满心胸。从这两句可以看出,前面"愧我明珠成薏苡"一句,完全是作者一种充满激愤、郁郁不平之语,他对自己实际上还是很自信的。

万里云山送君去——犹言送君踏上万里云山。此句一语双关,表面写送别,实际表达对部下志向有所达的一种期望:有望于他仕途通达,鹏程万里;更有望于他的才能、武功能有所施,用于保家卫国的战场。

不妨风雨破吾庐——此句暗用杜甫《茅屋为秋风所破歌》之诗句,表达作者一种为他人做铺路石的广阔胸怀,与杜诗境界颇为接近。杜诗曰:"安得广厦千万间,大庇天下寒士俱欢颜。风雨不动安如山。呜呼,何时眼前突兀见此屋,吾庐独破受冻死亦足。"

本诗作为送别诗,在描写上颇有独特之处。最主要的是诗中包含深广的内容,全没有一般送别诗只重形式客套而无实际内容的弊病。诗中对部下的赞赏,对自己投放闲置有负部下期望的愧疚,对自己惆怅不足之情的抒发感慨等,读来都显得情真意切。结尾更表达对部下的一种期待和鼓励,表现出作为封建时代儒家知识分子的积极入世的广阔胸怀。

傅岩叟见和用韵答之

傅岩叟为作者之友人,辛弃疾诗中曾有多首与其酬和之作,结合辛弃疾其他与傅氏的诗作,推想傅氏是诗人隐居时的密友之一。从诗题看,辛弃疾此诗是傅氏答了他的和诗之后再和之作。此诗意在抒发诗人壮志未酬、知音难遇、不为人知的悲慨之情,并对朝中政敌攻陷自己的行为深表鄙夷不满。从诗意看,此诗当写于作者某次罢官之后闲居之时。

万里鱼龙会有时,壮怀歌罢涕交颐。
一毛未许杨朱拔,三战空怀鲍叔知。
明月夜光多白眼,高山流水自朱丝。

尘埃野马知多少，拟倩撩天鼻孔吹。

【新解】

万里鱼龙会有时，壮怀歌罢涕交颐——"万里"，喻远大之志向。或指在异域立有大功者所封之万里侯，王勃《春思赋》："都护新封万里侯，将军稍定三边地。""鱼龙"，鱼化为龙意，俗有鲤鱼跳龙门化为龙之说。《艺文类聚》："河津一名龙门，大鱼集龙门下数千，不得上，上者为龙，不上者鱼，故云曝腮龙门。"这两句前句寓写理想，表达自己的期许；后句表现现实，抒发自己志意不得实现的惆怅之情：实现万里封侯的志向有如鱼化为龙，应是有所期待；但目前的现实是豪情壮志只能吟唱于嘴边歌喉。念想到此自己不禁涕泪交加。颐，脸颊。

一毛未许杨朱拔——《孟子·尽心上》："杨子取为我，拔一毛而利天下，不为也。""杨子"，指杨朱，战国时魏人，又称阳子或阳生，后于墨翟，前于孟子。其学说重在爱己，不以物累，不拔一毛以利天下，与墨子的兼爱相反，同被当时的儒家斥为异端。这句按正常句意，应为"杨朱未许一毛拔"，因诗的格律对仗而改变。

三战空怀鲍叔知——《史记·管晏列传》载：管仲与鲍叔牙为友，两人相交甚厚。管仲曾自我感叹："吾始困时，尝与鲍叔贾，分财利多自与，鲍叔不以我为贪，知我贫也。吾尝为鲍叔谋事而更穷困，鲍叔不以我为愚，知时有利不利也。吾尝三仕三见逐于君，鲍叔不以我为不肖，知我不遭时也。吾尝三战三走，鲍叔不以我为怯，知我有老母也。""三战"，谓三次与敌人交锋，三次皆败而奔逃。以上两句似抒发作者对政敌与朋友爱憎分明的不同态度，诗人之耿介个性于此得到充分的显示。

明月夜光多白眼——"白眼"，《世说新语·简傲》："嵇康与吕安善"注引晋《百官名》，言阮籍"能为青白眼，见凡俗之士，以白眼对之"，见儒雅之士，以青眼对之。此句喻写作者所处环境的险恶，明月夜光中，似乎处处都有与己不合之白眼相视。

高山流水自朱丝——"高山流水"，喻知音。《列子·汤问》："伯牙善鼓琴，钟子期善听，伯牙鼓琴，志在登高山。钟子期曰：'善哉，峨峨兮若泰山！'志在流水，钟子期曰：'善哉，洋洋兮若江河！'""自朱丝"，自成朱丝之意，喻结成知音。以上两句也是从朋友与政敌两方面而言，所谓物以类聚，人以群分是也。

尘埃野马知多少，拟倩撩天鼻孔吹——"野马"，指田野间蒸腾浮游的水汽，用来比喻极微小之物，《庄子·逍遥游》："野马也，尘埃也，生物之以息相吹也。"拟，打算、计划之意。倩，借助。"撩天"，朝天掀起意。两句表达对政敌的蔑视之情：你们这些野马、尘埃之类小人，即使有多少又何所惧之？打算借助朝天的鼻孔一吹了之。

本诗开头抒发自己壮怀理想的不同寻常及与社会现实形成的极大反差,在愤懑难抑的激愤描写中仍隐示自己对前途的极端自信。中间书写自己对友人和政敌的不同爱憎态度与感受,一种耿介英勃之气透过纸背而隐隐现出。结尾喻写自己不汲汲于名利得失的心态,表现了辛弃疾作为南宋政坛上一个杰出活跃的政治家与众不同的胸怀。

偶作四首(其二)

本诗作于作者退隐家居时期,具体写作时间不详。诗中表达的是作者与山间野老为伍、宠辱皆忘的自得生活。诗人以酒为乐,以药为务,日子过得似乎十分悠闲。

　　一气同生天地人,不知何者是吾生。
　　欲依佛老心难住,却对渔樵语益真。
　　静处时呼酒贤圣,病来稍识药君臣。
　　由来不乐金朱事,且喜长同垅亩民。

　　一气同生天地人,不知何者是吾生——气:根据古代哲学观念,气指构成万物的物质。《易经·系辞下》:"精气为物。"《疏》曰:"谓阴阳精灵之气,氤氲积聚而成万物也。"据老庄思想,宇宙始由先天的道生成,"道生一,一生二,二生三,三生万物。万物负阴而抱阳,冲气以为和。""天得一以清,地得一以宁,神得一以灵,谷得一以盈……"天、地、人谓之三才,均由气、道而生成。"不知"句,犹言"不知吾生来自何方",表达了诗人对个体生命的困惑。

　　欲依佛老心难住,却对渔樵语益真——打算以佛老思想为依归,可思想实难保持平静,反而从与渔民、樵夫的语谈中看到了他们思想的坦诚。"渔樵",渔民、樵夫,指乡间的普通百姓。

　　静处时呼酒贤圣,病来稍识药君臣——安静时以酒为伴,视酒为圣为贤;得病时钻研医书,竟至对医药有了初步的了解。"酒贤圣",可作两种不同的解释:或指以酒为贤人圣人,表达对酒的挚爱;或指酒的分类。《三国志·魏书·徐邈传》载鲜于辅语:"平日醉客谓酒,清者为圣人,浊者为贤人。""药君臣":指中药中各种不同药料的主副搭配。

由来不乐金朱事,且喜长同垅亩民——自来就不喜追求功名利禄,且喜从今以后可长久成为一个与耕作垅亩的百姓无多差别的普通人。"金朱",纡金怀朱之省文,指官高位尊者。金指印章,朱指服色,黄庭坚《次韵子瞻和王子立风雨败书屋有感》:"已作谤薰天,金朱更何益?"

本诗作为作者退隐思想的体现,表达了诗人对人生的困惑,在一定程度上体现了诗人对佛老思想的企羡。但作者积极入世的思想态度有时又难以把自己全部的身心融入佛老思想中,"却对渔樵语益真",颇流露了自己对世事的难以忘怀。"由来不乐金朱事",言自己入仕实不为追求功名富贵而来,对自己抗金复国难以实现的无奈也颇隐含其中。

偶作四首(其三)

本诗当是作者晚年之作。久历世道沧桑的诗人,似乎对人生的一切都已看透,从而能以一种比较平和的心态对待世间的荣华富贵。时间的永恒,人生的短暂,生命的不久长,曾使无数哲人学者发出永久的感喟。诗中的主人公认为解脱这种痛苦的唯一之法,是应以儒家至诚之心对待一切,保持一种不偏不倚的、纯真的、不失赤子之心的胸怀。

> 老去都无宠辱惊,静中时见古今情。
> 大凡物必有终始,岂有人能脱死生。
> 日月相催飞似箭,阴阳为寇惨于兵。
> 此身果欲参天地,且读《中庸》尽至诚。

老去都无宠辱惊——"老去",年龄老大之意。"无宠辱惊",即宠辱不惊之意,《老子》:"宠为下,得之若惊,失之若惊,是谓宠辱若惊。"后来称不计较名利得失为不惊宠辱或宠辱不惊。年龄老大,世间诸事已经多见广识,故能做到不为名利荣辱所动,是谓"无宠辱惊"。

静中时见古今情——由于无宠辱惊,故能思想平和,保持心态的沉静,古今历史演变的情况道理也就能做到——洞悉,有如古今历史之发展情理——呈现于眼前。情,当理解为情理、道理。

大凡物必有终始,岂有人能脱死生——任何事物必有它发展的始与终,宇宙间万物莫不如此。人也是一样,有生必有死,死生是任谁也逃脱不过的。"死生",偏义复词,重在"死"字上。

日月相催飞似箭,阴阳为寇惨于兵——时间消逝有如飞箭,生命在这日月相催的飞箭般流逝中渐渐消减,时间日月对生命的戕杀胜过兵器对人的戮杀。"阴阳",在古代哲学中含义颇广,凡天地、日月、昼夜、男女以至脏腑、气血皆可分属之。这里主要指昼夜或日月的交替。寇,强盗。"惨于兵",残虐之程度胜过兵器。

此身果欲参天地,且读《中庸》尽至诚——人的生命是短暂的,何能与天地相比并?作者认为:道德的力量是无穷的、永存的,只有潜心于道德,人才能与天地并存,精神永在。古人强调道德文章,其义即在于此。"参天地",与天地相并共生之意。《中庸》,儒家《四书》之一,相传是孔子之孙子思所作。中庸是孔子特别注重的一种思想,其义可析之为以"中"为用,强调行事要符合一定的准则。《中庸》一书继承了孔子这一思想,要求以至诚之心对待一切,行事上做到有节有度,提出:"君子中庸,小人反中庸","喜怒哀乐之未发,谓之中;发而皆中节,谓之和。中也者,天下之大本也;和也者,天下之达道也。致中和,天下位焉,万物育焉。"是为辛弃疾这一句之所本。

本诗作为辛弃疾议论人生与自然宇宙规律的诗篇,表现的思想感情较为复杂。诗人青壮年时期以抗金复国为己任,在辗转于各地的宦游生涯中,也无时无刻不充满一种积极进取的精神。诗人晚年,由于经历过多的人世沧桑,已失去了往日的浮躁情绪,心态更趋平和;在沉稳静寂的心态中,他不得不对人生的意义进行思考。在诗人看来,功名利禄以及世间的所有之物,对于人生来说,都属多余的赘物;潜心于道德的修养,以求一个自我的完善,遂成为诗人的一种心愿。需要指出的是,这种心愿,也是大部分走向老境之人的一种共同追求。

和赵国兴知录赠琴

朋友赵国兴赠予作者一把琴,作者有感于朋友所为,为表对友人的诚挚之情而写下了这一首诗。诗中对朋友与众不同的为人行事予以赞赏,鼓励朋友走出个人的小天地,将自己的才华学识贡献于朝廷,以期致君尧舜,获得更大的效用。

> 赵君胸中何瑰奇,白日照耀珊瑚枝。
> 新诗哦成七字句,孤桐赠我千金资。
> 人间皓齿蛾眉斧,筝笛纷纷君未许。
> 自言工作古《离骚》,十指黄钟挟大吕。
> 芙蓉清江薜荔塘,灵均一去乘鸾凤。
> 君试一弹来故乡,荷衣蕙带芳椒堂。
> 往时嵇阮二三子,能以遗音还正始。
> 谁令窈窕从户窥,曾闻长卿心好之。
> 低头儿女调音节,此器岂因渠辈设。
> 劝君往和薰风弦,明光佩玉声璆然。
> 此时高山与流水,应有钟期知妙音。
> 只今欲解无弦嘲,听取长松万壑风萧骚。

赵君胸中何瑰奇,白日照耀珊瑚枝——"瑰奇":志向奇伟意,或瑰意琦行之简,指不凡的思想和行为,如《文选》载宋玉《对楚王问》:"夫圣人瑰意琦行,超然独处,世俗之民,又安知臣之所为哉?"两句赞赵国兴志节皎洁光明,具有不凡的思想和胸襟,有如"白日照耀珊瑚枝"。第二句或用典,典出待考。

新诗哦成七字句,孤桐赠我千金资——赵国兴赠琴,随同所赠之琴,当也写有诗,是为"新诗"。七字句,指七言诗。"孤桐",特生的梧桐,指琴,《尚书·禹贡》:"羽畎夏翟,峄阳孤桐。"《传》:"孤,特也,峄山之阳特生桐,中琴瑟。""千金资",喻琴之贵重,朋友礼物之重。

人间皓齿蛾眉斧,筝笛纷纷君未许——这两句言朋友不为美色淫乐所动,承上胸中瑰奇而来。"皓齿",洁白的牙齿;"蛾眉",比喻女子长而美的眉毛,有如蚕蛾的触须,弯曲而细长,两词均代指美女。"皓齿蛾眉斧",意即美女对人的精神、身体有极大危害,有如伐性之斧。"筝笛纷纷",喻指风花雪月男女之情为务的音乐或演奏,"君未许",不以此为期许之意。朋友既不以风花雪月男女情爱之类音乐为期许,那么,朋友所志究竟为何?

自言工作古《离骚》,十指黄钟挟大吕——朋友自言擅长的是如《离骚》那样怀君念国之篇章,他十指所弹奏出的是那些黄钟大吕般高亢洪亮的曲调。"工作",工于制作;"《离骚》",中国文学史上的名篇,战国时楚国屈原所著,诗中充满忧国忧民之情。"黄钟"、"大吕",均属古乐中十二律,声调最为洪大响亮,《周礼·春官·大司乐》:"乃奏黄钟,歌大吕,舞云门,以祀天神。"

芙蓉清江薜荔塘——"芙蓉"句,指屈原作品及其描写,如《湘君》:"采薜荔兮水中,搴芙蓉兮木末。"《山鬼》:"若有人兮山之阿,被薜荔兮带女萝。既含睇兮又宜笑,子慕予兮善窈窕。"

灵均一去乘鸾凤——屈原的《离骚》结尾写屈原乘龙车鸾凤而出走:"为余驾飞龙兮,杂瑶象以为车……凤皇翼其承旗兮,高翱翔之翼翼。"又屈原《九章·涉江》结尾:"鸾鸟凤皇,日以远兮。燕雀乌鹊,巢堂坛兮……忽乎吾将行兮。"此句隐赞朋友为屈原一样的人,言屈原之后无贤人,只有友人可当之。"灵均",屈原之字。《离骚》中屈原自述其得名:"名余曰正则,字余曰灵均。"

君试一弹来故乡,荷衣蕙带芳椒堂——喻友人在家乡隐居为乐的生活。"荷衣蕙带",以荷花为衣以蕙草为带,喻隐者之服饰。

往时嵇阮二三子,能以遗音还正始——"嵇阮二三子",指魏晋之际嵇康、阮籍等人。嵇康、阮籍,三国魏时名士、文学家。两人均蔑视礼教,坚守志节,与当权的司马氏集团有矛盾而志不屈从。阮籍以纵酒佯狂避祸;嵇康刚肠激烈,锋芒毕露,终被司马昭所杀。史载嵇康被杀时求鼓琴一曲,自言其熟知之曲《广陵散》不复有人知。"遗音",犹言遗存之音,当主要就此事而言。"正始",正其开始,为其基本之意。《诗大序》:《周南》《召南》,正始之道,王化之基。"古说诗者以《周南》二十五篇为周文王与周公王业风化之基本,是谓之正始。又正始为三国时魏少帝曹芳年号(240—249)。这两句赞嵇康、阮籍等人能以志节改易风气,使其复归正道。

谁令窈窕从户窥,曾闻长卿心好之——由赠琴事再及司马相如与卓文君爱恋之事。据《史记·司马相如列传》:司马相如初客于梁孝王,孝王卒后,相如归家蜀郡,无以自业,与临邛令王吉友善,于是游临邛。遇富豪卓王孙,"是时卓王孙有女文君新寡,好音,故相如谬与令相重,而以琴心挑之……及饮卓氏,弄琴,文君窃从户窥之,心悦而好之,恐不得当也。既罢,相如乃使人重赐文君侍者通殷勤。文君夜亡奔相如"。"窈窕",形容女性美好的样子,这里指卓文君;"长卿",司马相如之字。这两句是说,曾经听说司马相如喜好弹琴,他优美动听的琴声曾吸引得美貌的卓文君从门户偷窥。

低头儿女调音节,此器岂因渠辈设——由司马相如与卓文君事,作者有感而发:像这样为儿女情长而弹奏,实在是对琴的一种亵渎,难道琴这种高贵的乐器竟然是为你们这些男男女女调情表爱而发明的吗?

劝君往和薰风弦,明光佩玉声璆然——"薰风弦",据《孔子家语》:"昔者舜弹五弦之琴,造南风之诗,其诗曰:南风之薰兮,可以解吾民之愠兮;南风之时兮,可以阜吾民之财兮。"《史记·乐书》:"舜弹五弦之琴,歌《南风》之诗而天下治……夫南风之诗者,生长之音也,舜乐好之。乐与天地同意,得万国之欢心,故天下治也。"薰风弦,天下太平之音也,"往和薰风弦",犹言辅佐君王达到天下太平。"明光",汉代宫殿名,后多用来泛指宫殿,如唐人张籍《节妇吟》:"妾家高楼连苑起,良人执戟明光里。""佩玉",古代贵族有在衣服上佩玉习惯;"声璆然",状写身上所佩各种玉饰互相撞击而发出的声音。这两句鼓励朋友往仕朝廷,为国出力以成自己功业。

此时高山与流水,应有钟期知妙音——这两句承上,写朋友若能往仕朝廷,终有一天会遇到知音,被人赏识,壮志理想终有实现之期。《列子·汤问》:"伯牙善鼓琴,钟子期善听,伯牙鼓琴,志在登高山。钟子期曰:'善哉,峨峨兮若泰山!'志在流水,钟子期曰:'善哉,洋洋兮若江河!'"

只今欲解无弦嘲,听取长松万壑风萧骚——言朋友在今天的这种处境下,只能空对长松万壑发出的萧萧风声表达自己的理想而已。"无弦嘲",犹言无声的琴声中隐含的不满之情。"萧骚",风吹之声。

本诗属赠答应酬之作,又带有某些咏物诗的味道。作者历写历史上与琴有关的古人古事,颂扬了家国大事的理想大情,否定了男男女女的儿女私情,并以家国大事的理想大情为期许,鼓励友人以屈原、嵇康、阮籍等为榜样,展其才能,为国效力。诗歌充满一种昂扬向上的奋发之气,与作者一生进取行为十分吻合,是作者一生奋发精神的别一种写照。

送剑与傅岩叟

傅岩叟,作者之友,见前《傅岩叟见和用韵答之》一首。本诗借向友人赠剑一事,表达自己报国之志未得实现的悲怆之情,诗人胸中充满了才无所施、不为人重视的惆怅与不满。

镆耶三尺照人寒,试与挑灯仔细看。
且挂空斋作琴伴,未得携去斩楼兰。

镆耶三尺照人寒,试与挑灯仔细看——"镆耶三尺",指剑;"镆耶"亦作莫耶、莫邪,古宝剑名。传说春秋时吴王阖闾令干将在匠门铸剑,其剑难成,其妻名莫邪者自投炉中,遂成雌、雄二剑,雄剑名干将,雌剑名莫邪。干将进雄剑于吴王而藏雌剑,雌剑思念雄剑,常在匣中悲鸣。"照人寒",言宝剑光亮耀目,观之令人胆寒。"挑灯",拨亮灯烛。作者拨亮灯烛看剑,浮想联翩。他到底在想些什么呢?

且挂空斋作琴伴,未得携去斩楼兰——宝剑本是杀敌之器,但今却空无所用,不能用在杀敌的战场,只能高高挂在空空如也的书斋中,与琴棋书画为伴。剑无所用,实指作者才无所施、能无所发,未能够在战场上杀敌击贼。这是一个多么可悲的场面!

本诗虽仅四句,但抒发的感情却是激烈慷慨,充满一股悲愤之气。想辛弃疾自南归以来,念念不忘的是收复失地,以成一个完整的南北统一的太平世界。但腐朽的南宋王朝却在与金人的长期对垒中日渐丧失了自己的优势,诗人也在这无限期的闲置中虚度了自己的青春岁月,所有这一切,铸成诗人这一首表达自己痛心疾首、极度遗憾之情的诗篇。

读语孟二首

本诗表达作者对道、释、儒三家思想的评价和态度。作者在对三家的评价中,否定了道、释,肯定了儒家思想,这种是儒而舍道、释的态度,与作者一生不忘抗金复国、杀敌报君、兼济天下的雄心壮志全相吻合,其积极入世的精神于此得到充分的体现。

其　一

道言不死真成妄,佛说无生更转诬。
要识死生真道理,须凭邹鲁圣人儒。

其　二

屏去佛经与道书,只将《论》、《孟》味真腴。
出门俯仰见天地,日月光中行坦途。

道言不死真成妄——"道言不死":先秦道家追求全身、保命,到后世道家演变为一种宗教——道教时,吸收了春秋战国以来就存在的长生永恒的神仙方术思想,强调人经过修炼,可达到不死的境界——是谓"道言不死"。作者认为,这种说法,纯不可信,真是一派妄言。

佛说无生更转诬——"佛说无生":佛教强调,万物的实体无生无灭,人经过修行,可达到这种最高的境界,是谓"佛说无生"。作者认为,这种说法,更是假的,不能相信。诬,虚假不真实。

要识死生真道理,须凭邹、鲁圣人儒——要搞清死与生的奥秘,必须以孔子、孟子这一类圣人儒者的言论为准。凭,以……为准意。"邹鲁",指孔、孟;孔子为春秋时鲁国人,孟子为战国时邹人,故称。

屏去佛经与道书,只将《论》、《孟》味真腴——两句表达作者对三家的一种鲜明态度:屏除佛经、道书,唯以对《论语》、《孟子》的研习为务,体会其中的真谛,味取其中的华美之精。"味真腴",体会味取真理精华意。

出门俯仰见天地,日月光中行坦途——这两句承上,作者认为,唯有以儒者思想为依归,以圣人之道为准则,才能无愧于天地,行事有如日月之光,坦坦荡荡。"俯仰",指低头与抬头,低头可见地,抬头可见天。"日月"句,谓有如行走在日月照耀下的光明大道上,心地显得坦荡无私。

本诗可能是作者中年罢官隐居时所作。作者本以儒家积极入世精神为依归,一生不忘抗金复国的大业。中年罢官以后,产生了信仰危机,一度对佛、道思想产生兴趣。后来作者经过激烈的思想斗争,最终否定了道、佛,回到自己最初的出发点儒家思想的道路上。但作者的思想曾在释、道、儒三者之间经过多次的反复。本诗可与诗人去世前一年所作的《丙寅九月二十八日作,明年将告老》等篇相参看。

题鹤鸣亭三首(其二)

本诗表达作者一种不问是非、宠辱皆忘的心境。作者以道为武器,否定了世人倾一生而追求的功名利禄,认为所谓的功名利禄,纯属一种蜂争蚁斗。可以想见,这是作者仕途不顺、报国之志难以实现时的一首抒发牢骚不满的诗篇。

莫被闲愁挠泰和,愁来只用道消磨。
随流上下宁能免?惊世功名不用多。
闲看蜂衙足官府,梦随蚁斗有干戈。
疏帘竹簟山茶碗,此是幽人安乐窝。

莫被闲愁挠泰和，愁来只用道消磨——"闲愁"，指一种闲暇中无端地冒出来的愁闷之情。"泰和"，指心境的安泰平和。这两句是作者经过深思熟虑而想出来的用以安慰自我的话。可能继续做官与弃官隐居这一类功名得失问题曾长久地将诗人困扰，使诗人不知所从；诗人思来想去，最终得出这个结论：自己安泰平和的心境还是不要被那些全无用处的闲愁搅乱吧！但"愁"之起是人的意志难以控制的，一旦愁念真起时又该怎么办？作者认为，"愁"念真起时，唯有拿"道"来杀灭消磨它。这里的道，理解为道家之道较为恰当，因为道家之"道"，强调的是一种宠辱皆忘的境界，这一点与儒家积极入世之道存在颇大差异。

随流上下宁能免？惊世功名不用多——"随流上下"，指随大流、俗流而上下浮沉，思想上不要有自己的独立见解，行为上不要有自己的特行卓为。"宁能免"，难道能免除吗？作者认为，人生在世，是难以脱离这种随俗上下的境地的，"众人皆醉而我独醒"的作为只能使自己自绝于世自绝于人。"惊世功名"，指惊动世人的大功大名。这种功劳，何须过多追求？只做得一两件也就够了。这两句也是作者对自己的一种安慰：作者抗金复国理想难以实现，积极用世之心屡挫，于是他退而自思：何必这样汲汲于功名事业，没世之功干得一两件也就够了。

闲看蜂衙足官府，梦随蚁斗有干戈——正因为有了这种破解自己坏心情的手段和方法，作者于是用了别一种眼光来冷对世人的争名夺利：衙门官府，全是一窝窝蜜蜂在那里熙熙攘攘地聚集；梦中见到的也全是队队蚂蚁在那里互相厮杀而大动干戈。"闲看"，冷眼相看之意。

疏帘竹簟山茶碗，此是幽人安乐窝——由以上对官场世俗生活的描写，转到对自己目前生活的态度：简朴自然的生活，才是我心所向往的——你看，门上挂着的是用来阻挡虫物的稀疏的帘子；床上铺着的是山间的竹子做成的床簟；闲暇时用山间生长的茶叶沏一碗茶水来喝——我这个山人的安乐窝是多么的自得啊！"幽人"，指山人隐士，孔稚圭《北山移文》："或叹幽人长往，或怨王孙不游。"

本诗是作者经历了人生过多的坎坷之后写下的一曲滴满自己辛酸泪水的诗篇。需要提请读者注意的是，辛弃疾作为一代豪雄，终其一生，他都充满一种积极进取的精神，他"铁肩担道义"，以收复失地为己任，故本诗中所表达的那种对人生的无奈、对功名利禄一定程度的否定，实际是作者积极用世之心在无望的现实世界中累挫之后产生的一种愤激之语。

游武夷,作棹歌呈晦翁十首(选六)

本诗大约作于宋光宗绍熙四年(1193)作者五十四岁时。这年,辛弃疾被光宗召见,迁大理寺少卿(一谓任太府少卿),加集英殿修撰,知福州,兼福建安抚使。在赴临安途中,他到建阳探访自己的好友朱熹。路经武夷山途中,写下了这一系列描写武夷山风景的诗篇。"晦翁",指朱熹(1130—1200)。朱熹,字元晦、仲晦,又号晦庵,是南宋著名理学家、哲学家。朱熹早年主战,隆兴和议后,他主张以守为攻的战略。"武夷"指武夷山,在今福建崇安西南,相传汉代武夷君居此,故名。其山绵亘一百二十馀里,有三十六峰、三十七岩,溪流缭绕其间,分为九曲,历代道书称其山为第十六洞天,为古今著名的旅游胜地。

其 一

一水奔流叠嶂开,溪头千步响如雷。
扁舟费尽篙师力,咫尺平澜上不来。

其 二

山上风吹笙鹤声,山前人望翠云屏。
蓬莱枉觅瑶池路,不道人间有幔亭。

其 三

玉女峰前一棹歌,烟鬟雾髻动清波。
游人去后枫林夜,月满空山可奈何?

其 四

见说仙人此避秦,爱随流水一溪云。
花开花落无寻处,仿佛吹箫月夜闻。

其 九

山中有客帝王师,日日吟诗坐钓矶。
费尽烟霞供不足,几时西伯载将归?

其 十

行尽桑麻九曲天,更寻佳处可留连。
如今归棹如掤箭,不似来时上水船。

一水奔流叠嶂开,溪头千步响如雷——第一首写武夷山水之奇妙。首两句从视觉、声觉角度写武夷山之水的雄壮:一道溪水自高处奔流而下,有如从重重叠叠屏障般的山峰突泻而下;远离溪水的发源地尚有千步之遥,如雷鸣般的溪水声就震耳欲聋。嶂,高而矗立有如屏障的山峰。步,古代以跨出一足为跬,再跨出一足为步,亦用为计量单位。但历代规定不同:周代以八尺为一步,秦代以六尺为一步,后来的营造尺以五尺为一步。

扁舟费尽篙师力,咫尺平澜上不来——这两句写武夷山的水流湍急:逆水行船,即使是一叶小舟,耗尽篙师之力,前进得也十分艰难;距离很近,有如平地微澜,但费尽全力,就是难以前行。"咫尺",指一咫一尺,均为古代长度名,周代以八寸为一咫,这里形容距离很近。"平澜",平地起波澜。

山上风吹笙鹤声,山前人望翠云屏——第二首写武夷山幔亭翠云屏风光的神奇:山上一阵清风吹来,隐约可听到山居人应和着鹤鸣之声吹奏出的悠扬笙曲;但如置身山前者循声寻找的话,眼前所见只有一道青绿色云雾组成的如屏风样重叠的山峰。"翠云屏",指青绿色的山屏。

蓬莱枉觅瑶池路,不道人间有幔亭——由前面两句对翠云屏景物的描写,作者对奇丽的幔亭风光发出由衷的感叹:枉然地到处寻找如蓬莱瑶池那样的仙境,没有想到人间有这样神奇的仙境幔亭。首句句意上应理解为"枉觅蓬莱瑶池路",出于诗歌结构语言的需要而改动。"蓬莱"、"瑶池",均为传说中的神仙居住之境,前者在东方海中。《汉书·郊祀志》:"自威、宣、燕昭使人入海求蓬莱、方丈、瀛洲。此三神山者,其传在渤海中。"后者在西方昆仑山上。《史记·大宛列传》:"昆仑其高二千五百馀里,日月所相避隐为光明也;其上有醴泉瑶池。"

玉女峰前一棹歌,烟鬟雾髻动清波——第三首写玉女峰之景,由玉女峰之名想象峰中真的居住有玉女,并遥想其清盈动人的风姿。"玉女",指想象中的仙女。玉女峰前吟唱棹歌一曲,其悠扬的曲调似乎引动了峰居的仙女,你看那水面清波的微动中不是遥映着她如云似雾美丽动人的发髻吗?

游人去后枫林夜,月满空山可奈何——这两句想象玉女峰中的仙女孤独寂寞的生活:游人归后,陪伴她的唯有暗夜中隐映下的枫林一片;圆月升上天穹映照一片空旷寂静的山峦时,不知她又会做如何的感想呢?

见说仙人此避秦,爱随流水一溪云——第四首由武夷山仙人的传说生发想象,发出感叹。首句写武夷山神武夷君。"武夷君",传说中的武夷山神,因避秦乱而居住此山。但对于他的传说亦各有不同,朱熹《武夷图序》曾说:"颇疑前世道阻未通,川壅未决时,夷俗所居,而汉祀者即其君长。"第二句写武夷君飘忽不定的仙人生活,言此仙人喜欢如流水溪云一样到处游走。

花开花落无寻处,仿佛吹箫月夜闻——这两句承上面第二句再加以重写强调:花开之时花落之时也难以找寻他的踪影,但时不时地仿佛能在月明之夜听到他悠扬动听的吹箫之声。

山中有客帝王师,日日吟诗坐钓矶——第九首由仙人仙境写到自己的友人朱熹。此山既为仙人所居之地,居住此山者也绝非等闲之辈。"山中有客",指居此山的人朱熹;"帝王师"原指汉代张良,详见后《木兰花慢》("汉中开汉业")中之"一编书是帝王师"。这里指喻朱熹,言朱熹是具雄才大略的人,可作为帝王的老师以助帝王成就大业。

费尽烟霞供不足,几时西伯载将归——这两句言朱熹非久居山中者,终有一天会被如周文王那样的帝王请去奉为上宾,向他请询治国的方略。"费尽"句,言用尽这山中之烟霭云霞也不足以供其久居,终有一天他会脱颖而出,施展自己治国的才华。"西伯载将归","西伯",指周文王,《史记·殷本纪》:"西伯出而献洛西之地,以请除炮烙之刑。纣乃许之,赐弓矢斧钺,使得征伐,为西伯。"

行尽桑麻九曲天,更寻佳处可留连——第十首诗写归程:顺水而下,行船迅速,沿岸景物尽收眼底,作者心情也似乎更加欢快。首句是说沿水而下,两岸沿着曲曲折折的溪流,可观赏到漫山遍野的桑麻。次句表达对所行之地无处不在的美丽景物的留恋之情。"更寻佳处",言更可处处寻找到美丽之景。"可留连",指每一处均有值得流连的价值。

如今归棹如绷箭,不似来时上水船——这两句写归去时船行的迅速。"绷箭",绷满弓射出的箭。逆水行舟,不进则退;顺水行船,船行则如奔马,如疾箭,想停也停不住。"归棹",指归船。"不似来时上水船",顺流而下,不像来时上水船那样艰难而行。

这组诗描写武夷水沿岸山水风光。第一首写武夷水之奇,主要抓住水流之奇湍而急。第二首写武夷山之美,对笙曲鹤声的描写,使其山增添无数神秘色彩;蓬莱、瑶池的比喻,更使读者遥想人间少有的风姿。第三首由峰前棹歌联想到山中仙女,由清漪之水状想她如云似雾缥缈若隐若现的美丽身影,想象奇特而富有诗情画意。第四首由武夷山君生发联想,写其行踪难定自由自在的生活,隐含对这种生活的一种企羡和向往。第九首由景物描写,写到自己的友人朱熹,盛赞其杰出的济世治国之才,表达了对友人深深的期许。最后一首写归程,由对船之顺流而下、迅猛如箭的感受,表达了作者与友人同居晤谈后欢快的心情。

丙寅岁,山间竟传诸将有下棘寺者

丙寅岁为宋宁宗开禧二年(1206)。此年辛弃疾六十七岁,家居铅山(次年他即辞世)。此前一年(开禧元年)七月,宋宁宗任主战的韩侂(tuō)胄为平章军国事,韩开始积极倡导北伐。本年春,朝命辛弃疾知绍兴府,兼两浙东路安抚使;四月,宋宁宗追论秦桧主和误国罪,将死去的秦桧削爵改谥。此诗当写于辛弃疾虽得朝廷任命但消息尚未下达到他闲居的山中时。此时韩侂胄对金用兵呼声正高,对过去附和秦桧议和官员的处理也提上了议事日程。隐居山中的他似乎听到了朝中的一些风声,因而写下了这首诗。"棘寺"为宋代掌刑罚的最高机构大理寺的别称,因古代有听讼于棘木之下的记载,故称。"下棘寺",犹言下大理寺狱。诗中所写极可能与朝中对过去附和秦桧的主和派将臣的处理有密切关系。

　　去年骑鹤上扬州,意气平吞万户侯。
　　谁使匈奴来塞上,却从廷尉望山头。
　　荣华大抵有时歇,祸福无非自己求。
　　记取山西千古恨,李陵门下至今羞。

去年骑鹤上扬州,意气平吞万户侯——"去年",指宋宁宗开禧元年(1205)。本年,据邓广铭先生《辛稼轩年谱》,辛弃疾在镇江知府任上。三月,以荐人不当,降朝散大夫、提举冲佑观。六月,改知隆兴府。七月初,未至新任,臣僚劾其"好色贪财,淫刑聚敛",于是罢职归铅山,这两句指任职镇江期间。首句本意在于表达人的一种妄想,典出南朝殷芸《小说》:"有客相从,各言所志,或愿为扬州刺史,或愿多赀财,或愿骑鹤上升。其一人曰:'腰缠十万贯,骑鹤上扬州',欲兼三者。"这里仅用其字义。第二句表达作者豪情壮志,视取功名成万户侯若等闲意。

　　谁使匈奴来塞上,却从廷尉望山头——此句用典未能确考,或指汉李广因从大将军卫青从征匈奴出东道失期受责而自杀事,或指李斯受赵高陷害而被杀事?存而待考。

荣华大抵有时歇，祸福无非自己求——这两句针对主和派将领下棘寺而发，辛弃疾作为力主对金用兵的主战派大臣，自然对向金人屈膝主和的人士不屑一顾。两句隐含主和派受国法惩治乃咎由自取之意。

记取山西千古恨，李陵门下至今羞——这两句用李陵投降之典对主和派将领屈辱事金的行为指责批评。"李陵"，西汉武帝时飞将军李广之孙。据《史记·李将军列传》：李陵少善骑射，汉武帝拜他为骑都尉，贰师将军李广利率兵击匈奴右贤王于祁连天山，陵率步兵五千出居延北千馀里，"欲以分匈奴兵"，结果李陵被八万匈奴兵包围。在苦战八日、士卒死伤殆尽的情况下，李陵无奈投降匈奴。"山西千古恨"，即指此事。祁连天山在崤山之西，故曰"山西"。

本诗是作者晚年诗作，主要对宋宁宗时主战派得势对主和派的处理发表自己的看法。从诗中可以看出，作者对朝廷处理主和派的做法完全取赞同态度，认为主和派受惩治下棘寺是咎由自取。从这首诗可以看出，辛弃疾作为南宋主战派将领之一，念念不忘的是对金用兵，以武力收复失地。这种态度，并未因年事的增长而有丝毫的动摇。

丙寅九月二十八日作，明年将告老

本诗之作，与前一首诗写于同年，从诗中所写来看，写作时间上稍晚于前诗。据邓广铭先生《辛稼轩年谱》，本年春，朝命辛弃疾知绍兴府，兼两浙东路安抚使，辛弃疾辞免。本年十二月，辛弃疾方被任宝文阁待制，又进龙图阁待制，知江陵府，诏令赴京奏事。但这首诗非常明确地记明日期为"九月二十八日"，与邓先生所论颇不合。或者辛弃疾在十二月前已有了一次新的任命，早在九月之前他已赴临安。

　　渐识空虚不二门，扫除诸幻绝根尘。
　　此心自拟终成佛，许事从今只任真。
　　有我故应还起灭，无求何自别冤亲？
　　西山病叟支离甚，欲向君王乞此身。

渐识空虚不二门——"渐识"，逐渐懂得之意。"空虚"，即"空"，佛教术语，指超乎色相现实的境界,《般若波罗蜜多心经》:"照见五蕴皆空。"《大乘义章》:"空者,理之别目,绝众相,故名为空。""不二门",犹言世界除去空虚之外别无他门。人到晚年,最易走向消极,尤其是生命终结之日渐近,生前一切不复为己所有,故有此念。

扫除诸幻绝根尘——既然认识到世界本相为空,那么,世上所存的一切也就纯属幻影幻觉,扫除这些诸多的幻影幻觉也就在所不惜,因为只有这样才能摆脱人间的一切束缚。"根尘",佛教术语,指人体感觉器官及其所接触到的所有的外界事物:眼、耳、鼻、舌、身、意为六根,色、声、香、味、触、法为六尘,合称根尘。《楞严经》卷五:"根尘同源,缚脱无二。""绝根尘",断绝一切感官感受不为所接触的一切外界事物所动。

此心自拟终成佛,许事从今只任真——这两句分就佛、道而言,表达自己栖心佛、道的愿望。"自拟",自己拟想,打算意。"许事",指行事、做事。真:道家术语,指人的本源、本性。《老子》:"窈兮冥兮,其中有精,其精甚真。"《庄子·秋水》:"谨守而勿失,是谓返其真。"

有我故应还起灭——"有我",指我之存在。"起灭",生成与灭失,产生与消灭。任何事物都有一个生成消灭的过程,人也不例外,我之存在,自然要经历这样一个过程,是谓"有我故应还起灭"。

无求何自别冤亲——既然人是一个过程,最终于世无求地离开尘世而进入别的世界,人生在世,又何必要区分那种冤家亲情的界限呢?

西山病叟支离甚,欲向君王乞此身——"西山病叟",用伯夷、叔齐之典。周武王灭商,伯夷、叔齐耻之,不食周粟,隐于首阳山,采薇而食,最终饿死。"西山",指首阳山,这里作者自称,以隐居者自居。"支离",原意指形体不全,这里指老病衰弱。甚,程度词,很严重。"乞此身",乞求保全此身、全身隐退意。这两句犹言:我这个有如隐者伯夷、叔齐的西山病叟已经老病衰弱至极,准备向君王乞求让我全身而退了。

本诗为作者死前一年之作,表达了诗人一种归心佛道的愿望。作者认为,世事一切作为、人间一切的人为努力,全属空幻,人也无需再有冤亲恶善之分,从而揭示了历经世间磨难的作者思想深处日渐生长起来的消极悲观情绪的总积聚总爆发。作者这一思想,虽然完全有别于其一生中惯具的喜论恢复、以抗金统一大业为己任的作为,但对于作者这一思想,我们也不必予以过多的责难,因为就这种思想的滋生来看,身处中国南北分割时期的作者,面对的是一个既无恢复之志、也无恢复之力的苟安的小朝廷,其平定天下之志也就注定永难实现,尤其是到了人生的晚年,这种思想的产生亦属自然情理之中。

◎ 词

青玉案
元夕

本词之写作,据辛弃疾门人范开所编《稼轩词甲集》推测,大约作于淳熙十四年(1187)闲居带湖期间。但有人认为,此词极似写南宋京城临安的元宵盛况,故又有人认为此词是作者在京城之乾道后或淳熙初年所作。本词写作者在倾城欢庆元夕(正月十五元宵节)之夜的所见、所闻、所寻、所感。

　　东风夜放花千树,更吹落,星如雨。宝马雕车香满路。凤箫声动,玉壶光转,一夜鱼龙舞。　　蛾儿雪柳黄金缕,笑语盈盈暗香去。众里寻他千百度,蓦然回首,那人却在灯火阑珊处。

东风夜放花千树,更吹落,星如雨——城中欢庆元宵的焰火腾空而起,有如一夜春风,吹得百花盛开。它降落时又如东风吹洒的满天闪闪发光的雨粒,四处飘散。又有人认为首句"花千树"指满城到处悬挂的花灯。

宝马雕车香满路——富贵之家也坐着自己的华丽马车,加入这个庆祝元宵的狂欢中。微风吹拂下,阵阵粉香从车中飘出,洒得满路皆是——车中女子想象中的美貌使人产生绵绵情思。

凤箫声动,玉壶光转,一夜鱼龙舞——一夜乐声四起,舞姿婀娜,直到月光转移,天亮才罢。"凤箫",泛指音乐。"玉壶",指月亮,取其冰清玉洁,有如白玉之壶。也有人认为玉壶是指白玉制作的灯。"鱼龙舞",原为汉代"百戏"中的一种,这里或指游人手中拿着的扎成各种鱼龙形状的灯,或指如今之舞龙灯之类活动。

蛾儿雪柳黄金缕,笑语盈盈暗香去——顺着一阵幽香飘来飘去,作者眼中捕捉到一个可意的姑娘:瞧那位女子,多动人,装饰好新潮好艳美。"蛾儿、雪柳":宋代女性的头饰。《武林旧事》记南宋临安元宵女性打扮:"妇人皆戴珠翠、闹蛾、玉梅、雪柳……而衣尚白,盖月下所宜也。"

众里寻他千百度,蓦然回首,那人却在灯火阑珊处——只顾看热闹,一不留神,那女孩子竟不知到了什么地方。在拥挤的人群中到处寻找她,怎么也找不到。

无意中回头一瞥,原来她就在那个灯火稀少冷落的角落里站着呢!

本词写繁华的城市中庆祝元宵节的盛况。上阕着重写作者眼中之景,下阕着重在写作者眼中之人。结尾三句,曾引起后人诸多联想。清人从其词中看到辛词豪放风格中的婉约风调与"秦、周之佳境"。王国维则从中看到了做学问的最高境界,他在《人间词话》中说:"古今之成大事业、大学问者,必经过三种之境界:'昨夜西风凋碧树,独上高楼,望尽天涯路',此第一境也。'衣带渐宽终不悔,为伊消得人憔悴',此第二境也。'众里寻他千百度,蓦然回首,那人却在,灯火阑珊处',此第三境也。"梁启超则从中看到了词作者与众不同的襟怀和气度,谓:"自怜幽独,伤心人别有怀抱。"(《艺蘅馆词选》丙卷引)俞平伯先生顺着梁先生之意,分析本词谓:"上片用夸张的笔法,极力描绘灯月交辉、上元盛况。过片说到观灯的女郎们。'众里寻他'句,写在热闹场中,罗绮如云,找来找去,总找不着,偶一回头,忽然在清冷之处看见了,亦似平常的事情。结尾只用'那人却在灯火阑珊处'一语,即把多少不易说出的悲感和盘托出了。"(《唐宋词选释》下卷)

满江红

本词为传统的闺妇思夫之作,作者代闺中人立言,想象闺中少妇面对暮春景象,勾起对远别的夫君的思念。她思而不得,毫无结果,于是产生一种由对夫君的相思而致的难以忍受的极端的痛苦心情。

敲碎离愁,纱窗外、风摇翠竹。人去后、吹箫声断,倚楼人独。满眼不堪三月暮,举头已觉千山绿。但试把、一纸寄来书、从头读。　　相思字,空盈幅;相思意,何时足。滴罗襟点点,泪珠盈掬。芳草不迷行客路,垂杨只碍离人目。最苦是、立尽月黄昏,栏干曲。

敲碎离愁,纱窗外、风摇翠竹——心事重重,正陷入离别之愁的痛苦心境中的女主人公,也许是正在为自己的不幸而沉思默想吧,但是,纱窗外一阵不期而然的风儿突然吹过,吹得窗外的翠竹沙沙作响,这声音声声敲击耳鼓,把主人公满腹的离愁全搅乱了。这三句,很自然地令人想起南唐中主李璟"风乍起,吹皱一池春水"的著名词句。

人去后、吹箫声断,倚楼人独——那么,离愁究竟从何而来?女主人公必得给读者诸君有个交代:自从那个人走后,再也不能听到他的箫声了,只剩下我这个孤独的人,整天地倚楼怅望,伤感不已。"吹箫声断",这里暗用了春秋时秦穆公之女弄玉与箫史之典。据《列仙传》,春秋时有箫史善吹箫,穆公以女弄玉妻之。后箫史吹箫引凤,两人皆升天成仙而去。

满眼不堪三月暮,举头已觉千山绿——时光过得真快啊,刚刚在惋惜时光迅速、三月暮春已到时,突然一夜之间,抬头已是千山葱郁,绿意盎然,进入了初夏季节。暮春花残红褪的景象、韶光飞逝的迅速,何其令人触目惊心!天尚如此,人何以堪;相较人之青春,人又有几多娇艳时光?

但试把、一纸寄来书、从头读——既不堪春去夏来之景的困扰,畅想青春的欢爱又不可能,只能再把寄来书信,从头到尾一字字一句句地细细品读,以求心灵上的感情沟通。

相思字,空盈幅;相思意,何时足。滴罗襟点点,泪珠盈掬——但是,看信又有何用?相思字,不过徒然地写满了篇幅;相思之意,又何时能得补偿?多时的相思,何时能得到满足?想到这里,主人公潸然泪下,满把的泪珠,滴湿了罗衣。

芳草不迷行客路,垂杨只碍离人目——主人公倚着栏杆,望不到情人的归来,于是把一腔怨恨发泄到自然景物上:芳草啊你没有迷住我那情人远行的路,但那垂杨啊却遮蔽住了我远望情人的视线。"行客",指女子所思之远行人。

最苦是、立尽月黄昏,栏干曲——那么,别去看它吧,别去想他吧!因为想他不过徒然增加无尽的痛苦罢了。但这又怎能做到呢?一天情不自禁地,还须不断地重复那令人心碎的事:倚栏远眺,一直到那天色黄昏、月儿出来、视线已经模糊难辨的时候。

本篇闺妇词在写法上很有独特之处:首句以景及情,开始即直写人的心理活动。"风摇翠竹"是写景,但亦是写情,对应女主人公纷乱骚动的情思,极为形象逼真。"敲碎"二字,更是用得生动奇警。写情上,对时序迅驰的不堪、相思的难忍则用了层层逼近的手法,以突显主人公的心理活动。结尾遥应开头,状写主人公如痴如醉企盼情人归来的神态,用词经济而点染鲜明。

满江红
暮春

本词写少女的伤春相思。面对暮春将尽的恼人天气,居住在一个幽静无人的庭院中,闺中女性甚感相思难耐,可这种难耐的相思,连找一个诉说的人也不成。传书寄信,也不知可托何人,更不知寄往何处,唯只有在苦苦的相忆中度日。而楼前那种荒芜的景象,使她那悲凉的心境更增几分痛苦,她甚至感到,连登楼远望、纵目远盼情人的勇气也没有了。

家住江南。又过了、清明寒食。花径里、一番风雨,一番狼藉。红粉暗随流水去,园林渐觉清阴密。算年年、落尽刺桐花,寒无力。　庭院静,空相忆;无说处,闲愁极。怕流莺乳燕,得知消息。尺素如今何处也,彩云依旧无踪迹。漫教人、羞去上层楼,平芜碧。

家住江南——点明词中主人公活动的空间:是一个寄居江南的女子。

又过了、清明寒食——点明时令已是晚春。清明在每年阳历四月五日左右;寒食在清明前一两天,相传起于春秋时晋文公悼念其臣介子推。

花径里、一番风雨,一番狼藉——斗转星移,时序变迁,春已将暮,惜春之心顿生,到花园赏赏残春之景吧!但是,走在花园小路上,眼见的是:夜间的一场风雨之后,满地都是被吹落的片片花瓣,一片狼藉景象。

红粉暗随流水去,园林渐觉清阴密——由眼中所见产生感想:落花无声地随着流水悄然而去,园林中渐渐地觉得绿叶茂密阴凉增多增厚了。"红粉",指落花,亦喻人之青春年华。"清阴",清幽的绿荫。

算年年、落尽刺桐花,寒无力——这三句写主人公由春暮之景引发的感受:如此算来,刺桐花开败的时候,初春的寒气就无多威力了。这使人联想到:夏季马上就会来临。

庭院静,空相忆——这两句承上,由对景物之所见所感引出对远离之人的思念:三春美景即将过去,故人远去的那一刻还历历在目,但幽静的庭院中,留下的只能是枉然的苦苦的思念。

无说处,闲愁极——但这种苦苦的思念之情又到何处去说?又找何人去说?

又有何人能理解这种折磨人的铭心之痛？无处可诉，无人可告，故这种愁纵然属于一种"闲愁"，但给人带来的痛苦却是令人难以承受的。"闲愁极"，愁到极点意。

怕流莺乳燕，得知消息——既无处可诉，无人可告，那就告一告飞来飞去的黄莺和窝中叽叽喳喳乱嚷嚷的小燕子吧！呀，那可不行，多嘴的莺燕又有谁能保得住它们不走漏人间的秘密？

尺素如今何处也，彩云依旧无踪迹——那就寄封书信吧。但信寄何处呢？伊人如天上云彩一样行踪不定，又知他在何处呢？"尺素"，指书信。"彩云"，形容伊人行踪不定如天上之云彩。

漫教人、羞去上层楼，平芜碧——思来想去觉得怎样也不合适。哎，好难啊！现在倒叫人不知该如何是好，连上高楼眺望盼归也觉得不好意思了。为什么呢？因为平地上所见之景一片荒芜，唯有一片青草远接天际，我那心爱的人又在何处呢？"平芜碧"三字，似含欧阳修《踏莎行》"平芜尽处是春山，行人更在春山外"之寓意。

本词是一首闺妇思夫之作，所写之情虽极为普遍，但词中所写女子感情较为细腻逼真。词中写她由春暮之景而引动情思，游园而见百花残落引起对远别情人的思念，而孤寂凄阒的环境，更增其相思的痛苦。她欲诉无门，欲告无人，寄书写信亦不可达。词人用这层层深入的描写，揭示了一个封建时代的闺中少妇极为典型的情怀和心灵追求，表情缠绵悱恻，风格颇近北宋秦观、周邦彦诸人。此词深解者从首句"家住江南"入手，认为是一首表现词人政治情怀之作，认为上片写暮春之景是"暗喻当时政局衰败，抗战的'春光'已失，爱国志士被摧残殆尽的种种情状"等。下片则是"寄寓自己的孤愤"，表现作者身处险恶之境及受投降派小人之所忌等。但此论确无从考证，疑出个人的一面之见，有过分穿凿之嫌，姑附以待考。

鹊桥仙
送粉卿行

本词从总体上考察似乎是词人写给一个自己家的被遣去的女侍歌者的，因为稼轩在庆元二年(1196)前后所写的一曲《水调歌头》词有一词序："时以病止酒，且遣去歌者。"此后词人曾陆续写过一些送女侍归去和思念已去女侍的词。本篇当为其中之一。粉卿即为所遣送的侍女之名。

轿儿排了，担儿装了，杜宇一声催起。从今一步一回头，怎睚得、一千馀里。　　旧时行处，旧时歌处，空有燕泥香坠。莫嫌白发不思量，也须有、思量去里。

轿儿排了，担儿装了，杜宇一声催起——遣送侍女归去，备好了轿儿，打点好了行李，一切应用之物都已准备好，就待出发时刻。这个时候，词中的男女主人公又各自想什么呢？一声杜鹃鸟的哀声啼叫，使人联想到别离的时刻到了，无尽的痛苦折磨也即将开始。"杜宇"，即杜鹃鸟，又有子规、催归之名，在中国文化意象中常作为一种离别痛苦的象征。

从今一步一回头，怎睚得、一千馀里——这三句是就离别者角度而写：离别之际，离者恋恋不舍，一步一回头，渐去渐远，开始尚能望得见送者的身影，后来身影渐渐地模糊：联想到望不见送者的痛苦，尚有千里之外的行程，怎能够忍受得了？睚（yá，亦音ái），通"捱"（ái），忍受之意。

旧时行处，旧时歌处，空有燕泥香坠——斯人已归，斯人已去，斯人旧日行处，斯人旧日歌处，所剩下的又有什么？只有年年归来的燕子，徒然地在旧处筑巢。但人已去，屋已空，一样的燕泥落处，但屋是人非，此情此景，人何以堪？第三句乃化用隋代薛道衡《昔昔盐》中名句："暗牖悬蛛网，空梁落燕泥。"

莫嫌白发不思量，也须有、思量去里——这三句是自我解嘲之语，似乎也是对归者的一段私情秘嘱的话：青春已逝，年华不再，华发满头，歌者当遣。但能不思念吗？你可不要嫌我不思念你而遣你。虽是无奈，心尚有馀，也自有其思念的道理。里，通"哩"。

本词口语化极浓，读来有俗调民曲之感。开头运用叠句铺排的赋笔手法，直写离别。接着从女、男两方写来，设想其别中、别后互相思念情景，结尾以相对调皮的语调作结，直笔抒情，词人风情性格跃然纸上。

南乡子
舟中记梦

羁旅游宦之人在与情人离别后，踏上征程。他远别情人，时刻思念在心。思而不得，终感而成梦，词人笔录梦境，成一诉说相思的妙文，这就是这一首词中所写的情景。有人落实此词之写作时间是在淳熙五年(1178)秋，地点是作者由临安赴职湖北路途的船上。

　　欹枕橹声边，贪听咿哑聒醉眠。梦里笙歌花底去，依然，翠袖盈盈在眼前。　　别后两眉尖，欲说还休梦已阑。只记埋怨前夜月，相看，不管人愁独自圆。

　　欹枕橹声边，贪听咿哑聒醉眠——酒醉后斜倚枕头，在船橹咿呀作响的聒噪声中，进入梦乡。欹，侧向一边。橹，摇船工具。"贪听"，从以下的"聒"字可以看出，这是反话正说，言外之意是：令人讨厌的摇橹声不听也不行，它自然地要进入你的耳帘。

　　梦里笙歌花底去，依然，翠袖盈盈在眼前——因为醉了，即使摇橹声如此令人讨厌，聒耳嘈杂，词人还是进入了梦乡。他梦到了什么呢？梦到自己依然如往常一样走向那笙歌热闹的百花丛中。一切景况还如从前一样：她身着艳丽的红巾翠服笑盈盈地出现在词人的面前。

　　别后两眉尖，欲说还休梦已阑——情人相见，真不知有多少话要诉说。自分别后，心情就没有痛快过：别后的相思自然应该一吐为快，但想痛快倾诉却不知从何说起，犹豫之间一场好梦已到尽头。

　　只记埋怨前夜月，相看，不管人愁独自圆——玉人在梦中说了些什么呢？只记得她埋怨那前夜无情的月亮，在我们团聚的时候偷偷地将我们俯看；在我们已成离别时也不管人的心情好坏，月亮却独自变圆了。

　　本词所写当为一个与词人感情极为深厚的歌妓，因为甚深的交情，所以别后旧情难舍，以至形诸梦寐。此词写的是梦前、梦中、梦后三层景象。梦前就眼前之景起笔，切入自然；梦中以极简洁之"翠袖盈盈"四字，状写所爱女子神态，经济而极富神韵。梦后则写女子所诉浑然忘却，唯记埋怨团圆之月，从而起到了点染词题的作用，表现极为贴切自然。

南歌子

　　本词与前词一样,同为表现男女相思之作,写作时间,有人认为与前词一样,也是写在词人赴湖北任所的路上。本词主要是从女方角度,拟想她别后怎样地对已远离而去的男子的思念:设想自己的心上人今夜会到了哪里?天气这么热,他何时才能睡着觉?万一他晚上睡不着,又该怎么办呢?这一切简直令女主人公心慌意乱,狼狈不堪!

　　　　万万千千恨,前前后后山。傍人道我轿儿宽,不道被他遮得、望伊难。　　今夜江头树,船儿系那边?知他热后甚时眠?万万不成眠后、有谁扇?

　　万万千千恨,前前后后山——开头即借眼前所见青山来表情:涌上主人公心头的,是那万万千千说不清道不明的回肠荡气般离别时之怨恨之情。怨什么呢?怨那遮挡住自己视线的、不能使自己看得见爱人行踪的、把自己团团包围住的、前前后后重重叠叠的高山。这是一种无理之怨,但确是情之所至所表现出的一种怪奇心理。

　　傍人道我轿儿宽,不道被他遮得,望伊难——有重重叠叠的高山的阻挡,再加又是坐在轿子里:即使轿子再宽,我的视线又能多看到他多少呢?这是主人公在情思难耐的情况下又爆发出的一种无理之怨。与之不同的是,这种无理之怨较之前者似乎增加了一些理智的成分,因为主人公终于清楚地知道:人毕竟是要离别的。

　　今夜江头树,船儿系那边——情人之离既不可避免,那么,他今夜又是在哪处停留?船儿要系在江边哪株树上?——这是对别后情人地点的设想。

　　知他热后甚时眠——天气这么热,他能睡得着觉吗?因为我知道他是受不得热的——这是就夏季气候的特点对别后情人的设想。

　　万万不成眠后,有谁扇——万一他热得睡不成觉,有谁给他扇凉呢?那可不行,因为他身体本来就很弱,不睡觉能成吗?

　　本词写相思爱情,纯从女性角度写起。上片写离别之怨、离别之恨,设为许多无理之辞,看似怪奇,但对爱人的真挚感情不啻如同从心田冲决释放,显得非常自然。下片从女性角度设想别后男子的生活情态,三个设想,依次而递,层层加细,表现了女性特有的柔韧细腻心理和对爱人体贴入微、关怀备至的至情。本词作为稼轩词中少见的抒发婉约感情的词篇,在揭示女性特有的隐微难明的心理上显得很有特色。

祝英台近
晚春

本词为传统的闺怨词,代女子而立言,写女子自男方离别后闺中的冷落寂寞之况,表现闺中女子诸多复杂的心理活动:她以花为卜,盼望男子早日归来;盼而不得,竟至产生一种奇怪而无理的怨恨之情。

> 宝钗分,桃叶渡,烟柳暗南浦。怕上层楼,十日九风雨。断肠片片飞红,都无人管,更谁劝,啼莺声住。　　鬓边觑,试把花卜归期,才簪又重数。罗帐灯昏,哽咽梦中语:是他春带愁来,春归何处?却不解、带将愁去。

宝钗分,桃叶渡——二句直写分别,或为别后女子对别时情态的忆念:摘下头上的宝钗分为两股,各持一半以为再见的信物,我们依依不舍地在桃叶古渡分手。"宝钗分":古时情人分别时有以女子头上金钗掰为两股,各持一股以为信物,据说南宋时这种风尚仍在盛行。"桃叶渡":在今南京秦淮河与青溪合流处,相传东晋王献之有妾名桃叶,曾在此渡河,献之作《桃叶词》以送之。

烟柳暗南浦——本句写女主人公对分别地点景态的感受:分手时景象是多么凄惨:笼罩在重重烟雾中的垂柳,把分别之地遮蔽得昏暗无光。"南浦",泛指送别之地。出自江淹《别赋》:"送君南浦,伤如之何。"后用作别地的代称。

怕上层楼,十日九风雨——两句写别后女子的伤感:自分别后我就怕登上高楼,因为十天有九天都会是风狂雨怒的恶劣天气。"层楼",指高楼。

断肠片片飞红,都无人管,更谁劝,啼莺声住——承上再写春尽之景,表达女主人公对美好时光逝去的无可奈何之情:由于风狂雨猛,春花被吹得片片飘飞,此情此景真令人心中悲苦,但这种残败之景又有谁能管束得了?又有谁能把黄莺的啼叫声止住使美好的春天不再远逝呢?

鬓边觑,试把花卜归期,才簪又重数——对情人的思念,对美好时光的惋惜使她祈盼与情人再会的佳期:斜看着鬓边戴的花朵,把它取下来数数花瓣的多少预测我的那位情人的归期;刚把花插回,又不放心地取下来重数。觑,斜视。簪,动词,插戴之意。

罗帐灯昏,哽咽梦中语:是他春带愁来,春归何处?却不解、带将愁去——在昏暗的灯光下,主人公躺进了罗帐中,随即进入梦乡。她似乎是梦到了什么,在睡梦中她还泣不成声地哭诉:春啊,由于你的缘故,给我带来如此多的忧愁。你现在又到哪里去了呢?你就不懂得把你带来的愁也一块儿带回去吗?按春,这里实际语义双关,兼喻男女之情。

本词写女子对情人的相思之情,表情曲折深婉,在辛词中显得风格较为独特。有人据此认为此词有特殊的政治寓意在内。清代张惠言《谭评词辨》认为:"点点飞红,伤君子之弃;流莺,恶小人得志也。"另有人认为,此词寓写作者与官僚吕正己之女的关系。前种说法是不允许稼轩这个豪侠之士有任何儿女私情而故作深解;后说则属无端猜测而实难考从,显得荒谬而不足信。

祝英台近

本篇写客中游子对情人的思念,前片由当前景物浮想联翩,念及情人别时情状,后片抒写自己的相思痛苦。解者认为本词与上一篇《祝英台近》应为姊妹篇:前为"代青楼女子立言,思客外游子";此则为"代客外游子立言,念青楼旧侣"。

绿杨堤,青草渡,花片水流去。百舌声中,唤起海棠睡。断肠几点愁红,啼痕犹在,多应怨、夜来风雨。　　别情苦。马蹄踏遍长亭,归期又成误。帘卷青楼,回首在何处?画梁燕子双双,能言能语,不解说:相思一句。

绿杨堤,青草渡,花片水流去——这三句写长途跋涉中的游子行踪:他似乎刚刚来到一个渡口,渡口的景物触发了他那多愁善感的心绪:远处河堤上是郁郁葱葱绿意盎然的杨柳树;脚下渡口边是青青萋萋茂密的绿草;河岸边不时有败落的花片随风落入河中,顺着水流飘飘荡荡而去——啊,时令已到晚春,百花即将凋零!此情此景,使他油然而生一股惜春惜花之情,由春由花再而及人:远别的情人此时此刻究竟在干什么?她是否也如自己一样因残春之景而荡起一股难耐的相思之波呢?

百舌声中,唤起海棠睡。断肠几点愁红,啼痕犹在,多应怨、夜来风雨——当她被窗外婉转鸣叫的百舌鸟声唤醒时,面对夜来一场摧花折卉的风雨,她又怎能忍受?一定会痛断离肠吧!"百舌",鸟名,因其鸣声反复如百舌之鸟,故称。"海棠睡",形容女性睡态之美。"几点愁红",零落而剩的几点花朵;"红"指花朵,前加一"愁"字,赋予花朵一种人的感情。"断肠",痛断离肠之意,对痛苦的夸张描写。

别情苦。马蹄踏遍长亭,归期又成误——下半片由对情人的忆念转到游人心态的自诉:别离之情是多么令人痛苦难忍啊:马蹄踏遍了征程,在永无尽头的长亭短亭的辗转中度日;相约的归期一次又一次地在不断的行程中失误。这种日子能有一个尽头吗?

帘卷青楼,回首在何处——一次次的失期,主人公心情懊恼至极,意识自然流动到与情人相处相别那一刻的追忆。"帘卷青楼",或许是两人分别时一个瞬间镜头的展示?或许是两人一段如痴如醉爱情生活的写照?无论它意指什么,现在已成为一个遥远的梦,要想追寻回它,似乎是不可能的。

画梁燕子双双,能言能语,不解说:相思一句——此四句再由己而及人,写游人对情人的忆念,抒发人不如物的感慨:在雕梁画栋上筑巢的春燕双飞双宿,呢喃相语,那股亲热劲,谁看了都觉得羡慕,试问:它们何尝经受过这样人间分离的相思痛苦呢?

本词由春暮之景抒发自己的相思相别之情,前半片由景而及人,设为想象,设想女性的离情别绪,以"断肠"、"愁红"、"啼痕"、"应怨"等语,追想女性的哀怨之情,抒情与写景,互融为一,形成一完整的意象。后半片直叙自己的别情,以"别情苦"三字,点出题旨,再而逐层渲染,抒发游踪不定,归去之难,回望青楼,渺无见期的愁苦之情。结尾以画梁燕子双栖双宿作衬托,隐示人不如物的感慨,设想奇特,起到了强化主题的作用。

念奴娇
书东流村壁

本词也是一首怀念昔日情人的词。写于作者某次应召赴临安途中。有人坐实为淳熙五年(1178)春作者从豫章调临安任大理寺少卿之时。船行长江,经过东流县某村,作者上岸宿留,回想起自己大约于乾道初年(1165—1167)任江阴签判漫游吴楚时在这里发生的一段恋爱故事,在村壁上写了这一首词。"东流",旧时县名,在今安徽南部,现与至德县合并,称东至县。词作写其旧地重游寻访所爱之人的感受:人去楼空,昔日所爱之人已不知去向,只是隐隐约约从他人口中听得伊人一些踪迹,也不知真假如何。词人又想:即使重见,自己如此苍颜老面,她能认得出吗?她肯定会因我过早过多的白发而感到吃惊。

　　野棠花落,又匆匆过了、清明时节。划地东风欺客梦,一夜云屏寒怯。曲岸持觞,垂杨系马,此地曾轻别。楼空人去,旧游飞燕能说。　　闻道绮陌东头,行人曾见,帘底纤纤月。旧恨春江流不断,新恨云山千叠。料得明朝,尊前重见,镜里花难折。也应惊问:近来多少华发?

野棠花落,又匆匆过了、清明时节——首句点明时间:野海棠花开了又落,时光荏苒,匆匆而来又匆匆而去,不知不觉,又到了清明时节。"匆匆",时间飞逝迅即而过之意。这三句表达一种对时光流逝的惋惜之情,为下文怀人作铺垫。

划地东风欺客梦,一夜云屏寒怯——这两句写作者驻留该地一宿之间的心情与感受:感念往事的作者思绪纷繁,一夜并未安睡。但他不说自己心事太多而不得安睡,反而把一夜未安之因归于夜吹的春风:你这个东风啊,平白无故地欺负我这个远来的外乡人,突然自空而降呼啸而过,惊醒了我的一场好梦;屋里寒气透过屏风阵阵袭来,冻得人胆寒心怯。"划地",宋元词曲中常用语,犹言平白无故、无端地。"云屏",画有云山之类的屏风,或谓云母做成的屏风。

曲岸持觞,垂杨系马,此地曾轻别——一夜未安睡,究竟为何?作者由旧游勾起旧事:曲曲弯弯的河岸边,曾是我们相别的地方;岸边的垂柳,曾是别时拴马的地方;手中的酒杯,曾向她举起。回想当年,怎么就那样轻易地离开了她呢?"曲岸",弯曲的河岸。觞,古代饮酒之具。

楼空人去，旧游飞燕能说——故地重游，所见者何？唯见人去之空楼；往日之游，有谁可知？只有楼头徘徊的燕子能说清。苏轼《永遇乐·夜宿燕子楼》中有"燕子楼空，佳人何在？空锁楼中燕"之句，这里暗用其意。

闻道绮陌东头，行人曾见，帘底纤纤月——三句写作者对伊人的打探。打探的结果是：曾听人言，在这美丽而繁华的街市东头，行人曾见她的行踪。帘儿底下，她微露身姿，还是那样动人：一双小脚，有如纤纤之月。"绮陌"，犹言美丽而繁华的街市。"纤纤月"，纤细弯弯的月亮，古常用以喻指美人之脚、美人之眉、美人之姿等。从"帘底"两字看，当以喻美人之脚最当。

旧恨春江流不断，新恨云山千叠——这两句由往日之易别今日之难遇引发感慨：往日离别之憾有如一江春水长流不绝；今日难遇之恨有如云遮雾障之千重万叠山峰难识其真面。

料得明朝，尊前重见，镜里花难折——这三句承上，再由旧恨新愁引发一种幻想：是不是明天的酒宴上能重见她面呢？但转念一想：这是完全不可能的，镜中的花朵，能攀折吗？这不是一种心造的幻想吗？

也应惊问：近来多少华发——即使有朝一日能再见到她，她也会问：啊呀，你怎么近日生出如此多的白发呢？我还会是她心仪的偶像吗？

本词怀念往日情人，写得十分缠绵动人。词评家认为该词对男女之情的描写，其婉曲有致程度不在柳永、秦观之下，是辛弃疾婉约词中一首较为典型的代表作。有人据"旧恨"、"新恨"等词，认为该词另有寄托，说"作者将身家国之感打入了其中则是肯定的"。"旧恨恨国土沦丧，新恨恨壮志难酬，白发早生"。"怀旧，表现出作者对自己过去大好年华及国家在南宋初一度出现过的抗金大好形势的怀念，而不单是怀念一个相好的女子。"笔者以为，此种解释，虽可备一说，但难以得到作者的证实，还是不必凭空胡猜为宜。

霜天晓角
旅兴

这首词一般认为与前首词一样，作于淳熙五年(1178)词人从江西安抚使任上被召赴临安、担任大理寺少卿时期，词写于前往临安的船上或途中休息之时。词作表现了自己对长久宦游生活的厌倦痛苦之情，他颇想在一个地方流连光景，沉醉在酒色享受中，度过一段痛痛快快的时光，使自己在生理心理上得到某种程度的慰藉。

吴头楚尾，一棹人千里。休说旧愁新恨，长亭树，今如此！
宦游吾倦矣，玉人留我醉。明日落花寒食，得且住，为佳耳。

吴头楚尾，一棹人千里——这两句写船行之速：船已行到古代属于吴、楚两国的交界之地了！急流放舟，长桨一举，瞬息之间就是一千里路程，船行真是迅捷如飞啊！"吴头楚尾"，吴国之头，楚国之尾。作者离开豫章(南昌)由西向东行船，路经古代吴国与楚国交界处，故称。棹，船桨，这里用为动词。"一棹"，犹言一桨划出去。

休说旧愁新恨，长亭树，今如此——这三句写作者对所见之景的联想与感受：再别说心头的旧愁新恨了，看到了岸边长亭高高的树木，就联想到当年桓温北伐路过金城对树的感叹。唉，此刻的心情与桓温是多么地接近啊！"长亭树"句，《世说新语·言语》："桓公(温)北征，经金城，见前为琅邪时种柳，皆已十围，慨然曰：'木犹如此，人何以堪？'攀枝执条，泫然流泪。""长亭"，古代为行人备以休息的地方。

宦游吾倦矣，玉人留我醉——这两句表达自己的瞬息思想和愿望：这种到处游宦做官的生涯已深使人厌倦，难得的是：这里有美人留我饮酒，她曾劝我一醉方休。

明日落花寒食，得且住，为佳耳——明天就是风雨落花的寒食节，如果能住下来的话，这是最好不过的了。有人据晋人帖语"天气殊未佳，汝定成行否？寒食近，且住为佳耳"，认为，这三句是化用这个典故。"寒食"，古时节令，在清明节前一两天。春秋时晋文公之臣介子推随文公出外流亡多年，文公后回国即位，遗忘介子推之功而未做赏赐，介子推避入绵山隐居。晋文公知后寻访，介子推不出，文公烧山以逼介子推出，介子推抱树而死。文公为悼念他，规定于此时开始冷食三天，不举烟火，故称寒食。"落花寒食"，言寒食节风狂雨猛，为落花季节。唐人韩偓《寒食雨》诗："正是落花寒食雨，夜深无伴倚空楼。"

本词从所表现的情调来看，主要表达作者对宦游的厌倦之情，而对宦游的厌倦，又是出于自己壮志难酬的苦闷。他颇想在一个地方与美色亲近盘桓而流连不归。此词抒情，有作者一定的真实情感在内，如对情欲的追求和壮志难酬的苦闷，官场往来的厌烦，但从总体上看，似乎带有一种"少年不知愁滋味"，"为赋新词强说愁"的意味。因为此时的作者,正当意气风发,在朝廷任职,当更激发他奋身为国的决心。可此词却写得如此颓丧,这就不能不令人怀疑他写这首词的真实思想。

鹧鸪天

本词写闺中女性忆念"不思家"之男子。女主人公困而难眠,联想男子不以归家为念,愁闷之心油然而生。她思前想后,一夜睡意全无,眼见酣然在梦乡中的侍女,耳听其香甜的鼻息声,她竟产生一种无名的嫉妒感。她觉得这个侍女一定在做一个香甜的梦,于是产生把这个侍女唤醒的念头。她想让自己的侍女告诉她:为什么她睡得如此甜美?她究竟梦了什么样的好梦?

　　困不成眠奈夜何,情知归未转愁多。暗将往事思量遍,谁把多情恼乱他。　　些底事,误人哪。不成真个不思家。娇痴却妒香香睡,唤起醒忪说梦些。

困不成眠奈夜何——身体感觉十分困倦可是却睡不成觉:这几乎是众多的夜间失眠人的一种共同的感受。由于困而难以成眠,故夜也就显得特别悠长而难以令人忍受。"奈夜何",是说你对这个漫长而难熬的暗夜毫无办法。这句表达了女主人公一种无可奈何的心理状态。

情知归未转愁多——是什么原因导致这种暗夜该睡而"困不成眠"的后果?因为主人公心中有事心中有愁。这种事、愁来自何方?就来自那个未归之人!如果说此前的女主人公还在日思夜想地盼他归来,那么,当确知他近来不会归家之时,这种愁闷的心情就更增十分,句中的"转愁多"就是这个意思。

暗将往事思量遍,谁把多情恼乱他——这两句写女主人公对未归男子不归原因的思考:那么,到底是哪个多情女子把他的心思扰乱,使他如此地痴迷,竟至连这个娇妻殷殷盼归的家也顾不得回了呢?要搞清这些还确实应该暗暗地将往事好好地回想思量。"多情",指其他女性向丈夫发出的诸多的示爱信号。

些底事,误人哪。不成真个不思家——思量这些事,真是平白地耽误了人多少好时光,平白地使人度过了多少个不眠之夜?但是,思量这些,又有何用?即使如此,难道他就真个不思量这个家吗?"些底事",犹言这些事。"不成",难道意。

娇痴却妒香香睡,唤起醒忪说梦些——自己心中痛苦如此,但是,你看那香香侍女却一觉酣甜犹然在梦乡。她怎么竟对我的痛苦浑然不顾呢？既如此，索性将她唤醒，让她说说她做的好梦，也让我享享受她梦中的愉悦。"醒忪"，同"惺忪"，睡梦刚醒的样子。

本诗属传统的闺妇思夫题材，词的风格具有极强的口语化，主人公内心世界的抒发更具典型性。她由不眠而愁，由愁而疑，由疑而思量，揭示了一个多愁善感的女性痛苦而又莫可奈何的心境。结束两句显得更妙：主人公推醒侍女强迫其说梦的动作，描写极其简单而又自然，很好地凸现了一个娇憨调皮的少女形态，显得形象生动而又逼真。

贺新郎
赋琵琶

这是一首歌咏琵琶的咏物词。咏物词重在写物，多将主要笔力专注于所咏之物，以层层铺叙之法状物写貌，但辛此词虽名为咏物，实是借物抒怀。词人通过多重的关于琵琶的史人史事，抒发了一种今昔盛衰的政治感慨。

凤尾龙香拨。自开元、《霓裳》曲罢，几番风月？最苦浔阳江头客，画舸亭亭待发。记出塞、黄云堆雪。马上离愁三万里，望昭阳宫殿孤鸿没。弦解语，恨难说。　　辽阳驿使音尘绝，琐窗寒、轻拢慢撚，泪珠盈睫。推手含情还却手，一抹《梁州》哀彻。千古事、云飞烟灭。贺老定场无消息，想沉香亭北繁华歇。弹到此，为呜咽。

凤尾龙香拨——起句写唐代杨贵妃的琵琶，喻写琵琶不与凡器相同的高贵身份："凤尾"，是说琵琶形状优美，有如灵鸟凤凰的尾巴；"龙香拨"，是说琵琶的拨子，是用龙香木雕刻而成。据唐代郑嵎《津阳门》诗"玉奴琵琶龙香拨"句下诗人自注，言杨贵妃其人"妙弹琵琶，其乐器闻于人间者，有逻逤檀为槽，龙香柏为拨者"。

自开元、《霓裳》曲罢，几番风月——这只琵琶啊：自从开元年间奏过《霓裳》曲以后，又经历了多少年的风花雪月啊。开元为唐玄宗李隆基的年号(713—

741)。《霓裳》,指《霓裳羽衣曲》,唐代宫廷中的著名琵琶曲。白居易《新乐府·法曲》自注:"《霓裳羽衣曲》起于开元,盛于天宝也。""《霓裳》曲罢",暗指杨贵妃之死,白居易《长恨歌》:"渔阳鼙鼓动地来,惊破《霓裳羽衣曲》。"

最苦浔阳江头客,画舸亭亭待发——由杨贵妃联想到白居易的《长恨歌》,又由白居易的《长恨歌》,联想到他的另一首名诗《琵琶行》:最痛苦的是贬官江州的白居易,浔阳江头夜送客之际,在亭亭待发的画船中听到了如泣如诉、哀音婉转的琵琶声。白居易《琵琶行》中有"浔阳江头夜送客,枫叶荻花秋瑟瑟。主人下马客在船,举酒欲饮无管弦"、"忽闻水上琵琶声,主人忘归客不发"等句。"画舸",描绘华丽的船。"亭亭",形容画舸高挺秀丽的样子。

记出塞、黄云堆雪——词人思绪再远接千古,由唐追思到汉,联想到背负琵琶入塞的王昭君:曾记王昭君出塞时,漫天黄尘滚滚而来,前面是座座万年积雪的高峰。"黄云堆雪",犹言黄沙蔽天,雪高成峰。

马上离愁三万里,望昭阳宫殿孤鸿没——她在马上弹奏着愁苦的哀曲,离愁别恨伴随着她三万里的征程。回望长安的昭阳宫殿再无踪影,唯有南飞的孤雁在高空时隐时现。"昭阳宫殿",汉代未央宫中的殿名。"孤鸿",指孤雁。没,失去踪影之意。

弦解语,恨难说——琵琶曲虽能理解、传达出主人的心语,但主人心中的怨恨又怎能贴切地表达出来呢?

辽阳驿使音尘绝,琐窗寒、轻拢慢撚,泪珠盈睫——由宫妃之恨再而联想到闺妇之怨:远在辽阳的丈夫早已空死疆场,音讯断绝,家中的少妇尚在苦苦思念日夜盼归:她孤凄地坐在寒冷的雕花的窗户下,怀抱着琵琶轻柔地弹奏着。念及远离的丈夫,她的泪珠如断线的珍珠,从双睫滚落而下。"琐窗",雕花的窗户。"拢"、"撚",均指弹琵琶的动作。白居易《琵琶行》:"轻拢慢撚抹复挑,初为《霓裳》后《六幺》。"

推手含情还却手,一抹《梁州》哀彻——由怨妇琵琶弹奏再写其思念离人之情:念及远去的丈夫,她将全部感情都寄之于曲中:推手却手,神情专注,直到一曲《梁州》终了,她悲痛欲绝。"推手"、"却手"、"抹",均指琵琶指法。《梁州》,唐代教坊曲名,亦名《凉州》。"哀彻",以哀声终曲意。彻,音乐之最后一曲。

千古事、云飞烟灭——千百年来的往事都已成为过去,有如天空中的云彩、旷野中的烟雾,转瞬即逝。

贺老定场无消息——这句来自唐代元稹的《连昌宫词》:"夜半月高弦索鸣,贺老琵琶定场屋。""贺老",指开元、天宝年间唐长安城著名的琵琶艺人贺怀智。"定场",是说演艺者技艺高超,一出场就使场中人倾耳细听,能压住场子。这句由闺妇之怨再联想到唐代元稹《连昌宫词》中的贺怀智:当年的贺怀智琵琶一曲惊天动地,使歌场鸦雀无声;但像他如此的琵琶高手也踪影全无了。

想沉香亭北繁华歇——由以上层层的联想再归结到杨贵妃,与开头对应绾结:想当年沉香亭北的歌舞曾经盛极一时,如今已是繁华过后歌舞休歇。"沉香亭",唐代长安兴庆宫中的一座亭子名。为唐玄宗和杨贵妃经常活动的场所。

弹到此,为呜咽——弹到这古今兴亡的悲曲,怎能不令人伤心落泪呢?

本词歌咏琵琶,全用典故堆砌而成,但后人对此词却大多持肯定态度,主要是因词人才高,所用众典,融合无间,自然流转,不见任何斧凿之痕。梁启超《艺蘅馆词选》评该词是:"琵琶故事,网罗胪列,乱杂无章,殆如一团野草。惟其大气足以包举之,故不觉粗率。非其人,勿学步也。"明人陈霆《渚山堂词话》说:"此篇用事最多,然圆转流丽,不为事所使,的是妙手。"此词多有人认为是一篇政治寓意之作,"赞昔日汴京承平时风物之盛,恨今日朝中无人、国势日颓。"如此理解,似也较符合当时南宋与金对峙的形势及词作者本人思想实际,似不应以穿凿附会而一概加以否定。

瑞鹤仙
赋梅

这是一首歌咏梅花的词,全篇以拟人寄托手法,将梅花想象为一个风姿绰约、淡雅清丽、孤独寂寞的女性。前片重在描写,喻写梅花傲霜怒放的风姿、不与凡花为伍的品格;后片重在抒情,写梅花在南国盛开的情态和孤独寂寞的痛苦,喻托词人的家国兴亡之感。此词之写作时间,有人考定当作于绍熙三年到五年(1192—1194)词人任官闽中时期。

雁霜寒透幕,正护月云轻,嫩冰犹薄。溪奁照梳掠。想含香弄粉,艳妆难学。玉肌瘦弱、更重重,龙绡衬着。倚东风,一笑嫣然,转盼万花羞落。　　寂寞,家山何在?雪后园林,水边楼阁。瑶池旧约、鳞鸿更、仗谁托?粉蝶儿只能、寻桃觅柳,开遍南枝未觉。但伤心,冷落黄昏,数声画角。

雁霜寒透幕,正护月云轻,嫩冰犹薄——这三句写梅花开放的时令:唐代韩偓

《半醉》诗有"云护雁霜笼淡月，雨连莺晓落残梅"的描写，前两句当化用韩诗之句。"雁霜"，指严霜，浓霜，天气极寒之状。"寒透幕"，寒气穿透了帘幕。"护月云轻"，轻淡的云彩遮蔽着月影。"嫩冰"，薄冰。当浓霜带来的阵阵寒气穿透帘幕，冬末春初的薄冰尚笼罩大地的时候，一个淡云遮护月光的夜晚，梅花悄无声息地开放了。

溪奁照梳掠——词人将盛开的梅花想象成为一个临镜梳妆打扮的美人："溪奁"，是说这个美人以溪水为镜。奁，古代妇女梳妆用的镜匣。"梳掠"，梳妆打扮。

想含香弄粉，艳妆难学——这两句是说这个梅花美人，搽脂敷粉，打扮得十分动人，别人任怎么妖艳妩媚地打扮，却半点也学不成。"含香弄粉"，指女性搽脂敷粉。"艳妆"，妖艳妩媚的妆饰。

玉肌瘦弱、更重重、龙绡衬着——由梅花美人的梳妆，写到她的身姿："玉肌瘦弱"，是就梅花的形体而言；她没有牡丹、芍药那样硕大的花朵，自然称得上是玉肌瘦弱。"更重重、龙绡衬着"，进一步细写梅花：她的花蕊，被一层层有如名贵的薄纱造就的花瓣衬着，更显出她天然的美艳。"龙绡"，传说由海中鲛人织就的一种细洁透明极其名贵的薄纱。

倚东风，一笑嫣然，转盼万花羞落——由梅花美人之身姿，再写其风采和天然的魅力：春风中的梅花，转动她那有如秋波般动人的眼眸，嫣然一笑，那种天然的风采魅力，使万花顿觉羞愧而凋谢。"嫣然"，形容笑态之动人。"转盼"，眼波流动之意。

寂寞，家山何在——但是，如此一个梅花美人，你孤独寂寞地在南方开放，你的家国在哪里，你的园山又在哪里？词人心目中的梅花实是一株生于北方开于南方的梅花，这不能不令人想起词人自己的身世经历。自屈原《离骚》诸篇以美人香草喻君臣遇合之写以来，历代文人都有这种写作的习惯，辛弃疾这首词明显地也有这层含意在内。

雪后园林，水边楼阁——这两句就梅花开放的环境而言，侧面衬托其寂寞之状：你在南方的此时此地开放，但陪伴你的，只有雪后的园林、水边的楼阁，其寂寞苦况，自可想见。

瑶池旧约、鳞鸿更、仗谁托——词人再展开想象之笔，表现梅花的寂寞痛苦："瑶池旧约"，是说梅花曾与天宫有过成约，但这个成约又如何能实现？"鳞鸿更、仗谁托"，由上句"瑶池旧约"，作者联想到：自己的深情厚谊又凭谁去转达？又能托付给谁呢？"瑶池"，神话传说中的西王母居住的地方，这里实际指的是南宋朝廷。"鳞鸿"，犹言鱼雁，指书信。古人有鲤鱼、鸿雁传书之说，故作者这样写。

粉蝶儿只能、寻桃觅柳，开遍南枝未觉——由自己的深情难达，再写到粉蝶、桃、柳，更进一步写梅花的寂寞痛苦：像粉蝶儿这样惜花爱花的生物，它也只能寻找桃柳之花来亲近,为什么呢?因为当梅花开遍南枝的时候,它还没有苏醒过来呢!它浑然全无感觉啊!你说梅花寂寞不寂寞?

但伤心,冷落黄昏,数声画角——面对此情此景,梅花唯有伤心落泪而已。在这寂寞冷落的黄昏时光,陪伴她的,只有远处传来的数声军营中的号角声而已。"号角",喻指极明显,祖国山河破碎未能统一,异地梅花,处此情势,唯有饮泣而已。

本词写梅,实际上处处寓写词人自己。开头写梅花开放的时令环境,其凌寒傲霜的风姿令人想到在宋金民族斗争中力主北定中原、恢复国土的词人自己。对梅花独高风采的宣扬,又可联想到词人孤芳自赏的性格。其寂寞开放,孤独无依,亦可联想到词人在南宋朝廷中对金和战不一的政治斗争中相对孤立无援的境地。词表面写梅而实以喻己,此词之立意即在于此。

一剪梅
中秋无月

本词就某年中秋天气状况而引发,描写自己的一种瞬间感受。中秋无月,何等遗憾,词人由此忆及往年中秋之景,以与今年中秋作对比。又由今年中秋之景,立生一种离奇的想法:他欲上天询问为何今年中秋无月。但一想这又何尝能做到?于是只好尽其所能地自乐自娱一番而已。

忆对中秋丹桂丛,花在杯中,月在杯中。今宵楼上一尊酒,云湿纱窗,雨湿纱窗。　浑欲乘风问化工,路也难通,信也难通。满堂唯有烛花红,杯且从容,歌且从容。

忆对中秋丹桂丛,花在杯中,月在杯中——这三句犹言:回忆昔日中秋之夜,丹桂花盛开;满斟一杯酒,满树盛开的丹桂映在杯中,天上圆圆的月亮映在杯中。"丹桂",桂花的一种。据《本草纲目》,花开白色者为银桂,黄色者为金桂,红色者为丹桂。

今宵楼上一尊酒,云湿纱窗,雨湿纱窗——今日也是中秋之夜:在楼上满斟一杯酒,既无月亮,也无桂花,只有云雾笼罩纱窗,雨滴打湿纱窗。

浑欲乘风问化工,路也难通,信也难通——特别想乘着风儿,登天询问天公:

"为什么该有月之夜而不放月出？"奈何天路不通，投书通信也难到达。"浑欲"，简直想。"化工"，犹言造化之功，指自然的创造力。这里实际指天公。

满堂唯有烛花红，杯且从容，歌且从容——整个厅堂不见月光，唯有红烛照耀。既如此，那就姑且从容举杯自斟自饮，从从容容地听听歌曲吧。

本词由中秋无月而引发思考。中秋本为赏月之夜，有月无月，心情自然大大不同。本词上片写两个不同中秋之夜的对比，抒发的感情看似在不经意间，但实际上烘托出两种不同的情绪，对今年无月之惆怅自然隐含其间。下片由今年无月抒发自己一种奇怪的想法，但一想，这种想法又是荒唐可笑难以做到的，于是只能以酒自足，以歌自乐。通词写得明白如话，全由自己一种瞬间产生的感受而引出，但颇含一种深蕴的意境。

满江红
中秋寄远

这是一首中秋怀人的词作。作者由中秋之夜月亮的圆缺这一自然现象、由中秋之夜的宴会引发感慨，以表达自己对远人的怀念之情。词作深受苏轼《水调歌头》"明月几时有"的影响和启发，但在表现风格上则有明显的不同。苏轼词充满浪漫气息与悠远的想象，辛词则语言奔放，表情直截了当。

快上西楼，怕天放、浮云遮月。但唤取、玉纤横管，一声吹裂。谁做冰壶凉世界，最怜玉斧修时节。问嫦娥，孤令有愁无？应华发。　　云液满，琼杯滑。长袖舞，清歌咽。叹十常八九，欲磨还缺。但愿长圆如此夜，人情未必看承别。把从前、离恨总成欢，归时说。

快上西楼，怕天放、浮云遮月——这三句写作者赏月的急迫心情和对圆月难得的珍惜：赶快登上西楼赏月吧，恐怕一会儿老天就要放出浮云来遮蔽月亮了！

但唤取、玉纤横管，一声吹裂——那么，月亮被遮蔽了又当怎么办？那就叫来美人，让她纤手轻按横笛，吹奏出美妙动听的乐曲，一下子把乌云吹跑。这三句有人认为暗用了北宋晏殊中秋赏月的典故。据叶梦得《石林诗话》，晏殊留守南郡时，逢中秋阴晦不能赏月，于是归寝。夜梦部属王君玉呈诗："只在浮云最深处，试凭弦管一吹开。"晏殊得诗而大喜，起而召客会饮，大奏乐。至夜分，月果出，于是欢饮达旦。"玉纤"，形容美人的手洁白纤细，有如细长的玉石做就。"横管"，指笛子。"吹裂"，指吹散乌云，又有人认为形容乐声的清脆激越。

谁做冰壶凉世界，最怜玉斧修时节——这两句由月亮的皎洁透亮想象月亮中的世界：是谁做成月亮这个盛冰的玉壶，给整个世界带来清清的凉意？这个月亮最值得人怜爱的又是什么时候？是她刚刚被玉斧修磨过的时候。"玉斧修时节"，据唐人段成式的《酉阳杂俎》：传说月亮是由七种宝石合成，表面凸凹不平，常有八万二千名匠人执玉斧修磨。

问嫦娥，孤令有愁无？应华发——请问月中的嫦娥，你一个人孤零零地生活在月亮中，你不感到愁闷吗？想来你已愁得头发都有些花白了。"嫦娥"，传说中的月宫仙子。这三句似乎是暗用了李商隐《嫦娥》诗意："嫦娥应悔偷灵药，碧海青天夜夜心。""孤令"，即孤零。"华发"，白发增多，成黑白夹杂。

云液满，琼杯滑。长袖舞，清歌咽——这四句就眼前筵席之景写来：美酒不断地斟满，美玉做成的杯子端起来觉得十分光滑。欣赏着优美的舞姿：美人挥动长长的袖子，口中吟唱出动听的歌曲，但奇怪，为什么歌声中带有一丝悲咽的声调？"云液"，云中之酒，犹言仙酒，这里指美酒。"琼杯"，琼玉做成的杯子。咽，歌声凄清悲哀难以成曲。

叹十常八九，欲磨还缺——美人的歌声中为什么带有这种悲咽的声调？噢，一定是她们想到了这天上的月亮，十次有八九次不能如人所愿。八万二千名匠人每次用玉斧把月亮修磨得又圆又亮，但过不了多久，它很快就又残缺了。

但愿长圆如此夜，人情未必看承别——这两句表达作者愿望：只希望月亮如今天夜里这样长久地团圆下去，人的本性就是如此啊，希望只聚不散；因为对于人间的别离，人们是并不别样看待的。"看承"，别样看待、特别看待意。

把从前、离恨总成欢，归时说——既然如此，那就让我们把从前种种的离别遗憾之情，都化成欢乐，等到你回来时再一总倾诉吧。"离恨"，离别之遗憾。

本词从"中秋寄远"可知，其主旨在怀人。但本词上半，先写赏月之急迫心情，再用两个赋笔传写月之神韵，复写月宫嫦娥之寂寞孤零，都未及怀人的主题。下半由月而写及眼前之酒宴，眼前美人之舞之歌，然后才由月之亏多于圆，拈出怀人主旨，就全词总的结构来说，怀人之思并未作为重点来处理。又结尾寄望于与离别者离恨成欢，归时倾吐，表现了作者对人生的达观态度。词虽表达了与苏轼颇为相近的胸襟，但辛词较之苏词，更显豪放，悲愁之气也显得更少。

木兰花慢

本词又是一首中秋赋月词。词人与客于中秋之夜饮酒通宵达旦,客人中有人提到前人诗词中有写待月的,没有写送别月亮的,于是词人写下了这首词。词人自称,自己之词用的是《天问》的体例。《天问》是《楚辞》中的篇名,一般被认为是战国时的屈原所作,作者向天提出种种奇问,多达一百七十多个涉及自然、社会的问题,表现了作者勇于探索的精神。本词仿用《天问》体,实际上是就词采用疑问探询的形式。

中秋饮酒将旦,客谓前人诗词有赋待月,无送月者,因用《天问》体赋。

可怜今夕月,向何处、去悠悠?是别有人间,那边才见光影东头?是天外,空汗漫,但长风浩荡送中秋?飞镜无根谁系?姮娥不嫁谁留? 谓经海底问无由,恍惚使人愁。怕万里长鲸,纵横触破,玉殿琼楼。虾蟆故堪浴水,问云何玉兔解沉浮?若道都齐无恙,云何渐渐如钩?

可怜今夕月,向何处、去悠悠——今晚可爱的月亮啊,你悠悠而去,到底将行向何方?"可怜",可爱、值得怜爱意。

是别有人间,那边才见光影东头——难道是西天极处另有一个人间天地?现在月亮从这边慢慢降落,那边才看到了它的冉冉东升吗?"别有人间",指另有一个人间天地。"光影",月亮之光彩。

是天外,空汗漫,但长风浩荡送中秋——难道是茫茫太空,空旷而无有边涯,月亮的运行是全凭着浩浩荡荡的高风把它吹动?"天外",犹今之宇宙。"汗漫",空旷而无有边涯的样子。

飞镜无根谁系——月亮是一个跃上天空的闪亮的镜子吗?既然如此,那它是没有根的,又到底是谁把它用绳子牢牢地拴缚在高空上的?"无根",无有根底。系,拴缚意。

姮娥不嫁谁留——月里的嫦娥又为什么长期不出嫁呢?到底又是什么人把

她迷住,使她心甘情愿地留在那个寂寞的世界里? 姮(héng)娥即传说中的月里嫦娥,相传她偷食了丈夫后羿的仙药,乘风奔月,从此永居月宫。

谓经海底问无由,恍惚使人愁——有人说过月亮是西经海底而重返于人间天上的,这到底是真是假? 这些事又能到哪里去查问? 这些事真是令人难以捉摸,想起来也令人发愁。"问无由",指无从问起。"恍惚",迷离而不可捉摸意。

怕万里长鲸,纵横触破,玉殿琼楼——如果说月亮真的是西经海底才重现于人间高空上的,那它经过海底的时候,就不怕海中数万里的大鲸恣意纵横往来,撞坏它月宫中美玉做成的宫殿楼阁吗? "玉殿琼楼",据晋代王嘉《拾遗记》,月亮中自有"琼楼玉宇烂然"。

虾蟆故堪浴水,问云何玉兔解沉浮——如果说月亮真的是西经海底才重现于人间高空上的,那么,月亮中有蛤蟆,它们自然会游泳,但月亮中也有玉兔呀,它可不会游泳啊! 那它怎么能在水中自由沉浮而不受任何损伤呢? "虾蟆",即蛤蟆,民间有月宫中的金蟾戏水的传说。"玉兔",指月宫中的兔子,民间有月宫中的玉兔捣药的说法。

若道都齐无恙,云何渐渐如钩——如果说月亮行经海底时,它的任何东西事物都不会受到损伤,那它为什么会由一轮圆月渐渐变成一弯银钩呢? 肯定是有损伤的,只不过慢慢地它又医好了损伤,恢复了自己的原状罢了。

本词在咏月词的写作上颇有独特之处。首先是正如词人自己所言,前人多写待月、赏月的,而很少见有送月的,作者始作此题,具有开创意义。其次是全词统以问句组成,以九个问句,探寻月之奥秘,在宋词中显得别具一格。近人王国维《人间词话》评其词起首五句:"词人想象,直悟月轮绕地之理,与科学家密合,可谓神悟。"第三是本词紧扣月体运行发问,善于想象描绘,把对天宇的探索和神话传说熔为一炉,而又能自出新境。

汉宫春
立春日

本词就立春日景象抒发自己的故国之思。作者由立春日的女性之打扮,写到收寒未尽之天气,再遥想年时燕子北归之景,表达自己无情无绪之愁闷。前人多谓此词喻写词人政治见解,"'馀寒'暗喻北方金人的威胁依然存在,而南方的妥协派还在对抗战派肆行压制"。"年时燕子"句,也被认为是"借燕子之梦,暗示汴京仍在金人手中,迟迟未能收复","浑未办"二句,"是说山河破碎,爱国的人们无心思去庆贺立春的日子,言下之意是说大家都在为国事担忧"。下片也认为是"影射那些醉生梦死的权贵们整天忙于寻欢作乐,点缀升平。等到他们'闲'了,也没干正经事,而是把忧国者催老"。依笔者之见,作者思念故国是真,但作如此泥实具体的解说,也并不妥当。这种评论,有主观臆断之嫌。

　　春已归来,看美人头上,袅袅春幡。无端风雨,未肯收尽馀寒。年时燕子,料今宵、梦到西园。浑未办、黄柑荐酒,更传青韭堆盘。　　却笑东风从此,便薰梅染柳,更没些闲。闲时又来镜里,转变朱颜。清愁不断,问何人、会解连环。生怕见、花开花落,朝来塞雁先还。

　　春已归来,看美人头上,袅袅春幡——春天已重新回到人间,你看,美人的头上,不是已系上颤颤巍巍不断抖动的春幡彩胜了吗?"袅袅",微动的样子。"春幡",古时风俗,每逢立春,妇女剪彩绸为花、蝶、燕等形状,插于头鬓之上,或系于花树之上,也名幡胜、彩胜。

　　无端风雨,未肯收尽馀寒——春天已到来,但老天平白无故地又是刮风,又是下雨,还不乐意完全收去冬天的馀寒。"无端",平白无故地。

　　年时燕子,料今宵、梦到西园——因为春气尚寒,去秋到南方的燕子,尚未北归,料它们今夜会梦到北方旧都之地。"年时",指上年之时。"西园",汉代长安西郊有上林苑,北宋都城汴京西门外有琼林苑,都有西园之称,这些地方都为专供皇帝打猎游赏之用,这里当泛指两地,以寓对故国的思念之情。中原既然沦陷,回故国已是不可能,连燕子也只能在梦中回到故都之地。

　　浑未办、黄柑荐酒,更传青韭堆盘——立春日到来了,应该庆祝节日了,但一切都没有心思去办,诸如:用黄柑酿就的腊酒互相敬献以表吉庆,把春饼及韭菜堆放于盘中互相赠送等。"黄柑荐酒",指当地人的一种风俗:每逢立春日,人们将黄柑酿造的腊酒互相敬献以表吉庆。"青韭堆盘",亦为当地人的一种风俗:立春之日把春饼及韭菜等堆放于盘中互相赠送,叫作春盘。

　　却笑东风从此,便薰梅染柳,更没些闲——我却笑那多情的春风,从此后便忙着把梅花熏香,把柳树染绿,再没有一点空馀的时间。"东风",指春风。"薰梅染柳",这里用拟人手法,言东风把梅花熏香,把柳树染绿(实际上是季节时序的变化)。

　　闲时又来镜里,转变朱颜——这两句承上,言春风空闲时,又来到镜里,偷偷地把人年轻的容貌改变。岁月流逝,人由盛壮之年逐渐走向老境,突然一天引镜自照,才发现自己垂垂老矣。作者不从这个角度说起,而是说东风来到镜中,把人的红颜变为衰老之貌,是一种拟人俏皮的说法。"朱颜",犹言红颜,代指青春年少。

清愁不断,问何人、会解连环——由于如此,盛壮不再,故产生诸多愁闷。这种愁闷,绵绵不断,有如郁结多年的难解的连环,又有谁能解得开呢?"解连环",《战国策·齐策》载,秦昭王送给齐国王后一串玉连环,说:齐人聪明,能解开这个连环吗?齐后将连环遍示群臣,无人能解。齐后最后以铁锥锥破了这个连环,告诉秦国使者说:"连环已被我解开了。"辛弃疾用此典,意在说明自己心中的忧愁有如玉连环一样难以解开。

生怕见、花开花落,朝来塞雁先还——生平最怕看到的是:春天里花开花落,清早从南方起身先我而飞向北方的大雁。为什么呢?因为一年的好时光即将成为过去,人的青春也转瞬即逝;大雁能先我而归中原,而我的归期却遥遥无期。

本词由立春之景引发对故国故园的思念,妙在词作写得意蕴浑厚,意境深藏其间。开头直写春已归来,由美人之打扮,写到春天乍暖还寒的气候,引出燕子之"梦到西园",非常自然地、曲折隐微地道出对北方故土的思念。下片专就春风说事,以俏皮多彩的拟人想象之笔,写春风之点染万物、催老人颜,借此引出自己的"清愁",寓含自己虚度年华未能把有限人生献于恢复故土事业的惆怅不满。结尾揭示自己此刻心理,再加以点题:大雁能先我而归中原,而我的归期却遥遥无期,作者对故土的思念之情由此而显得更加浓烈。

粉蝶儿
和赵晋臣敷文赋落花

本词是作者为友人赵晋臣的落花词写的一首和韵词。赵晋臣名不遇,字晋臣,江西铅山县人,曾为"敷文阁学士"。本词歌咏落花,前半写花从盛开到凋落的过程,后半以花及人,表达自己惜春怕归的愁闷之情。

昨日春如,十三女儿学绣,一枝枝,不教花瘦。甚无情,便下得,雨僝风僽。向园林,铺作地衣红绉。　　而今春似,轻薄荡子难久。记前时,送春归后,把春波,都酿作,一江醇酎。约清愁,杨柳岸边相候。

昨日春如,十三女儿学绣,一枝枝,不教花瘦——昨天春天刚到时,百花盛开,春光浓郁,枝枝朵朵的花儿,有如十三岁的少女学绣花,花儿被绣得又肥又大。"学绣",初学绣花。

甚无情,便下得,雨僝风僽——老天真是无情啊,一场大风雨降临,便使花儿饱受痛苦摧残。"雨僝(chán)风僽(zhòu)",雨风使花遭受折磨意。僝、僽,愁苦烦恼意,宋王质《清平乐·梅影词》"从来清瘦,更被春僝僽",是其所本。

向园林,铺作地衣红绉——一场风雨过后,摧落之花朵撒满了园林,有如铺上了一层红色绉纱。"红绉",红色有皱纹的丝织品。

而今春似,轻薄荡子难久——如今的春天即将过去,它有如一个浪荡子弟,对人轻薄少情,难以保持恒久的感情。这句言春天不肯久留人间,有如荡子朝三暮四,与女子相处几日就要离开。

记前时,送春归后,把春波,都酿作,一江醇酎——这句话为词人回忆往时春归瞬间之所思所想:记得以前我送春归时,曾想把载着春花的春水,都酿成一江浓酒,这样兴许能把残存的春色永久地保留下来。"醇酎(chúnzhòu)",味道浓烈之酒。

约清愁,杨柳岸边相候——为春天而逝生成的清愁啊,你先到杨柳岸边等候,我要带上酒与你共醉一场。

本词歌咏落花,它的特点是全篇用比喻,表达作者热爱美好事物、惋惜春光早逝的心情。上半用了两个比喻:先用十三岁的少女学绣之花朵,喻烂漫春光中盛开的百花,然后突转以"甚无情",痛惜春花被风雨摧残的景象。"铺作地衣红绉",表达形象生动鲜明。下半写作者对春将尽的感受:将尽的春天有如荡子用情不专,对明媚的景色毫不顾惜。再写自己往日对春光的浓郁之思:为了让美好的春光保留在记忆中,词人忽发奇想,要将满载落花的江水全酿成醇酒,在杨柳岸边痛饮遣愁。此词写得含蓄隽永,意想生动,使读者在深入反复的体味中也油然而生一种难言的惜春之意。

喜迁莺

【题解】

本词一般认为作于作者闲居瓢泉之时,具体写作年月不详。从题目上看,是作者友人赵晋臣写了一首歌咏芙蓉花的词为作者祝寿,作者颇有感触,以赵之原韵再作一首以表谢意。词属传统的咏物词,上半迭用多则有关芙蓉花的典故,下半化用屈原的诗意抒情,赞芙蓉花之品格,歌芙蓉花之精神。在对芙蓉花的歌咏中,又寓含词人一种永难忘怀的政治寓意。按:芙蓉即荷花,又名芙蕖。

谢赵晋臣敷文赋芙蓉词见寿,用韵为谢。

暑风凉月,爱亭亭无数,绿衣持节。掩冉如羞,参差似妒,拥出芙蓉花发。步衬潘娘堪恨,貌比六郎谁洁?添白鹭,晚晴时公子、佳人并列。　　休说,寨木末;当日灵均,恨与君王别。心阻媒劳,交疏怨极,恩不甚兮轻绝。千古《离骚》文字,芳至今犹未歇。都休问,但千杯快饮,露荷翻叶。

【新解】

暑风凉月,爱亭亭无数,绿衣持节——这三句写荷花的枝繁叶茂及与众不同的风姿:在暑热之季微风的吹拂下,天气转凉的岁月中,无数荷叶在水中亭亭玉立,有如一对对穿着绿衣的使者持节站立。"亭亭",挺拔娇好的样子。节,指符节,古代皇帝所派使臣用以证明自己身份的信物。

掩冉如羞,参差似妒,拥出芙蓉花发——在无数枝繁叶茂的荷叶衬托下,拥出了朵朵开放的荷花:她们有如含羞的少女,遮遮掩掩地闪现于绿叶之间;那种参差错落的样子,似互相含有妒意而争美斗艳。"掩冉",掩饰遮蔽的样子。"参差",言芙蓉花生长开放的高下不齐,错落有致。

步衬潘娘堪恨,貌比六郎谁洁——"潘娘",南北朝时齐东昏侯萧宝卷之妃。据《南史·齐东昏侯传》,言东昏侯:"凿金为莲花,以帖地,令潘妃行其上,曰:'此步步生莲花也。'""六郎",指唐代武则天的幸臣张昌宗。《新唐书·杨再思传》写杨再思"巧谀无耻"地吹捧武则天的男宠张昌宗:"张昌宗以姿貌幸,再思每曰:'人言六郎似莲花,非也;正谓莲花似六郎耳。'""堪恨",颇感遗憾之意。这两句以人拟花,言荷花之风姿如与步衬莲花的潘妃相比则潘妃也要感到有所遗憾;其貌如要与唐代出名的美男张昌宗相比也远比他洁净得多。

添白鹭,晚晴时公子、佳人并列——这三句是说如果晚晴之天白鹭飞来与芙蓉为伍,就有如公子与佳人并肩比立。按白鹭从色彩上来说,通体皆白,又其一生往来水上,象征纯洁无邪、超尘脱俗的品格,可谓风度翩翩,仪表俊逸。杜牧《晚晴赋》:"白鹭忽来,似风标之公子。"辛词取其寓意。

休说,搴木末——这两句化用屈原《九歌·湘君》诗意:"采薜荔兮水中,搴芙蓉兮木末;心不同兮媒劳,恩不甚兮轻绝。"意思是说入水去采陆上生长的香草,缘木去摘水中开的芙蓉,哪里会有收获?

当日灵均,恨与君王别——因为是写芙蓉的,写到芙蓉,就想到以芙蓉等类香草为喻的屈原,词人不无感慨地说:当年屈原曾非常遗憾地与君王分别。"灵均",屈原之字。屈原《离骚》自述自己"名余曰正则,字余曰灵均"。恨,引为憾事意。

心阻媒劳,交疏怨极,恩不甚兮轻绝——这三句承上再写屈原,是说屈原的忠君为国感情不为君王所知,有如男女双方心念不一,徒然让做媒的来往传语,逐渐交情疏远,心中怨恨达到极点,君臣之间竟至不以为然地轻易断绝了恩情。"心阻",心中有阻隔。"媒劳",徒然地让媒人往来劳苦。"不甚",不以为然意。屈原曾在自己的作品中用男女婚配交好等事,隐喻楚王亲佞远贤,失信于己。辛弃疾化用屈原作品之意,用以自喻身世,表达自己志向难达的悲哀之情。

千古《离骚》文字,芳至今犹未歇——这两句对屈原的《离骚》等作加以赞美,认为屈原之《离骚》,其传播下之芳芬香味,至今未歇,可谓流芳千古。

都休问,但千杯快饮,露荷翻叶——什么都别问了,但举杯畅快地饮酒吧,有如带露的荷叶翻卷,千杯不惜一醉。"露荷翻叶",喻酒杯翻转,不停地饮酒。古人诗中常以荷叶喻杯,如殷英童《咏采莲》:"藕丝牵作缕,莲叶捧成杯。"

本词前半重在正面刻写荷花形貌风姿,以一爱字领起,先写荷叶,再写荷花,复用两典,赋写其红绿相间千姿百态的神情。白鹭三句,烘托其与众不同的品格,形象逼真,言简意深。下半在前半赋笔基础上抒发感情,全是化用了屈原的诗意。写屈原忠君报国之心不为君王所知的悲哀,使咏物之作喻含一种浑厚的意蕴。词末歌颂屈子精神,言其《离骚》文字芬芳永烈,隐然以屈原自况。最后以千杯豪饮做结,巧扣词题,更一吐其全身牢骚不平之气,显得豪气逼人。

水调歌头

寿赵漕介庵

此词是辛弃疾为友人赵介庵写的祝寿之词,作于宋孝宗乾道四年(1168)九月,时辛弃疾任官建康府通判,年二十九岁,距辛弃疾率兵南归之高宗绍兴三十二年(1162)已历六个年头。在辛弃疾创作的词篇中,一般认为这是辛词中写作年代较早的一篇。"漕"指计度转运使,宋代在所属各路设立的一种主管催征赋税、钱粮及水上运输的官员。赵介庵名彦端,号介庵,出身赵宋宗室,时任江南东路计度转运副使,驻节建康。此词前半歌颂友人与众不同的出身和才学,后半勉励友人不虚其位,为抗金复国事业作贡献。词人之爱国热诚亦在借为友人祝寿之机得到了充分的抒发。

千里渥洼种,名动帝王家。金銮当日奏草,落笔万龙蛇。带得无边春下,等待江山都老,教看鬓方鸦。莫管钱流地,且拟醉黄花。　　唤双成,歌弄玉,舞绿华。一觞为饮千岁,江海吸流霞。闻道清都帝所,要挽银河仙浪,西北洗胡沙。回首日边去,云里认飞车。

千里渥洼种,名动帝王家——本词开头即夸赞友人与众不同的出身。"渥洼种",犹言人间少有的神驹骏马。据《史记》,汉武帝时,有骏马生于渥洼水(今甘肃敦煌一带)中,当地有人献于朝廷。武帝以为此马乃从天而降之神物,曾作《天马》之歌。这两句言友人:不仅出身帝王之家,而且是帝王之家中少有的杰出人物,有如从天而降之天马神驹。

金銮当日奏草,落笔万龙蛇——夸完友人的出身,必及友人的文才:当年友人在朝廷起草奏章时,那种遒劲奔放的笔力和文采无人可及。其落笔处,有如万条龙蛇在飘舞飞动。按:友人此前曾在朝中担任为皇帝起草诏令的显谟阁学士,故词人这样誉他。"龙蛇",喻其文章生动飘逸有如龙蛇飞行之状。

带得无边春下,等待江山都老,教看鬓方鸦——写完友人的才华文采再说到的应该就是友人的政绩了,又因这是一首祝寿之作,友人的容貌自然也在必写之中,以上三句即颂其政绩并兼赞其容颜:自从您来到建康这个地方后,有如给当地带来了无边春色,您那青春焕发的样子,似乎把江山都能熬老,瞧您那鬓发,有如乌鸦的羽毛那样黑光发亮。方，相比、比并意。

莫管钱流地，且拟醉黄花——这两句由友人的官职、政绩顺而下之。"钱流地"，用唐代刘晏之典。据《新唐书·刘晏传》，刘晏善理财，"能权万货轻重，使天下无甚贵贱而物常平，自言如见钱流地上"。赵彦端当时担任的职务是计度转运副使，词人用唐人刘晏之典，实际是隐赞友人处理公务的才能，同时劝时逢佳辰的友人，当菊花盛开之秋时佳日，暂时放却公务，把酒对菊，一醉方休。

唤双成，歌弄玉，舞绿华。一觞为饮千岁，江海吸流霞——贵人的寿宴，歌舞是不可少的。这几句由夸誉友人转而描写寿宴歌舞场面：快把双成、弄玉、绿华那样天仙般的美女叫来，弹奏一曲，欢歌一阕，热舞一番吧！让我们共同举杯，为您的长寿千年而祝福，翻江倒海、痛快淋漓地开怀畅饮美酒。"双成"、"弄玉"、"绿华"，我国神话传说中能歌善舞、才貌双绝的仙女，这里借指赵府中的歌女。"流霞"：神话中的美酒。王充《论衡·道虚篇》载：项曼都弃家求仙，归家后言及仙家生活，言"仙人辄饮我流霞一杯。每饮一杯，数月不饥"。"江海"，夸张描写饮酒的痛快淋漓：开怀畅饮，有如翻江倒海。

闻道清都帝所，要挽银河仙浪，西北洗胡沙——三句由宴会转到对国家政局的描写——这也是由友人赵宋宗族的出身自然联想到的：听说天帝有意要拦截银河的仙水，用来洗刷西北胡人带来的滚滚尘沙。言外之意是说：听说朝廷有北进中原，收复失地，彻底清除敌患之意。"清都"，传说中的天帝所居，这里喻指南宋朝廷。挽，聚集、拦截、收挽意。按杜甫《洗兵马》诗有"安得壮士挽天河，净洗甲兵长不用"之句，这里略作变化而用之，强调以银河水来洗涤西北胡尘，表现了词人收复失地的强烈愿望。

回首日边去，云里认飞车——由国家政局结以友人的前程，为友人寿辰点题，祝愿友人前程远大，青云直上，奋志凌飞，大展宏图。"日边"，喻指朝廷。"云里飞车"：传说中的神车，皇甫谧《帝王世纪》载："奇肱氏能为飞车，从风远行。"词人以云里飞车喻友人将来定会前途远大，可风云际会，实现自己的抱负。

本词为传统的祝寿之词，此类词的特点是大多以华辞丽语称美主人，很难流露出作者自己真实的感情。辛弃疾此词虽未能免俗，但作者将寿词的溢美与国家的形势政局密切联系起来，表达了自己耿耿于怀的拳拳爱国之心，赋予了这首祝寿词强烈的时代感。"要挽银河"两句，奏响了一曲时代的最强音，使全词显得昂扬奋发，富有激情。词中杂用神话故实，又极富夸张想象的浪漫气息。

满江红
建康史帅致道席上赋

本词作于作者任建康府通判时,写作时间与上词相同或相近。"史帅致道",指史正志,字致道,南宋前期著名爱国将领。他为绍兴二十一年(1151)进士,曾任枢密院编修,乾道三年(1167)开始知建康府、兼建康行宫留守。据史载,史正志曾向宋高宗上《恢复要览》五篇,力主抗金复国。辛弃疾此词是酒宴上写呈给史正志的,词中抒发了对史正志的崇敬之情,并对他寄予殷切厚望,希望他对国家的统一、地方的安宁作出贡献。词中虽不可免地存在一些封建官场习见的对上司的庸俗吹捧,但词人重点表达的是盼望如史正志这样的抗战人士能得重用,以便助成收复中原的抗金大业,故全诗颇具一种深蕴而浑厚的意境。

  鹏翼垂空,笑人世、苍然无物。又还向、九重深处、玉阶山立。袖里珍奇光五色,他年要补天西北。且归来,谈笑护长江,波澄碧。 佳丽地,文章伯,金缕唱,红牙拍。看尊前飞下,日边消息。料想宝香黄阁梦,依然画舫青溪笛。待如今端的约钟山,长相识。

  鹏翼垂空,笑人世、苍然无物——起首即高屋建瓴,用《庄子》之典,赞美史帅超乎常人的风度与才能:言他有如展翅高飞的大鹏,傲笑人间:俯视下世,苍然一片,有如无物。按《庄子·逍遥游》谓:"北冥有鱼,其名为鲲。鲲之大,不知其几千里也;化而为鸟,其名为鹏。鹏之背,不知其几千里也;怒而飞,其翼若垂天之云。"是为此三句之本。

  又还向、九重深处、玉阶山立——承上大鹏之喻,词人再以天宫为比,喻写史正志在朝廷中举足轻重的地位:你在朝廷中的地位,就有如玉阶上高高耸立起的一座山峰,谁人能忽视你的存在?"还向",返身而向之意。"九重",神话传说中天的最高处,这里喻指朝廷。"玉阶",指天宫中的阶陛,这里代指朝堂。

  袖里珍奇光五色,他年要补天西北——据《淮南子·览冥训》:"往古之时,四极废,九州裂,天不兼覆,地不周载……于是女娲炼五色石以补苍天,断鳌足以立四极,杀黑龙以济冀州,积芦灰以止淫水。苍天补,四极正,淫水涸……"词人用这则神话,喻写史帅具有整顿乾坤的过人韬略:怀揣珍奇的光芒四射的五色之石,有朝一日，您会如神女女娲一样，重新补好西北那块塌陷的天空，使其重现完美的风姿。"补天西北"，喻被金人占领的北方土地得到收复。

且归来，谈笑护长江，波澄碧——承上之喻，词人再把其人比做从天而降的神人：您暂且从天上归来，作了长江的守护神，从从容容谈笑之间，就使万里长江防线水波澄碧无风无浪。"波澄碧"，喻长江防线在史正志的护卫下显得十分稳定。

佳丽地，文章伯。金缕唱，红牙拍——由以上之喻，再及其人之文章才华，复由眼前席宴之景颂其人在建康风流潇洒的生活：在形胜美丽的建康，您写文作词，成为文坛的当然领袖。您听歌赏舞，过着一种风流洒脱的生活。"文章伯"，犹言文坛之盟主。"金缕"，乐曲名。"红牙拍"，指红色的拍板，歌唱时用以按动节拍。

看尊前飞下，日边消息——由眼前之景表达词人此刻的一种期望：也许有朝一日，酒筵前会从天降下朝廷重用您的好消息。"日边"，喻朝廷。

料想宝香黄阁梦，依然画舫青溪笛——预料您一品宰相的美梦定会实现，可现今你却依然坐在画船中游览建康美景临风品笛啊！这究竟是怎么一回事呢？"宝香"，贵族之家烧用的一种名贵香料。"黄阁"，宰相之代称：汉代的丞相府都涂以黄色，故称。"青溪"，三国孙权在建康开凿的一条人工河，源于钟山，流入秦淮河，后成南京著名的游览胜地。

待如今端的约钟山，长相识——到如今你果真是要与钟山定下盟约，长久地与它相知相识吗？"端的"，果真、真的。

本词属即席写付他人之作，故内容上颇近一般祝福祝寿之词，但写法上颇具特色。开头用《庄子·逍遥游》中一则神话式寓言，以翼若垂天之云的大鹏傲视人间比喻其人，使全词罩上了一层绚丽而高伟的浪漫主义色调。复以女娲补天之典，夸其与众不同的才能和力挽狂澜的伟力，并以其身负的重任来描绘其过人的风采。下半则先借筵席景况抒情，赞其斐然文采；复寄托自己愿望：有望其人得朝廷大用、成抗战的中流砥柱，其立意抒情，可为全词之"眼"。"料想"以下，似以现实的残酷寓写理想之难达，词人对抗金复国之难以实现而忧愤，亦隐含其中。结尾两句，写其人在建康不得不过着一种"约钟山，长相识"的生活，含蓄地传达出了词人对朝廷闲置抗战人士苟安东南的怨愤和不满。

念奴娇

登建康赏心亭，呈史留守致道

题解

本词亦作于稼轩任建康通判时，写作时间有人定在乾道五年(1169)。赏心亭为北宋丁谓时所建，在建康城西下水门城上，下临秦淮河，为当时著名的游览胜地。史致道即史正志，介绍见前词题解。此词与前词一样，亦属写呈他人之作，但与前词不同的是，本词立意在登临怀古，借古人抒发自己的时代兴亡之感和郁郁不平之气，同时寓含一种词人对国事难问的隐隐忧愁。

　　我来吊古，上危楼赢得、闲愁千斛。虎踞龙蟠何处是？只有兴亡满目。柳外斜阳，水边归鸟，陇上吹乔木。片帆西去，一声谁喷霜竹？　　却忆安石风流，东山岁晚，泪落哀筝曲。儿辈功名都付与，长日惟消棋局。宝镜难寻，碧云将暮，谁劝杯中绿？江头风怒，朝来波浪翻屋。

新解

　　我来吊古，上危楼赢得、闲愁千斛——首句直入吊古，写词人登上赏心亭的瞬间感受：登楼远眺，似乎古今风云顷刻之间尽扑胸间。他百感交集，万千愁绪顿然而生。这种思绪，有如千钧巨石，挤压胸中，使词人简直透不过气来。斛，古时量器名，亦为容量单位，古代以十斗为一斛，南宋一度时期曾改为五斗一斛，两斛为一石。愁可用量器来量，是一种感情的具象化写法。"闲愁"，词人对自己愁情的一种自嘲写法，犹言莫名无用之愁。

　　虎踞龙蟠何处是？只有兴亡满目——愁绪从何而来？词以吊古开篇，毫无疑问，可知愁绪全是由对古今兴亡的感慨而来，故这两句就建康的地理形势引发思绪。"虎踞龙蟠"是诸葛亮对金陵地势的评判："钟山龙蟠，石城虎踞，真帝王之都也。"(《金陵图经》)但在作者眼中，这个形胜之地，还能看到什么呢？满目所见都是六朝兴亡的历史遗存，观之怎能不令人怵目惊心？

　　柳外斜阳，水边归鸟，陇上吹乔木。片帆西去，一声谁喷霜竹——历史既不堪回首，那就由对历史的兴亡思索回到现实吧，但赏心亭所见之景又是如何呢？柳树遮蔽处的夕阳，毫无生气地即将坠落；水边鸟儿，懒洋洋地准备归巢；陇上吹来的风，凄惨地摇撼着高大的树木；向上流行进的渐渐远去的点状的船帆中，隐隐约约地不知何人吹起了竹笛，如泣如怨——好一派凄清衰飒的黄昏景象！"喷霜竹"，指吹奏竹笛。喷,吹奏意;"霜竹",代指笛子。

却忆安石风流,东山岁晚,泪落哀筝曲——由上片之写景,词人再抚今追昔,由己及人,联想到曾在此地活动过的东晋一代名相谢安:想当年谢安的才华和文采是多么令人羡慕!但到晚年又如何呢?他忧谗畏讥,致有泪落哀筝之举。谢安,字安石,东晋时期著名的政治家,他曾出奇制胜,取得淝水之战的胜利;继又挥军北伐,挺进中原,一度收复河南失地。谢安晚年因位高震主而遭猜忌,被迫出镇广陵。据《晋书·桓伊传》:孝武帝曾召善乐者桓伊饮宴,适谢安侍坐。桓伊抚筝而歌:"为君既不易,为臣良独难,忠信事不显,乃有见疑患……"谢安闻言触动心思,不觉潸然泪下,"泪落"句,即写此事。

儿辈功名都付与,长日惟消棋局——此两句承上,前句写谢安的功业与文采风流。太元八年(383),前秦仞坚大军南下,谢安派其弟谢石、其侄谢玄率军迎战于淝水,晋军以少胜多,大败秦军。捷报传来,与客下棋的谢安脸无喜色,声情泰然,下之如故。客问之,他从容答曰:"小儿辈遂已破贼。"后句则揣想谢安因功高震主,备受猜忌,终日以下棋为务,用一种懒散而无所用心的生活消除皇帝对他的猜忌。"长日"句,亦见于唐人张固《幽闲鼓吹》中所载李远诗断句:"长日唯消一局棋。"

宝镜难寻,碧云将暮,谁劝杯中绿——词人思绪跃动,由谢安而再及建康的两个典故故事。"宝镜难寻",唐人李睿《松窗杂录》记载:穆宗长庆年间,有渔人于秦淮河上捕鱼,得一古铜镜,照之尽见自己的五脏六腑,惊骇腕颤之际,镜子复落入水中。当时的唐相李德裕闻之,穷索水中而不得。"碧云将暮":见于南朝江淹《拟休上人怨别诗》:"日暮碧云合,佳人殊未来。"古人诗中常有以美人喻君主之习惯,合上三句,实写自己空具忠肝义胆而无人所见、无人赏识的悲痛之情。"杯中绿",指酒。

江头风怒,朝来波浪翻屋——江边风翻浪涌,早晨曾见将岸边的屋顶掀翻。这是词人眼中所见之景的实写,但此描写,又实含一种喻意象征:当前险恶的环境和危迫的国势又何尝不是这样?国势有如风雨飘摇中的破屋,真是不可问啊!

本词首句就直出"吊古",拈出题旨,并以"闲愁"领起全篇。接下从建康形胜写起,由眼前衰飒之景联想到建康兴盛一时的往古,由建康的往古又联想到与之密切相关的英雄谢安。追昔而抚今,由史而及己,面对国势日颓的局面,作者不禁深自感叹:空有忠肝义胆而无人赏识,徒负治国之能而无所施,惟蹉跎岁月而已。作者愤激之语,溢于言表,郁愤之情,有如眼前长江之涛,永难平息。

声声慢

滁州旅次登奠枕楼作，和李清宇韵

这首词大约作于乾道八年(1172)作者任官滁州期间。滁州为当时宋金之战的前线，屡遭兵火，民生凋零。据《宋史》本传，辛弃疾在滁州期间，曾"宽政薄赋，招流散，教民兵，议屯田"，未几，"荒陋之气，一洗而空"(崔敦礼《宫教集·滁州枕楼记》)。奠枕楼为辛弃疾在滁期间创修的用于安顿百姓、收容客商的大楼。楼成后，友人周信道曾前来与辛弃疾相会，并作《奠枕楼记》略记其始末。楼名取天下太平，安居高卧，登楼览胜，与民同乐之意。"旅次"，犹言客中居住之所。因作者是山东济南人，流寓南方，故视滁州官舍为旅次。李清宇，作者之友，延安人，生平不详。

　　征埃成阵，行客相逢，都道幻出层楼。指点檐牙高处，浪涌云浮。今年太平万里，罢长淮、千骑临秋。凭栏望，有东南佳气，西北神州。　　千古怀嵩人去，还笑我、身在楚尾吴头。看取弓刀陌上，车马如流。从今赏心乐事，剩安排、酒令诗筹。华胥梦，愿年年、人似旧游。

征埃成阵，行客相逢，都道幻出层楼——这三句设想从行人眼观吃惊神态写出奠枕楼的异乎寻常：在车来人往、旷野阵阵而起的征尘的掩映下，过客们相逢此地，都对这里突然出现的这座美丽高楼纷纷驻足攀谈，啧啧称道。"征埃"，指行人车马扬起的尘土。"行客"，行道之人。"幻出层楼"，犹如"奇迹般地出现一座高楼"。"层楼"，指高楼。

指点檐牙高处，浪涌云浮——这两句承上，写行人对层楼的惊异：行人指点那楼顶高翘的檐牙，只见那波浪般的云气不断涌起，在高楼之巅浮动追逐。

今年太平万里，罢长淮、千骑临秋——隆兴年间，宋金达成和议，两朝战火暂息，南北两方以淮河为界，各守其疆。作者有感于此，写下此句：今年万里边防一派太平景象，淮河前线暂时罢兵，金人的铁骑没有如往常一样在秋季发动进攻。罢，罢手、罢兵意。"千骑临秋"，指敌人在秋高气爽、兵强马壮时发动进攻。

凭栏望，有东南佳气，西北神州——这三句由词人登楼远望所见之景而发感叹：凭栏远望，东南地区一片吉祥之气，但远望西北的神州，又当如何？言外之意是说：虽然东南地区形势大好，但无奈西北失地尚在敌人之手。

千古怀嵩人去,还笑我、身在楚尾吴头——这两句承接"凭栏望……西北神州"。"怀嵩人",指唐代的李德裕。李德裕当年曾被贬官滁州刺史,他在滁州建"怀嵩楼",以表达自己对洛阳嵩山故居的怀念,并向朝廷抒发欲归之情。词人遥望西北神州,由自己的遭遇,自然由今及古,联想到唐人李德裕:李德裕也曾贬官南方啊!可他最终如愿以偿地离开了滁州,而我呢?至今仍在吴头楚尾之地滞留着啊!"吴头楚尾":滁州在春秋战国时为楚国之东境,吴国之西边,地处吴、楚之交,故称。

看取弓刀陌上,车马如流——作者登楼俯视,由远景而收视反观,写其所见近景:大道上士兵们正手执武器来往巡逻;客商平安往来,车马有如河川奔流。

从今赏心乐事,剩安排、酒令诗筹——两朝和议,天下暂时得到太平,百姓暂得安居乐业:从此后人们留下来可做的事就是,安排酒宴诗筹,尽可以称心如意地生活。

华胥梦,愿年年、人似旧游——"华胥梦",据《列子·黄帝篇》:黄帝曾"昼寝",梦游华胥之国,发现那里国无君长,民无贪欲,生活悠然自得,后人即以"华胥"作为梦的代称。作者用这典故隐含对自己治理滁州政绩的喜悦和自得,并期望这种日子年年长在。

本诗上半写楼的雄伟高大及登楼所见之景,自行客眼中极力夸写奠枕楼之高大神奇。在赞叹楼美楼高的同时,融入自己对家国沦落的感受,以抒发词人喜忧参半的心理和对北方故土的思念。下半承西北望神州一句而来,以李德裕有家可归作对比,表达自己流落异乡的遭际和对中原故土沦丧、家不可归的隐痛。"赏心乐事"以下,作者不得不强作解人、聊以自慰。他对天下太平的祈望,则一定程度表现了对自己任官地方政绩的自信。

水龙吟
登建康赏心亭

本词作于宋孝宗淳熙元年(1174)秋。这年春,作者应叶衡之聘,由滁州知州改任江东安抚司参议官,得再返建康。建康这个地方,对辛弃疾来说,有着特殊的纪念意义:当年他是在这个地方首次南下晋见高宗;他也是在这个地方将擒获的叛徒张安国献于南宋朝廷的;再后又在此地任通判之职。这次旧地重游,作者感触良多:当年满怀收复失地的愿望来南,但十二个年头过去了,至今统一无望,自己的满腹经纶抱负也难以施展。登上熟悉的赏心亭,远眺仍陷敌手的北国河山,词人心中郁愤之情油然而生,这一首充满英雄失志悲慨之情的千古绝唱也就油然而生。

楚天千里清秋,水随天去秋无际。遥岑远目,献愁供恨,玉簪螺髻。落日楼头,断鸿声里,江南游子。把吴钩看了,栏杆拍遍,无人会,登临意。　休说鲈鱼堪脍,尽西风,季鹰归未?求田问舍,怕应羞见,刘郎才气。可惜流年,忧愁风雨,树犹如此!倩何人、唤取红巾翠袖,揾英雄泪?

楚天千里清秋,水随天去秋无际——词以江南的秋季之景开篇,将全词笼罩在一种雄浑悲凉的气氛中:千里长空,一片凄清景象;水天相接,更显得秋色空旷无边。"楚天",犹言南方的长空。春秋战国时南方大部分土地都属于楚国,故称。水随天去,水势浩大,与天相接,有如随天而去。

遥岑远目,献愁供恨,玉簪螺髻——登上赏心亭,纵目远望遥远的山峰,词人看到了什么?他眼中所见的是:那些重重叠叠、有如美女螺形发髻上插戴着的碧色玉簪般秀丽的山峰,似乎都在向人们显示诉说着自己的愁、自己的怨。"遥岑远目",指"远目遥岑"——放眼观视遥远的山峰。取韩愈、孟郊《城南联句》"遥岑出寸碧,远目增双明"两句各前两字而成。

落日楼头,断鸿声里,江南游子——在空旷苍茫的秋景映照下,心情悲凉的主人公出现了:落日的馀光照射着他,背后是高高的城门楼头;在落日楼头的映照下,他的身影是孤独的!偶然由北方的天空飞过一两只失群的孤雁,它们凄厉的啼叫,感染了词人。这个由北方流落江南的游子,亦如一只失群之孤雁。词人由鸟及人,顿生一种彷徨无依之感,心情苦闷悲凉至极。"断鸿",指失群的孤雁。

把吴钩看了,栏杆拍遍,无人会,登临意——苦闷者何?悲情又来自何方?你看腰中之剑,究竟作何用场?它本为杀敌立功、保卫家国而铸造的,但现在又当如何?联想及此,词人心中又是一阵苦闷袭来,不禁掌击楼头栏杆。但转而一想,即使你把楼头栏杆全拍遍,又有谁能理会你此刻登临高楼的心情?"吴钩",古代吴国以善铸刀剑出名,吴钩即为其所铸造的一种弯形宝刀,但这里实泛指一切刀剑。"无人会",含有无人理会、无人领会等复杂的含意。

休说鲈鱼堪脍,尽西风,季鹰归未——这三句典出《世说新语·识鉴篇》:"张季鹰(翰)辟齐王东曹掾,在洛,见秋风起,因思吴中菰菜羹、鲈鱼脍,曰:'人生贵得适意尔,何能羁宦数千里以要名爵?'遂命驾便归。"既然无人理会、无人领会,那就去学晋人张翰,乘秋风劲吹,鲈鱼正肥,正好享用美食时,尽早归隐吧!但词人转念一想,还是别说它吧!为什么?因为事业无成,弃官隐居有违己之素志。"休说",别说它。堪,正好,正当时令意。

求田问舍,怕应羞见,刘郎才气——据《三国志·魏志·陈登传》:汉末徐州名士许汜去见陈登(字元龙),陈登很瞧不起他,叫他睡下床,自己睡大床。许汜很不满意,将此事告诉刘备。刘备说:你空有国士之名,现在天下大乱,本指望你忧国忘家,以救世为己任,可是你却求田问舍,言无可采。难怪陈登瞧不起你。让你睡下床是高待你,要是我的话,就自己睡在百尺楼上,叫你睡在地上,何止是上下床之分呢?词人用这典故,意在表达自己对仕与隐的一种矛盾心态:效张季鹰既不愿,那么,三国时的许汜总可以学,购田置产,也不妨做一个富家翁啊!但这样更不行,因为你如面对刘备那样雄才大气的英雄,一定会感到心惭气丧的。"求田问舍",指置买家产田地。

可惜流年,忧愁风雨,树犹如此——但是,不学张季鹰又能怎样?不学许汜又能怎样?日月如梭,光阴似箭,时光就这样如流水般地远逝了,真是令人痛惜啊。面对即将来临的秋日的凄风苦雨,我心情苦闷又当如何?难怪当年桓温北伐路过金城,见自己早年种的柳树,发出深深的感叹:"树都这样(大)了,人怎能忍受得了呢?"流年,指人的年华之逝。"树犹如此",用东晋桓温之典。《世说新语·言语篇》:"桓公(温)北征,经金城,见前为琅邪时种柳,皆已十围,慨然曰:'木犹如此,人何以堪?'攀枝执条,泫然流泪。"

倩何人、唤取红巾翠袖,揾英雄泪——面对此情此景,词人不禁黯然神伤,泫然泪下:有谁能唤取美人,用她们的红巾、用她们的翠袖,为我这个彷徨失意的人儿拭去满脸的泪水呢?倩,请求唤取意。"红巾翠袖",代指美人。揾(wèn),擦拭意。

本词是辛弃疾词中最负盛名的一篇,曾得后人一致的激赏。此词起句极不平常。近代陈洵《海绡说词》评其词:"起句破空而来,秋无际,从'水随天去'中见;'玉簪螺髻'之'献愁供恨',从远目中见;'江南游子',从'断肠落日'中见;纯用倒卷之笔。"俞陛《唐五代两宋词选释》评其词:"前四句写登临所见,起笔便有浩荡之气。"下片抒怀,连用三个故实,给人以一波三折,一唱三叹之感。其故实的运用,流畅自然,恰到好处。最后三句,十三个字如同一气呵成,呼应上片之"无人会"三字的感叹,在滚滚豪气中透出一股浓浓的柔情,一定程度上揭示出作者风流倜傥生活的另一面。

太常引

建康中秋夜为吕叔潜赋

本词大约是作于淳熙元年(1174)中秋之夜,时作者在建康赏月,为友人吕叔潜写下这首词。吕名大用,字叔潜,其馀不详。词借中秋之月寄托自己的思想感情,其间颇多对时光流逝、年岁渐长、白发渐加的感慨,隐含一种志向未酬鬓发先白的惆怅之情。词中对天上圆月清光的期待,似乎又与抒发自己一定的政治理想有关。

　　一轮秋影转金波,飞镜又重磨。把酒问姮娥:被白发欺人奈何?　　乘风好去,长空万里,直下看山河。斫去桂婆娑,人道是、清光更多。

一轮秋影转金波,飞镜又重磨——明月闪动着金光,似一轮晶莹透亮的铜镜刚被磨过,飞向天空。"秋影",即秋月。"金波",金色的光波。转,闪动之意。

把酒问姮娥:被白发欺人奈何——这两句为想拟之词,拿起满斟的酒杯向月里嫦娥发问:我该怎么办呢?白发一天天地增多,好像它们是在有意欺侮我。"把酒",拿起酒杯。"姮娥",传说中的月里嫦娥。

乘风好去,长空万里,直下看山河——乘着秋风,正好可上万里长空,前去月宫,从上而下,饱览万里河山。

斫去桂婆娑,人道是、清光更多——如果斫去那月宫中婆娑摇曳的桂树,想来月亮临照人间的清光会更多,因而也会比现在更明更亮。杜甫《一百五日夜对月》诗有"斫却月中桂,清光应更多"之句,辛这三句明显自杜诗原句而来。斫,砍伐之意。

本词写中秋之月,词中意境由传说故事而生发联想。前人评其词多认为内含政治寓意,并指实其中之"桂婆娑"为影射秦桧。清代周济则认为"所指甚多,不止秦桧一人而已"(《宋四家词选》)。今人评词亦有这样认为的,谓其词:"它的主题是表现对于妨碍自己实现政治抱负的腐朽势力的憎恨,但通篇没有一句是直接地宣泄这个概念,而是用隐喻的手法来实现的。"此词究竟有无喻意,及喻意为何,仁者见仁,智者见智,说法不一。

酒泉子

本词大约写于淳熙二年(1175)春辛弃疾第二次官建康时。词就眼前之景起兴，当为一首即兴登临之作；另从"离歌一曲"句看，本词似乎是为送别友人而作。词人由身边之景触动情怀，友人的离去更使他愁肠寸断，他抚今追昔，念及金陵往古历史，一股时代兴亡的历史沧桑感突涌心间，作者深有感触，因而写成此词。时当南北分裂之际，金陵又曾是六朝国都所在，词人面对友人的离去，情不能已，其吊古伤今的情绪中又多了几分直面现实的悲泣之感。

　　流水无情，潮到空城头尽白。离歌一曲怨残阳，断人肠。　　东风官柳舞雕墙。三十六宫花溅泪，春声何处说兴亡，燕双双。

　　流水无情，潮到空城头尽白——首句就眼前流水而起兴，直写离别：江水不顾人之离愁仍不间断地汩汩向前，它们对友人的离去似乎无动于衷；逝去的潮水不停地拍打着石城城墙，令人想到顷刻将别、难以再见的友人，顿涌心头的离愁别绪仿佛霎时间可使人头发变白。按唐人刘禹锡《金陵五题·石头城》有"山围故国周遭在，潮打空城寂寞回"的描写，这两句实化用刘诗句意并赋予浓烈的感情色彩而成。

　　离歌一曲怨残阳，断人肠——由眼前之景再写到别宴：一曲别离之歌，哀声四起；夕阳无情地向西坠落，似乎是在催人及早离去；眼见友人即将别离，不禁令人愁肠寸断。"断人肠"，使人愁肠寸断意。岑参《酒泉太守席上醉后歌》："胡笳一曲断人肠，座上相看泪如雨。"

　　东风官柳舞雕墙——由别宴而再及金陵城中的宫观院囿。官道旁沐浴在婆娑春风中的杨柳树，现已是绿意葱郁枝繁叶茂，在雕绘精美的宫墙边舞动着它们那柔美的腰身。这句特别提到城中宫墙官道边的柳树，寓含对金陵城中历代帝王宫苑中女性寂寞生活的追思与同情。

　　三十六宫花溅泪——这句糅合了两个诗人的诗句——骆宾王《帝京篇》"汉家离宫三十六"和杜甫《春望》"感时花溅泪，恨别鸟惊心"而以新意出之。句意承上"东风官柳"句，亦语含两用：一是实景之写。金陵城中的离宫别院中，群花似乎亦因伤时而痛苦流泪。二是寓意之写，就金陵帝都而生发联想，忆及往日宫中女性苦度青春以泪洗面的生活。

春声何处说兴亡,燕双双——春声究竟是向何处归去呢?历朝的兴亡又有谁能说个明白?听,那双燕声声,呢喃互语,它们似乎正在讲说着那发生在金陵城中的历代兴亡故事!这两句实融合唐刘禹锡《金陵五题·乌衣巷》"旧时王谢堂前燕,飞入寻常百姓家"和北宋周邦彦《西河·金陵》词"燕子不知何世,入寻常,巷陌人家,相对如说兴亡,斜阳里"的意境在内。

本词抒发离别之情,但又与一般的离别之作不同,而是借古城古迹抒发自己对历史沧桑的感慨。金陵曾为六代国都,又当宋金南北分裂之际,故作者此词,虽为吊古,实有很大的伤今成分。起两句写江潮汹涌,作者以"空城"两字,成一特殊的意境,写出了豪华衰歇的古城寂寞冷落的情状。下面夸张表现人之头白、断肠,都由这种痛苦寓意而生发。后半描写离宫景色,寓含宫墙依旧、人事俱非之感和国事危艰的深刻象征。结尾"兴亡"一词,为点题关键之词,可称全词之眼。但词人将兴亡之情以"双燕"呢喃出之,又使抒发之情显得既委婉而又含蓄,可谓深得词家描写之奥。

菩萨蛮
题江西造口壁

本词约作于淳熙二、三年(1175—1176)间,作者时任官江西。淳熙二年春末夏初,辛弃疾由建康调京师临安任仓部郎中,七月再出为江西提点刑狱使、节制诸军。造口在今江西万安西南,又名皂口,为南宋初年宋金之战中一有名的战地。据罗大经《鹤林玉露》,建炎三年(1129),金军长驱南侵,一支金军穷打穷追,迫击宋高宗的伯母隆祐太后而南。太后从万安逃到造口,舍舟登陆,奔往虔州(今江西赣州),才得逃脱。造口由此成为一个著名之地。或有人谓此说与隆祐太后的逃亡路线不合,然"金人在追击隆佑的过程中,大肆骚扰赣西一带却是事实。文学创作自可有一定的灵活性"。辛弃疾此词就此立意,表达了对金人南侵给人民带来的深重灾难的悲愤之情。他面对山河破碎的局面,抒发了自己一种莫名其状的胸中隐痛。

郁孤台下清江水,中间多少行人泪。西北望长安,可怜无数山。　青山遮不住,毕竟东流去。江晚正愁余,山深闻鹧鸪。

郁孤台下清江水，中间多少行人泪——"郁孤台"，在今江西赣州，因唐李勉任赣州刺史时，曾登此台北望长安，故也称望阙台。"清江"旧指江西袁江与赣江合流处一段，但这里实泛指赣江。"行人"，远行逃难之人。词人由郁孤台清江水而念及当年宋金之战中的一段史实，念及这一战事给人民带来的深重灾难，因而兴发感慨，触动心中郁愤：郁孤台下流动着的滚滚滔滔的赣江水啊，实际是由无数逃难的行人的眼泪汇聚而成的啊！"中间"，其间夹杂、其间掺杂意。"行人泪"，指远行逃难百姓的眼泪。

西北望长安，可怜无数山——认为赣江水中混杂流淌着众多逃难百姓的眼泪，这是一种夸张的描写，也是词人感情激发之所在。词人感情激发之源，是目前尚沦于金人之手的北方，故词人心心念念所在的，就是那个自己的故地北方，故向北遥望，不但在情理之中，也成一个自然习惯的动作。但北望长安，能望到吗？不行！因为有那重重叠叠的山峰的遮挡。长安何所地？千百年来国都之所在！国都竟沦入他人之手，国何以成国？又是何人造就了这种局面？这里虽暗用李勉望阙的典故，但情态环境与表达的思想感情则完全不同。

青山遮不住，毕竟东流去——那么，那些无数的青山能遮挡住我们北望长安的视线吗？不行的。这就如同那青山永远不能阻挡住那东流的清江水一样——水是必定要向东流去的。以上两句，表达了词人的一种意志和终身为之奋斗的愿望。

江晚正愁余，山深闻鹧鸪——但是，北望长安的愿望能实现吗？江上苍茫的暮色已使词人愁苦万端，再加上深山中不间断的预示不祥的鹧鸪的悲啼传入耳中，所有这一切，真使词人痛苦不堪、柔肠寸断啊！"闻鹧鸪"，北宋张咏有《闻鹧鸪》诗："画中曾见曲中闻，不是伤情即断肠。北客南来心未稳，数声相对在前村。"人传鹧鸪飞必向南，而不北往，且鸣声凄切，易触动羁旅之愁。

本词极受后人推重。唐圭璋先生《唐宋词简释》评该词："不假雕绘，自抒悲愤。小词而苍莽悲壮如此，诚不多见。盖以真情郁勃，而又有气魄足以畅发其情。起从近处写水，次从远处写山。下片，将山水打成一片，慨叹不尽。末以愁闻鹧鸪作结，尤觉无限悲愤。"梁启超《艺蘅馆词选》评该词"如此大声鞺鞳，未曾有也"。实赞其以小令而作激越悲壮之音。清人周济则赞该词是"借山怨水"，意谓以比兴手法，发慷慨激壮之国士深忧，"忠愤之气，拂拂指端"（明卓人月、徐士俊《古今词统》卷五）。词以短章寓大主题，以词而书写历史，发大感慨，作大评价，表现了作者极大的艺术气魄和驾驭词的极强艺术功力。

摸鱼儿
观潮上叶丞相

本词大约写在淳熙三年(1176)。本年秋,作者由江西提点刑狱改官京西转运判官,赴任途中,他路过临安述职而写下此词。又有人据叶衡是在淳熙元年(1174)十一月入相,次年九月即被罢相,认为此词应写于作者应叶衡之荐入朝为仓部郎中期间。叶丞相,即叶衡,字梦锡,婺州金华人,著名抗金人士,与辛弃疾过从甚密。淳熙元年任建康安抚使,同年赴京,先后任参知政事、右丞相枢密使。本词写钱塘江潮的雄伟壮观,极富夸张浪漫想象色彩,词人把惊天动地的钱塘江潮写得有声有色,使其词成为歌颂钱塘江潮的千古名作。

　　望飞来,半空鸥鹭,须臾动地鼙鼓。截江组练驱山去,鏖战未收貔虎。朝又暮,悄惯得、吴儿不怕蛟龙怒,风波平步。看红旆惊飞,跳鱼直上,蹙踏浪花舞。　　凭谁问,万里长鲸吞吐,人间儿戏千弩。滔天力倦知何事,白马素车东去。堪恨处:人道是、属镂怨愤终千古,功名自误。谩教得陶朱、五湖西子,一舸弄烟雨。

　　望飞来,半空鸥鹭,须臾动地鼙鼓——词作开头直入江潮描写,描状钱塘江潮不凡的气势,尤重从形与声两方面表现:看,潮水浩浩荡荡地出现了——远远地有如无数白色的鸥鹭,从天奔涌而来,很快地,它们遮蔽了半个天空;瞬息之间,一阵惊天动地的巨声响起,有如震动天地的战鼓擂响,景象是何等的壮观!"鸥鹭",指沙鸥与白鹭,两种白色的水鸟,这里形容水势自天而降的飞动。

　　截江组练驱山去,鏖战未收貔虎——这两句着重写潮水之异乎寻常:波翻浪腾,很快堵截在江面上,有如身披白甲的一支军队横断江中,挥动手中的武器驱赶面前的座座大山;恶浪互激,有如貔虎般猛勇的战士,在江面恶斗鏖战,杀得难解难分。"截江",横断江面意。"组练","组甲披练"之省,原指军队所穿的两种服装,《左传·襄公三年》:"使邓寥率组甲三百,被练三千以侵吴。"后引申为军队。"鏖战":战斗方酣之际。貔(pí),古代相传的一种动物,其形似熊,力大无穷。

　　朝又暮,悄惯得、吴儿不怕蛟龙怒,风波平步——这四句由潮水而及江南弄潮的少年:朝朝暮暮,在江边戏水的江南吴儿,在滚滚风涛中如履平地,全不惧江中发怒的蛟龙——潮水如此地异乎寻常，如此地发怒成潮，词人对江南少年的勇气更是击节赞叹。"悄惯得"，竟然练得意。悄，有简直、浑然之含意。

看红旆惊飞，跳鱼直上，蹙踏浪花舞——三句承上，描状江中弄潮儿征服浪涛的自由：吴儿手挥旗帜，有如鱼跃在水面穿跳；他们踏着冲天的巨浪，在水面上翩翩起舞。"红旆(pèi)"，一种镶有红边的旗帜。蹙(cù)：踢踏意。

凭谁问，万里长鲸吞吐，人间儿戏千弩——由江潮的巨势，联想到五代时吴越王钱镠的传说：江涛如此巨大，如万里长鲸吞吐，听说钱镠当年就能令人用箭将此江涛射止，这岂不是有同儿戏？这件事的真实性可向谁询问？据《宋史·河渠志》，五代时吴越王钱镠曾在杭州修筑江堤，以绝钱塘江潮带来的危害。为阻潮水冲击江堤，他曾命令数百士卒在候潮门用强弓射潮，潮水竟因此而得到控制。这种说法，在词人看来，有同儿戏，十分荒谬。

滔天力倦知何事，白马素车东去——这两句由潮怒潮发迅速写到潮水的减弱：啊，滔天的水势究竟是为了什么终于力倦难支？瞧，现在它像一辆白马驾着的素车，缓缓地向东退去。"素车白马"，枚乘《七发》曾用这四字描写长安附近曲江的波涛。

堪恨处：人道是、属镂怨愤终千古，功名自误——由钱塘江潮想到它的兴发之因，作者认为，它的兴发与杭州另一历史名人伍子胥有关：最令人遗憾的是，人们传说，是当年伍子胥用属镂剑自杀，他的怨魂千古不灭，才年年驱潮作怒。伍子胥，春秋时吴国人，据《史记·吴太伯世家》，春秋末吴越交兵时，吴王夫差未听元老大臣伍子胥的忠告，接受越王勾践的假降，更赐属镂剑令伍子胥自刎，终致吴被越所灭。"属镂"，吴王夫差之宝剑名。

谩教得陶朱、五湖西子，一舸弄烟雨——哎，伍子胥啊伍子胥，你留恋功名反把自己的生命耽误，这是何苦呢？由于你的死，反而成就了越人范蠡的功劳；也教会了他在功成名就后寻找自己的归宿。你瞧他，满载珍宝，携美女西施浮海而去，过着欣赏云雨美景的隐居生活，多自由自在！"漫教得"，犹言空然教会。"陶朱"，指范蠡，助勾践灭吴的越国功臣。史载范蠡助越王灭吴后，认为："大名之下，难以久居；且勾践为人，可与共患难，难与处安乐。"（《史记·越王勾践世家》）于是浮海而去，定居于陶(今属山东定陶)，以经商致富，自称陶朱公。"西子"，即西施，范蠡曾以其献吴，功成后，相传范蠡携西施泛舟而去。"五湖"，太湖的别称。

本篇状写杭州钱塘江潮的胜景。前半写景兼写人，表现江潮，重在铺陈描写，作者以浪漫想象之笔，把钱塘江潮写得气势磅礴，生动逼真，动态感极强。江中弄潮儿的描写，则是一曲勇士的颂歌。有人据此深解，认为辛词此写，"间接体现出作者对东南一带军民中蕴藏的巨大力量的钦佩与信任。"后半借潮咏史,表达对历史人物的评贬。作者特着意于春秋战国之交的伍子胥与范蠡,表达了一种"追求功名还是退隐"的矛盾心理。作者非伍而是范,隐示了词人一种立志报国功成身退的愿望。如从本词词题考虑,此词之写似乎有为叶衡罢相鸣不平及对其罢归回家的劝慰之意。

满江红

本词写作之年,有人认为是淳熙四年(1177)作者由京西转运判官改官江陵知府兼湖北安抚使时。据词意,本词可能是用来赠别一个李姓朋友的。这李姓朋友要到汉中任职,词人有感于李姓朋友之家世,写下了这一首勉励的词。词作鼓励朋友勿计儿女私情,应以国事为重,做舍身杀敌的勇士,并以此报国,获取功名富贵。

汉水东流,都洗尽、髭胡膏血。人尽说、君家飞将,旧时英烈:破敌金城雷过耳,谈兵玉帐冰生颊。想王郎、结发赋从戎,传遗业。　　腰间剑,聊弹铗。尊中酒,堪为别。况故人新拥、汉坛旌节。马革裹尸当自誓,蛾眉伐性休重说。但从今、记取楚台风、庾楼月。

汉水东流,都洗尽、髭胡膏血——朋友所去之地为汉中,词即以汉中之水领起。汉水为长江支流,源出陕西,流经湖北,穿今武汉而入长江。"髭胡",嘴唇上方的胡子,代指入侵中原的金人,金人男子有在唇上留胡子的习惯,故称。这三句合为一句,意思是:东流的汉水啊,你们快快把那些侵入中原的胡人的尸污血腥之气全部冲刷掉吧!词人希望借助汉江之水来冲刷入侵金人的"膏血",为全词创设了一种雄壮而悲凉的格调。"膏血",尸污腥血。

人尽说、君家飞将,旧时英烈——三句复由友人的家世入手,赞誉友人:人人都说,你们李家可是飞将军李广的后代;李广那可是历史上最受人尊敬的英雄豪杰啊!"飞将",汉武帝时的名将李广。李广为陇西成纪人,他一生用兵神速,骁勇善战,平生经历大小数十战,屡次打败匈奴的入侵,匈奴人呼其为"飞将军"。

破敌金城雷过耳，谈兵玉帐冰生颊——这两句承上，由李广说项，夸赞其与众不同的兵韬武略。"破敌金城"句，言他对敌方之坚固城池可一鼓而下，行兵气势有如迅雷震耳，猛烈异常。"谈兵玉帐"句，言李广论议战事，明快爽利，非常透彻，有如齿颊间喷射冰霜，杀气逼人。"冰生颊"，似化用苏轼《浣溪沙》词中"论兵齿颊带风霜"的句意，言人议论时词锋逼人。"玉帐"，主帅军帐的美称。按"金城"，即"坚如金汤之城池"，又有人认为指汉代金城郡，李广曾在这一带长期与匈奴人作战。

想王郎、结发赋从戎，传遗业——王郎，指三国时期的王粲，建安七子之一，他少年时曾避乱荆州，后随曹操西征汉中，作《从军诗》五首。"结发"：古代男子二十岁束发，表示成年。这三句再以三国时的王粲喻指友人，言友人少年从军，继承了先祖之业绩，隐含激励友人之意。

腰间剑，聊弹铗；尊中酒，堪为别——前两句由友人写到自己，以战国时冯谖为喻，表达作者勇无所施、报国无门的愤懑。后两句表达自己对送行友人的歉意，言自己无物可送，只能用杯中之酒来为别去的朋友送行。《战国策·齐策》载，齐人冯谖曾为孟尝君门下食客，初不见重用，曾三次弹着剑把作歌，以示不满，准备离去。聊，有姑且、暂且意，表示一种无可奈何的态度。铗(jiá)，剑把。

况故人新拥、汉坛旌节——"汉坛"，汉高祖刘邦曾在汉中筑坛拜韩信为大将。"旌节"，指旌旗、节仗，将帅身份地位与权力的象征。这两句言朋友官职地位之重，言外之意，朋友处此重位，定能如当年的韩信一样一展抱负，发挥自己的才能，为国立功。

马革裹尸当自誓，蛾眉伐性休重说——这两句承上，前句用东汉马援之典。据《后汉书·马援传》：东汉名将马援自请出击匈奴，他自言："男儿要当死于边野，以马革裹尸还葬耳，何能卧床上在儿女子手中耶？"后句化用枚乘《七发》中"皓齿蛾眉，命曰伐性之斧"语句，是说贪恋女色，必当自残生命。词人认为男儿应当立誓以马革裹尸死在战场上而还，至于那些沉溺酒色自戕性命之行再也休提，以此激励友人要以杀敌报国为务，勿沉溺于男女私情而坠了青云之志。"蛾眉"，女子修长而美丽的眉毛，常代指美女。"休重说"，言以上意已明，不必再多说了。

但从今、记取楚台风、庾楼月——"楚台风"，战国宋玉《风赋》："楚襄王游于兰台之宫，宋玉景差侍，有风飒然而至，王乃披襟而当之曰：'快哉此风，寡人所与庶人共者邪！'"按"楚台"，故址在今湖北江陵，春秋时楚王所筑。"庾楼"，亦称南楼，在今湖北武昌黄鹤山，因东晋时庾亮曾与他的部下一同登此楼赏月吟诗而得名，"庾楼月"即用以上庾亮与部下赏月之典。以上寄望于友人：牢记朋友知己之谊，莫忘我们在兰台披襟迎风、庾楼赏月吟诗的日子。

本篇为传统的赠人之作,但笔起慷慨,用作者久郁在胸的心愿的抒发领起全篇,很有特色。诗中赞李姓朋友的家世,并以王粲结发从军为例,勉其继承祖业,为抗金复国作贡献。下片以自己不得上前线杀敌的苦闷领起,鼓励故人正当其位其时之机,应奋不顾身,奔赴前线杀敌。"马革裹尸当自誓"一句,视死如归的铁血之辞,可谓掷地有声,是勉友,更是自勉。最后以愿朋友以今日友谊永志勿忘作结,对应送别。全词格调高昂,辞情慷慨激荡,一副报国热肠,溢于言表。

鹧鸪天
离豫章,别司马汉章大监

本词写于淳熙五年(1178)春天。时词人奉命由豫章调往京城临安,同僚好友司马汉章为他举行饯行宴会,词人在宴会上写下了这一首词。司马汉章名倬,字汉章,宋孝宗乾道中曾任江西、京西、湖北总领,淳熙年间又任江南东路提点刑狱。本词主要抒发即将离豫章而去的词人,对友人司马汉章的依依惜别之情。

聚散匆匆不偶然,二年历遍楚山川。但将痛饮酬风月,莫放高歌入管弦。 萦绿带,点青钱,东湖春水碧于天。明朝放我东归去,后夜相思月满船。

聚散匆匆不偶然——首句直入离别描写。"聚散",指与友人前时的相聚与当今的分离。词人颇以与友人的离别为憾事:我们就这样匆匆地聚合而又分散,心情该是多么悲凉!但这种聚散,又绝非偶然,那么原因究竟为何呢?

二年历遍楚山川——这两年来调动频繁,足迹几乎走遍了古楚国的山山水水,所以我们就只能匆匆而聚,又匆匆而散,这真是无可奈何啊!按作者淳熙三年(1176)被差知江陵府并兼湖北安抚使;淳熙四年(1177),他又调任隆兴府兼江西安抚;本年之淳熙五年,他再被任为大理少卿,调入京城临安;故两年中词人可谓调动频繁,走遍了古楚国的山山水水。

但将痛饮酬风月,莫放高歌入管弦——聚散既不可免,因此分别时也无须再多想多念,那就让我们为这美丽的场景风光痛饮一场吧,可别让那些离别的悲歌进入到我们酒宴的曲子中去啊!——这两句是就眼前酒宴之情景抒发作者之感想。"但将",有只将、唯将意。酬,酬答、酬报、还报意。"风月",指美丽的场景或风光,兼有酒宴歌舞场景和自然风光的双重含意在内。"管弦"本意指管乐与弦乐即吹奏与弹奏两种乐器,这里泛指音乐。

萦绿带,点青钱,东湖春水碧于天——三句承上句之"酬风月",词人就眼前之景而点染,由豫章东湖之景生发出对将别之地的留恋:一弯绿水如带子一样环绕,水面上荷叶丛丛生长,有如青色钱币成点状装饰在水面上;东湖之春水碧波粼粼直接远天,所有这一切是多么地令人依恋。萦,环绕意。点,成点状装饰。"青钱",状写水面荷叶有如青色的圆钱。

明朝放我东归去,后夜相思月满船——明天一早船儿就要载我向东进发了,当后半夜月光洒满船儿的时候,我遥望圆月是多么地思念你们啊!"东归",指作者被召赴临安入京。

本词属一般的留别之作,表达对朋友的深情厚谊,但一些解辛词者大多认为此词有深刻的寓意在内,谓词有"写对现实的不满"之处,"含而不露,道出难言之隐"。有谓其词"表现对于统治集团将他频频调动官职的不满"。依我之见,词中虽有一些牢骚,但尚不至如此的程度,似不必作过深之解。本词前半写作者职务调动频频,对与友人不能久处颇含遗憾之情;后半就眼前之景表达别后对朋友的怀念,尤其是结束两句,表达了对友人一往情深的感情。词作抒发之情较为真挚深切,饱含作者对友人的深厚情谊。

水调歌头
舟次扬州,和杨济翁、周显先韵

本词作于淳熙五年(1178)。这年夏秋之交,词人由临安大理寺丞调任为湖北转运副使,在赴湖北任所途中他路经扬州。十七年前,扬州曾为宋金之战的一个重要战场。时金主完颜亮率大兵南侵,攻下扬州,并以扬州作为渡江灭宋的基地。南宋军民在宰相虞允文的率领下起而抗金,采石矶一战,金人全线溃败,完颜亮也被部下所杀。这时的辛弃疾也在山东参加了耿京领导的抗金队伍,在扬州以北地区打击金人。词人路游扬州,念及十七年前的那一场战事,抚今追昔,感叹良深,写下了这一首词。杨济翁,即杨炎正,诗人杨万里之族弟,年五十二始登进士第,与辛弃疾多有交往。周显先,其人生平不详。

落日塞尘起,胡骑猎清秋。汉家组练十万,列舰耸层楼。谁道投鞭飞渡,忆昔鸣髇血污,风雨佛狸愁。季子正年少,匹马黑貂裘。　　今老矣,搔白首,过扬州。倦游欲去江上,手种橘千头。二客东南名胜,万卷诗书事业,尝试与君谋:莫射南山虎,直觅富民侯。

落日塞尘起,胡骑猎清秋——开头直指十七年前的那场战争,金军的入侵用了两个鲜明的意象——"塞尘"与"胡骑":在落日馀晖的映照下,金军从塞外带来的征尘冲天而起,他们要于秋高气爽之际大举"行猎"。"塞尘起",形容来犯的金军气势浩大,"猎清秋",喻指发动战争。古时北方少数民族常在秋天粮足马肥之际借行猎为名发动战争。

汉家组练十万,列舰耸层楼——两句写南宋的兵力部署:汉家雄兵十万,蓄势待发;高耸如层楼的战舰排列江面,严阵以待。"组练","组甲披练"之省称,原指军队所穿的两种服装,《左传·襄公三年》:"使邓寥率组甲三百,被练三千以侵吴。"后成为军队之代称。"耸层楼",高耸的楼房,形容战舰的高大雄壮。

谁道投鞭飞渡——《晋书·苻坚载记》:前秦苻坚率领号称九十万的大军南侵,颇为自负,他说:"以吾之众旅,投鞭于江,足断其流。"本句用前秦苻坚进攻东晋之典,对当年完颜亮侵宋时气焰嚣张、不可一世的傲慢进行讽刺:谁说你投鞭入江,就可以截断江流飞马渡过长江?侵略者且不要夸下海口!

忆昔鸣髇血污——"鸣髇",《史记·匈奴传》:匈奴头曼单于的太子冒顿欲弑父,运用一种射时能发出声响的箭,告他的手下说:"如果我用这种响箭射谁,你们就必须跟着射,否则都要被处死。"后来他随父打猎,带头用这种响箭射其父,部下随之,其父头曼终被射死。词人用这个典故嘲笑完颜亮:想当年你也不是曾夸下海口能投鞭截断江流飞渡长江吗?但结果如何呢?你也不是大败而逃,如同当年的头曼单于那样被你的部属杀死了吗?"鸣髇(xiāo)",一种响箭。

风雨佛狸愁——"佛狸",南北朝时北魏太武帝拓跋焘之小名,在位期间,他曾数次南侵南方的刘宋王朝,受挫北撤后,最终死于宦官之手。此句用北魏太武帝拓跋焘之典,再写完颜亮之死,犹言:凄风苦雨中,你完颜亮不是也如北魏太武帝拓跋焘一样悲惨地死去了吗?"风雨",凄风苦雨之简。

季子正年少,匹马黑貂裘——"季子",即苏秦,战国时著名的纵横家,执合纵之说,曾佩六国相印。当其未得意时,赵国的李兑资助他黑貂裘,让他西去游说秦王。这两句用苏秦之典,意在映写那场宋金之战中的词人自己:当年的词人正当青春年少,有如身佩六国相印春风得意的苏秦,跨战马披黑裘驰骋在敌后战场。

今老矣,搔白首,过扬州——但现在自己又怎么样了呢?不过只能搔着一头白发过扬州啊!人已老不中用了,平生志向还能实现吗?真是往事不堪回首啊!按杜甫诗《梦李白》曾有"出门搔白首,若负平生志"的描写,以上三句似乎暗用了杜诗诗意。

倦游欲去江上,手种橘千头——"橘千头",据《襄阳耆旧传》:三国时丹阳太守李衡曾命人到武陵龙阳洲种橘千株,临终时对其儿辈说:我家已有"千头木奴",足够你岁岁使用。词人用此典,犹言:我已经倦于这种游宦的生涯了,颇想退隐江上,如三国时李衡那样,亲手种橘为生——其意在表达对游宦生活的厌倦之情和对退隐田园生活的期待。

二客东南名胜,万卷诗书事业——自谦自己老而无用,自然想到随同自己的两个友人:但两个友人可不是如自己这样啊!你们可与我不同啊!你们是东南的名流,学富才高,是足能干出一番事业的啊。两句称赞友人,对应标题。"名胜",犹言名流。"万卷诗书事业",化用杜甫诗《奉赠韦左丞丈》"读书破万卷,下笔如有神……致君尧舜上,再使风俗淳"之意,犹言:你们读了万卷诗书,不是要献于帝王,干一番事业吗?

尝试与君谋:莫射南山虎,直觅富民侯——但是,我试着给你们筹划一下好吗?你们最好不要学做李广那样从军中马上取功名,还是寻取一个太平年间的"富民侯"去做吧。"南山虎",据《史记·李广传》:李广在蓝田南山闲居时,曾射猎猛虎。"富民侯",据《汉书·食货志》:汉武帝晚年对自己往日征伐之事颇感后悔,"乃封丞相为富民侯"。

本词运用今昔对比手法抒发自己愤懑激荡的情怀。上篇忆旧,以十七年前的那场气势宏阔的战争领起全篇,笔调热烈奔放。再由那场战争联想到当年豪情满怀、意气风发的自己。下片随时光的流逝转入当前,表达自己事业无成的无可奈何之情。抒发退隐思想和劝慰友人之语,寓意深邃,充满一种愤激不平的言外之意:天下可否已太平?就能安安稳稳做一个富民侯吗?像李广那样以勇力武略名世者就只能闲居无事以射虎打猎消磨时日吗?通过以上描写,本词对朝廷无北伐之志,苟且偷安,偃武修文的暗斥似隐含其间。

满江红
江行,简杨济翁、周显先

本篇是淳熙五年(1178)秋天词人由临安赴湖北途中写给杨、周二位友人的。词人一路行来,感慨颇深;面对江南美景,颇产生退而游览名胜之感。联想到人生短促,三十九年,理想抱负的实现无望,作者心中颇生一种消极悲观之情:国家的分裂,于自己何干?英雄的图霸,于自己何用?事业无成而鬓发先白,复国大业更遥遥无期。感叹之余,作者认为,对这些大可不必计较:因为人间自古以来就是哀与乐相递互为循环往复的。杨济翁、周显先,作者之友,介绍见前。

过眼溪山,怪都似、旧时相识。还记得、梦中行遍、江南江北。佳处径须携杖去,能消几纳平生屐。笑尘劳、三十九年非,长为客。　　吴楚地,东南坼。英雄事,曹刘敌。被西风吹尽,了无尘迹。楼观甫成人已去,旌旗未卷头先白。叹人生、哀乐转相寻,今犹昔。

过眼溪山,怪都似、旧时相识——映入眼界的山山水水,真是奇怪:都如同是我往日曾经游赏过的一样,颇有似曾相识之感。"过眼",眼中所见。"都似",都好像。

还记得、梦中行遍、江南江北——噢,我曾记得梦中曾行遍了江南和江北的山山水水。怪不得这些山水是如此地熟悉。

佳处径须携杖去,能消几纳平生屐——风光如此秀丽,怎能辜负它:这些美山美水,应该拄着竹杖一处一处地去浏览。想一想我到了这种年龄,即使这样做,又能消耗掉几双登山的木屐?"佳处",指风景秀丽之处。"径须",径直应该意。纳(liǎng),量词,一双。屐,木底有齿的鞋。

笑尘劳、三十九年非,长为客——自笑一生尘马劳顿,碌碌无为,三十九年间,究竟干了些什么?长年在江南做客,难回故里。"三十九年非",套用《淮南子·原道训》"蘧伯玉年五十而有四十九年非"语,辛时年三十九,故以自叹。

吴楚地,东南坼——东南一带地域开阔,是当年吴、楚两国与中原的分疆之野啊!这两句化用了杜甫《登岳阳楼》"吴楚东南坼,乾坤日夜浮"的诗句。

英雄事,曹刘敌——《三国志·蜀书》曾记载曹操与刘备论时事。曹操曾对刘备说:"今天下英雄,唯使君与操耳!"本句实际上是触地生情,由当年在此地统治吴国的孙权联想到当时堪与孙权争天下的唯有曹操、刘备,与稼轩的另一首《南乡子》中"天下英雄谁敌手?曹、刘。生子当如孙仲谋"实同一喻意。

被西风吹尽,了无尘迹——但是非功过,英雄的业绩又何在呢?不是也被无情的历史之风吹得了无踪迹了吗?作者意识的流动迅即由对英雄人物的企羡歌颂转为消极悲观的感情抒发。

楼观甫成人已去,旌旗未卷头先白——为什么消极悲观:宦迹不定,事业未成而头发已白。前句用苏轼《送郑户曹》诗"楼成君已去,人事固多乖"句意,以具象手法暗写自己调动频繁的官场生涯;后句则直抒自己壮业未就的悲情。

叹人生、哀乐转相寻,今犹昔——但是,这又有什么可悲痛的呢?人生本即如此而已,古今之人都是这样经过的啊。

本词基调较为低沉。前半作者从对山水林泉的企羡入笔,表达了对宦游生活的厌倦之情;后半感念英雄,进而否定英雄,最终归于对人生无常的感慨,颇露几分消极悲观之气。作为一个立志报国的英豪,词中所表现的那种痛苦无奈的心情,读之令人潸然泪下。此词风格上也一改辛词之如"阵马风樯"之豪放气,而采用一种低回婉转的表现手法,词作显得疏朗爽洁而兼低回婉转之美。

摸鱼儿

淳熙己亥为1179年,词写作时间是在春末。时辛弃疾由湖北转运副使调任湖南转运副使,在同僚为其饯行的宴会上,他写下了这首词。词作以对晚春衰残之景的描写起兴,寄托了自己对风雨飘摇、国势衰微的隐忧,同时也隐隐抒发了对自己在朝中遭人排挤,备受君主猜疑疏远的激愤不平之情。王正之,即王正己,作者的友人与同僚。"小山亭",湖北转运使官署内的一个亭子。

> 淳熙己亥,自湖北漕移湖南,同官王正之置酒小山亭,为赋。

更能消几番风雨,匆匆春又归去。惜花长怕花开早,何况落红无数。春且住,见说道,天涯芳草无归路。怨春不语。算只有殷勤,画檐蛛网,尽日惹飞絮。　　长门事,准拟佳期又误。蛾眉曾有人妒。千金纵买相如赋,脉脉此情谁诉?君莫舞,君不见,玉环飞燕皆尘土!闲愁最苦。休去倚危栏,斜阳正在烟柳断肠处。

更能消几番风雨,匆匆春又归去——两句用拟人之法,写春天的短暂,并由春之美好而产生一种惜春之心:春天啊,你又能经得起几多风雨?匆匆忙忙的,有如时间中的过客,你又要离去了吗?消,经受,经得起之意。

惜花长怕花开早,何况落红无数——两句感情承上:舍不得春天过早地离去,老是担心花开得太早(花也会早落),何况现在确已到了落花满地的时节了,此情此景,又何能忍受?

春且住,见说道,天涯芳草无归路——春天啊,你还是别走吧!听说芳草已经生长茂盛,一直连到天之尽头,你的归路已经全被堵塞住了!"见说道",犹言听说是。

怨春不语。算只有殷勤,画檐蛛网,尽日惹飞絮——但是春天却默然不答一语,这使词人感到很恼火:看来只有这屋檐下的蜘蛛网还算是有情,你看它们整天把那些柳絮飞花沾惹,企图要把春天进一步网住似的。"殷勤",有多情、有情等意。"画檐",雕花或彩绘的屋檐。

长门事,准拟佳期又误——由春天之美景联想到人间男女相约之美好佳期,词人从写景抒情转入借史抒情:当年陈皇后与汉武帝曾有相约,但陈皇后又怎样呢?她不是最终寂寞孤独地幽居在长门宫了吗?这次我与君王成约的佳期一准也是无望的。拟:悬想、猜测之意。

蛾眉曾有人妒。千金纵买相如赋,脉脉此情谁诉——为什么陈皇后失去了武帝的宠爱?因为她生来就一副美丽动人的相貌,才引起了小人们的妒忌。但即使花千金能令如司马相如那样的大才子为自己作赋,自己对君王的一片脉脉深情能完整地表达清楚吗?"相如赋",据《昭明文选·长门赋序》:汉武帝陈皇后失宠,幽居长门宫,闻司马相如善文,以千金为价请他作赋,相如因此写下《长门赋》。武帝读后大受感动,陈皇后也因此复得宠幸。但后世对《长门赋》是否为司马相如所写多存疑问,史传也未载武帝之陈皇后复得宠幸之事。然就本词而言,我们似不必深究此事的真实性,辛弃疾用此典实际是一种借题发挥,为的是抒发自己一种志不得偿的郁闷之情。

君莫舞,君不见,玉环飞燕皆尘土——这两句由陈皇后之遭遇转到对嫉妒成性的宫中众女子的批判描写:妒忌的人们啊,你们且莫高兴得手舞足蹈,你们没见那些曾经受宠一时、不可一世的杨玉环、赵飞燕之类的人都已尸骨无存,化作了尘灰吗?"玉环",指杨玉环,唐玄宗的宠妃,安禄山叛乱、玄宗幸蜀时死于马嵬兵变中。

"飞燕",指汉成帝的宠后赵飞燕,汉哀帝死后,被王莽施以报复,废为庶人,后自杀。

闲愁最苦——对以上所发感情的归结:一片闲愁最令人痛苦。何谓"闲愁"?无用之愁,无端产生的莫名其妙之愁,这里实指对国事之忧愁。自己的忧愁又改变不了客观的现状,因而最为痛苦:四字蕴含着作者诸多难以名状的感情。

休去倚危栏,斜阳正在,烟柳断肠处——"危栏",指高楼之栏杆。这三句照应开头:因为残春景物令人徒自伤悲,所以最好是别再登楼远眺,何况现在这样的景象更令人难以忍受:落山的太阳正映照着那暮烟笼罩下的柳树林,这一凄清黯淡的景致无论谁看了都会伤心落泪啊!

本词表面上是一曲伤春宫怨之词,但实际上全篇融会屈原《离骚》美人香草的比兴手法,表达自己的身世之感和忧国之情。前半由暮春之景抒发自己的诸多感受,写自己的惜春、留春、怨春之情,实际上暗寓作者对自己的身世和家国之感。后半借古人表己情,写陈皇后失宠,《长门赋》之难入,实喻自己报国深心不为朝廷所知所重。"玉环飞燕"诸句,表达对朝中政敌的深恶痛绝和严厉斥责。对照辛弃疾同年写的《论盗贼札子》中"生平刚拙自信,年来不为众人所容,恐言未脱口而祸不旋踵",词中所写当是有所指的。

阮郎归
耒阳道中为张处父推官赋

本词作于淳熙六、七年(1179或1180)间作者任湖南安抚使时。可能是因巡视州县,作者意外地遇到了故人张氏,感奋之馀写下这首词。词中追念少年英姿,又由少年英姿写到今之憔悴失意,是写故人,也是写自己。本词以一种今昔对比之法表达了自己壮志难酬的苦闷之情。张处父推官,作者之友人,其生平不详。

山前灯火欲黄昏,山头来去云。鹧鸪声里数家村,潇湘遇故人! 挥羽扇,整纶巾,少年鞍马尘。如今憔悴赋《招魂》,儒冠多误身。

山前灯火欲黄昏,山头来去云——这两句写词人偶遇故人前,耒阳道中黄昏之景:时近黄昏,山前居住的人家有的已亮起灯火;山头上,缓缓地移动着几朵白云。

鹧鸪声里数家村——骑马渐近,所见之境更加清晰:在鹧鸪的啼叫声中,一个小小的数家人家居住的村落出现在面前。

潇湘遇故人——在这潇湘岸边的小小的村落里,竟然住着一个自己多年未见的故人,意外重逢,其喜可知!本句化用了梁代柳恽《江南曲》"洞庭有归客,潇湘逢故人"中的诗句,但也是实写,因耒阳正在湘水之滨。

挥羽扇,整纶巾,少年鞍马尘——想当年鞍马风尘,英姿飒爽,有如当年挥羽扇戴纶巾的诸葛亮,信心百倍地驰骋疆场。这三句及以下两句,从句意上可以理解为作者对友人经历遭遇的描写,也可以理解为作者对友人诉说自己的经历与遭遇。

如今憔悴赋《招魂》,儒冠多误身——如今却处处失意,精神不振,只能学古人作赋,以招回自己离散的往日灵魂。唉,书生啊,迂腐而不谙人情世故之象征!一旦戴上这顶帽子啊,就会害了自己的一生。《招魂》本《楚辞》中的篇名,或谓宋玉悼屈原而作,或谓屈原悼楚怀王而作。这里似也应作两意理解:兼指自己少年意气今已不存,失意彷徨,欲招回自己往日豪情之意。最后一句来自杜甫《赠韦左丞丈》诗句:"纨绔不饿死,儒冠多误身。"

本词前半写景写遇,后半写遇写感,借写遇抒发人生之叹。人生本是一个过程,由少到老是一种自然规律,朝日初升意气风发之少年心态自然不同于如薄西山之夕阳的老者心态。但词作者在本词中所抒发的又不完全是这样一种发生于人身上的自然的普遍规律,而明显地带有一种对自己境遇的不满,故深解此词者往往把结尾两句视为"实亦谴责朝廷不惜人才"。从辛弃疾本人的遭遇来看,应该是包含有这样的心曲的。

满庭芳
和洪丞相景伯韵

本词一般认为作于淳熙八年(1181)作者在江西安抚使任上。但梁启超先生考定词人在江西安抚使任之年为淳熙十一年(1184)。洪丞相为洪适,字景伯,江西鄱阳人,与弟洪遵、洪迈文名满天下,人称"天下三洪"。乾道元年(1165),洪适曾在朝中任相,后被人劾奏而罢官。洪曾写有二首《满庭芳》,辛弃疾曾三和其韵。此为辛和之第一首。辛弃疾此词立意在于仿战国屈原《离骚》诸作以美人香草为喻,对洪适才高受忌被贬的遭遇深表同情；对他被劾后家居田园悠然自得的生活则进行颂扬，某种程度上是予他一种精神上的支持和鼓励。

倾国无媒，入宫见妒，古来颦损蛾眉。看公如月，光彩众星稀。袖手高山流水，听群蛙，鼓吹荒地。文章手，直须补衮，藻火灿宗彝。　　痴儿公事了，吴蚕缠绕，自吐余丝。幸一枝粗稳，三径新治。且约湖边风月，功名事、欲使谁知？都休问，英雄千古，荒草没残碑。

倾国无媒，入宫见妒，古来颦损蛾眉——"倾国"，绝世美女之代称，《汉书·外戚传》载李延年歌："北方有佳人，绝世而独立。一顾倾人城，再顾倾人国。宁不知倾城与倾国，佳人难再得。""无媒"，无须任何的触发点(又有人释之为美人与君主之间缺少沟通媒介者)。"古来"，古往今来，言其普遍性。"颦损"，因受到伤害而皱眉头。以上三句似化用《史记·外戚世家》"传曰：女无美恶，入室见妒，士无贤不肖，入朝见嫉"之意，言倾国倾城之绝色美女无须任何的原因，入宫以后，自然地就会遭人忌妒。古往今来有多少美女因此而受到伤害啊！以此比喻洪公所受到的不良遭遇。

看公如月，光彩众星稀——这两句言洪公才冠朝堂，高出众人之上许多：您之才华有如月亮之光，一出光彩照耀，众星顿然黯淡无光。按这两句似出《淮南子·说林》："百星之明，不如一月之光。"

袖手高山流水——这句言隐居后的洪公过着怡情山水的闲适生活。"袖手"，指不预政事，成为一个局外之人。"高山流水"，用春秋时钟子期与俞伯牙之典。《吕氏春秋·本味》载："伯牙鼓琴，钟子期听之。方鼓琴而志在太山，钟子期曰：'善哉乎鼓琴，巍巍乎若太山。'少选之间，而志在流水，钟子期又曰：'善哉乎鼓琴，汤汤乎若流水。'钟子期死，伯牙破琴绝弦，终身不复鼓琴，以为世无足复为鼓琴者。"这里仅用高山流水的字面意义，谓洪公以高山流水为知音。

听群蛙，鼓吹荒地——犹言倾听群蛙在荒地歌唱。据《南齐书·孔稚珪传》，孔稚珪不乐世务，庭院中荒草丛生，有蛙鸣其中，稚珪笑对人说：他是以蛙鸣作为两部鼓吹。"鼓吹"，汉代乐府曲之一种。

文章手，直须补衮，藻火灿宗彝——言洪公为文章高手，他之才绝非一般之才，而是用来辅君治国的大才。衮，指帝王之服，"补衮"，言可补救、规谏君主的过失，《诗经·大雅·烝民》："衮职有阙，维仲山甫补之。""藻火灿宗彝"，绣画水藻、火焰、宗庙祭祀的礼器于衮服上。这句言经过洪公的匡补可使帝王之服更加光辉灿烂。

痴儿公事了,吴蚕缠绕,自吐馀丝——"痴儿",指呆傻之子。《晋书·傅咸传》谓友人与傅咸书:"生子痴,了公事,官事未易了也。"宋黄庭坚《登快阁》诗:"痴儿了却公家事,快阁东西倚晚晴。""吴蚕"两句,当指其吟咏山水的生活。三句写洪公摆脱政事后,唯以吟诗作文为务。

幸一枝粗稳,三径新治——这两句言幸得洪公隐居之所一切就绪准备停当。"一枝",《庄子·逍遥游》言庄子谓许由:"鹪鹩巢于深林,不过一枝。"这里比喻洪公之居所。"三径",本意为三条小路。《三辅决录》载,西汉末年,兖州刺史蒋诩辞官归隐,于院中辟三径,唯与高人雅士来往。后人于是多以三径作为隐居之代称,如陶渊明《归去来辞》:"三径就荒,松菊犹存。""新治",刚刚治备而成。

且约湖边风月,功名事、欲使谁知——言且与湖边风月相约,吟风弄月,赋诗写文,至于功名之事,则一概不想知道。

都休问,英雄千古,荒草没残碑———一切是非功过之事均不要过问。为什么?因为你看,千百年来多少英雄都已销声匿迹,他们的事迹只不过被记录在荒草埋没的残碑断石上而已。

本词为和韵之作,所和之人又是一个曾任宰相而被罢官的人,故词即以其人的遭遇直入。起首三句以美人香草为喻,言贤才遭妒,自古而然,是同情,更是安慰。再赞其文章人品、治国之才,谓如此之人却让他袖手山水,岂非人才的浪费!这样一写,便使全词立意将对洪氏才能的赞美与国家的政治大局联系起来,词因而也就具有了一种更为深广的内涵。下阕写洪公赋闲后身心未衰、仍以咏志抒怀为意,并赞其以风月自娱的安乐生活。结尾以英雄荒草为喻,隐示功名之不可恃,是寄情洪适,也有自抒己怀的一面,劝慰语中隐含一种激愤不平的情绪在内。

木兰花慢
席上送张仲固帅兴元

本词作于作者任江西安抚使时。孝宗淳熙八年(1181),词人的好友张坚(字仲固)赴兴元(今陕西汉中)任知府,词人设席为其饯行,席上写了此词。针对友人所去之地——汉王刘邦的开基之所汉中,作者抒发感慨,寄望于友人为地方尽力。面对山河破碎的局面,作者深自悲痛;对友人的离去,作者更增一种依依难舍的痛苦。词中所表达的,已不仅是一种同僚之谊,更具有一种建立在共同抗战基础之上的同志之情。

  汉中开汉业,问此地,是耶非？想剑指三秦,君王得意,一战东归。追亡事,今不见,但山川满目泪沾衣。落日胡尘未断,西风塞马空肥。　　一编书是帝王师,小试去征西。更草草离筵,匆匆去路,愁满旌旗。君思我,回首处,正江涵秋影雁初飞。安得车轮四角,不堪带减腰围。

  汉中开汉业,问此地,是耶非——首句以一奇特的问句开篇,犹言:汉中可是汉高祖刘邦开创汉家基业的所在啊！我问你,这个兴元府,是否就是当年汉高祖所在的那个汉中呢？按:秦亡后,项羽分封诸侯,立刘邦为汉中王,都南郑,领今汉中一带的地区。刘邦以汉中为基地,东向伐楚,最终打败项羽,成就了帝业。这一问问得奇特,因为词人实际是知道友人所去之地的历史的,故此问实为明知而故问,但这一问又是必须的——词人之立意是要引出后面对历史的感叹。"是耶非",犹言"是不是呢"。耶,疑问词。

  想剑指三秦,君王得意,一战东归——由上面汉中之问自然要引发对汉高祖功业的怀念:想当年汉高祖挥剑北上,直取三秦,一战而定关中之地,他春风得意,乘胜东归,与项羽争霸天下。"三秦",秦亡后,项羽三分关中,分封秦降将章邯、司马欣、董翳为三王,称"三秦"。后刘邦灭三秦,一统关中(见《史记》)。

  追亡事,今不见,但山川满目泪沾衣——汉高祖的功业何得而成？成在不拘一格识别人才,既念汉高祖之功,自然会联想到为汉高祖出生入死建立没世奇功的韩信:当年萧何在汉中追回了出走的韩信,这种爱才的事情今天还能见到吗？国家不以栋梁之材为念,故而举目所见的只有破碎的山河,此情此景,怎不叫人伤心落泪？据《史记·淮阴侯列传》:韩信初归刘邦,未得重用,一怒而去。萧何连夜追回,力荐于刘邦,刘邦于是拜韩信为大将,终成就灭楚兴汉之大业。"山川满目泪沾衣",用唐人李峤《汾阴行》原句。

  落日胡尘未断,西风塞马空肥——承上之"山川满目泪沾衣",作者针对现实抒发感慨:夕阳里,敌人的骑兵飞土扬尘,训练有素;秋风里,我军的边塞战马却白白养肥,空无所用。按陆游于淳熙四年(1177)所作的《关山月》诗曾有"和戎诏下十五年,将军不战空临边。朱门沉沉按歌舞,厩马肥死弓断弦"的描写,可为后句作一确注。两句表现了词人对朝廷苟安政策的强烈不满。

  一编书是帝王师,小试去征西——词人思绪万千,再接往古,由萧何、韩信自然联想到张良。据《史记·留侯世家》,张良少时过下坯圯桥,遇老人赠书一编,曰:

"读此,则为王者师矣。"书即《太公兵法》,所以说"一编书是帝王师"。后张良辅汉,成开国元勋之一。词人用张良之典,意在鼓励友人,以张良自勉,愿他西去建功立业:当初张良是仅凭一部兵书成为帝王之师的,如今君西去也定能小试大才。"小试",略试才能之意。"征西",指友人西去知兴元府。

更草草离筵,匆匆去路,愁满旌旗——由西去壮行言辞的鼓励再回到当前的离别,词人先自歉饯行之筵的简单,接写去者的匆匆,再写其惜别之情:随意地给你备下一桌饯行的酒筵,你急着赶路匆匆离去,这样怎能让我放心?连无知的旌旗也会布满愁云。

君思我,回首处,正江涵秋影雁初飞——设想友人别后路上长途跋涉时的心情:当你在路上想念我,回头张望的时候,时令可能已成初秋:凄清的江水映含秋影,北雁刚刚向南飞行,这种景象,定会给你更增一种凄婉悲哀的感受的。"江涵秋影雁初飞",用杜牧《九日齐山登高》诗原句。涵,映照意。

安得车轮四角,不堪带减腰围——友人离别在即,词人不堪忍受离别之苦,于是突生一种幻想:怎么能使车轮上生出四角使你不能前行;难以忍受的离别之苦啊,使我的腰围顿然瘦减了许多。前句幻想车轮生出四角,似出唐陆龟蒙《古意》:"君心莫淡薄,妾意正栖托。愿得双车轮,一夜生四角。"后句夸张地描写对友人离去的痛苦,与唐代杜牧《伤秋》诗"懒慢头时栉,艰难带减围"诗意颇为相近,也可能是本句之本。

本词属长调慢词,从写作本意上讲应该是一首送别之词,但这首送别之词并非纯写送别,而是由送别产生出无限联想。词由友人任官之地,引起对历史的悬想,汉高祖及汉初三杰的功业,更触发作者无限的感慨:面对国家分裂局面,作者自然有许多话要对友人陈说。作者通过古今对照,抒发了自己心中的牢骚不满,忧国之心,溢于言表。由于上面的层层铺垫,下半归结到的送别之情,也就显得情更真而意更切。从中可看出,词人与友人的感情绝非一般的泛泛之交,而是别具一种共同而深挚的政治理想内涵的。

水调歌头

汤朝美司谏见和,用韵为谢

本词一般认为作于淳熙九年(1182)辛弃疾落职闲居带湖期间。按汤朝美司谏,指汤邦彦,他字朝美,镇江人,生卒年不详,孝宗淳熙年间曾在朝中任左司谏。在任时曾"论事风生,权幸侧目"(《京口耆旧传》);后因使金不力,有辱气节,被贬居新州(今广东新会);复被调移信州听命,与辛弃疾结识。他曾和过辛弃疾的《水调歌头·盟鸥》,辛得汤和词后,再用汤词原韵作了此词,表示对汤的感谢。

> 白日射金阙,虎豹九关开。见君谏疏频上,谈笑挽天回。千古忠肝义胆,万里蛮烟瘴雨,往事莫惊猜。政恐不免耳,消息日边来。　　笑吾庐,门掩草,径封苔。未应两手无用,要把蟹螯杯。说剑论诗馀事,醉舞狂歌欲倒,老子颇堪哀。白发宁有种,一一醒时栽。

白日射金阙,虎豹九关开——"金阙",金黄色的宫阙,指天宫,这里用以比喻皇帝的宫殿。白日照耀下的金黄色的宫阙,是何等的巍峨壮丽。"虎豹九关",用《楚辞·招魂》"魂兮归来,君无上天些。虎豹九关,啄害下人"一段意,言天宫有九道门,均用虎豹把守,下界人不得入内,用以比喻宫禁森严,见君不易。但这个不易进入的宫门终于给人打开了,隐写汤朝美屡次上表自辩,终于冲破重重阻碍,使皇帝听到了他的声音。

见君谏疏频上,谈笑挽天回——"挽天回",指挽回君意。汤朝美被贬官前曾深受重用,言听谏行,"圣意所疑,辄以谘问"(《京口耆旧传》),这里可理解为贬官前对君主各种不当政策的调整建议被采纳,也可理解为贬官后通过上疏使得皇帝改变了对自己的处理。这两句承上,写汤朝美屡上谏书,言谈笑语中使君王改变了自己的主张。

千古忠肝义胆,万里蛮烟瘴雨——汤被贬前,曾很得孝宗信任,宋孝宗曾手书"以身许国,志若金石,协济大事,始终不移"以赐,"忠肝义胆"当即指此。"万里"句,汤朝美被贬官新州,在当时人眼里被认为是僻远蛮荒、瘴烟疠雨笼罩之地。这两句,前句写宋孝宗往日对汤朝美的宠遇,后句写汤朝美被贬官后的经历。"千古",千古少见之意。

往事莫惊猜,政恐不免耳,消息日边来——这三句承上,作者安慰朋友:幸喜这一切已成为过去,从今以后就不必再有担心和猜疑,眼光应远大一些:说不定你会重得君王信任的,好消息会有一天从天而降的。"政恐不免耳",据《世说新语·排调》,东晋谢安未仕时,弟兄们中有富贵者,倾动乡人。其夫人戏问他说:"大丈夫不当如此乎?"谢安说:"但恐不免耳。"这里作者用谢安之典,意在安慰汤朝美。政,同正。"消息",指好消息;"日边",犹言皇帝身边。

笑吾庐,门掩草,径封苔——朋友的前途定将远大,那么,自己的命运又将如何?可笑啊,我的屋庐,门口掩映在荒草中,园径被青苔所封固,已经好长时间没有人来光顾我了,我已成空疏无用的废人一个了。这三句由安慰朋友引发自我遭遇的感叹,抒发词人被贬官后无人问津的悲哀处境。

未应两手无用,要把蟹螯杯——难道我的双手就这样无用,就只能配拿螃蟹来吃、端酒杯来自酌自饮吗?两句承上而进一步抒写自己不平的心境。据《世说新语·任诞》,晋人毕茂世为人旷达,曾自述:"一手持蟹螯,一手持酒杯……便足了一生。"辛用此典,意在表达自己不甘隐居终老的愤懑之情。"未应",不应该。

说剑论诗馀事,醉舞狂歌欲倒,老子颇堪哀——不甘隐居以终老,又当如何?现在不是把谈兵论诗当成了闲事吗?整天醉中狂歌酣舞不辨东西,在昏昏欲倒中过日子,这种状态真是令人悲哀至极啊!"老子颇堪哀",用东汉马援之典,据《后汉书·马援传》,马援任官,"诸曹时白外事",马援颇不耐烦,总是说:"此丞掾之任,何足相烦;颇哀老子,使得遨游。"词人用此典,意在表达自己罢官闲居中无所事事的愤激之情。

白发宁有种,一一醒时栽——面对自己满头白发,词人感慨万千:白发难道真的是天生的吗?真的有种吗?不是的,白发不过是自己造成的罢了,要知道,那些白发可是自己酒醒时亲自一根一根地栽下的啊!北宋黄庭坚《次韵裴仲谋同年》诗曾言:"白发齐生如有种,青山好去坐无钱。"意思是说白发齐生,有如种子之萌芽。辛弃疾这里则反其意而用之,言外之意是说:白发本无种,不过是因自己那些空无所用的对国事的忧愁造成的罢了。

本词上半写人,下半写己,但其重心是在下半之写己。词人写友是以一种同情、劝慰、赞颂、激励的心态和口吻写的,但前半之写友实都是为后半之写己作层层铺垫的,其重意所在是借写友人之遭遇抒发词人的自我之嘲、自我之笑、自我之悲、自我之愤。全词实为借他人之杯酒浇自己之块垒。"说剑论诗馀事,醉舞狂歌欲倒"二句,表达作者志不得抒的激愤之情,形象生动,极具典型性。"白发宁有种,一一醒时栽",抒发词人时不我待、壮志难酬的激愤,失志英雄的悲慨之情跃然纸上。

水调歌头
再用韵答李子永提干

本词一般也认为作于词人闲居带湖时。再用韵即再次用前韵之意,本词与上一首词用韵相同,可证两词之写相隔不远。李子永即李泳,名子永,扬州人,曾任溧水县令,淳熙六年到九年(1179—1182)任坑冶司干官(简称提干),分局信州,遂得与辛弃疾交往。从词意看,本词似乎是因李子永仕途颇不顺利,思想上很不愉快,或者是李子永曾对辛弃疾的遭遇表达了某种同情,辛弃疾于是写下了这首词,一者是为破解他的牢骚不满,二者是要借此词表达自己对人生的一种达观态度。

君莫赋幽愤,一语试相开:长安车马道上,平地起崔嵬。我愧渊明久矣,犹借此翁湔洗,素壁写《归来》。斜日透虚隙,一线万飞埃。　　断吾生,左持蟹,右持杯。买山自种云树,山下厮烟莱。百炼都成绕指,万事直须称好,人世几舆台。刘郎更堪笑,刚赋看花回。

君莫赋幽愤,一语试相开——这两句是宽慰友人的话。首句"赋幽愤",用的是三国时嵇康之典。史载嵇康下狱后,曾作《幽愤诗》以抒心中的愤懑,这里指李泳的抒情言志之作。"莫赋幽愤",劝慰友人的话:不要再写这些表达牢骚不满的诗了。要想让朋友停止写作这一类表达不满的诗篇,必得费唇舌说服朋友。这"一语试相开"就是说服朋友的话,犹如今天说:我送你一句话来平息一下你心中的不平吧!

长安车马道上,平地起崔嵬——这两句是说:来往长安的平平坦坦的大道上,也还会突然地冒出一座巍峨的山岭呢,何况我们身处宦海中,险恶风波是经常出现、不以为奇的。"崔嵬",指高大巍峨之山。

我愧渊明久矣,犹借此翁湔洗,素壁写《归来》——这三句是说,我早就有了归隐田园之志,面对陶渊明这样的隐士,我早就心怀愧疚,正想借他洗洗我以往混入官场沾染在身上的污垢呢,我要在白粉壁上大笔写上陶先生的《归去来辞》!"渊明",指东晋著名田园诗人陶渊明,因耻于"为五斗米折腰",辞官归隐于家,过自食其力的生活。《归来》,指陶渊明所作的《归去来辞》,文中陶渊明表达了自己的弃官归隐之志。

斜日透虚隙,一线万飞埃——这两句由自己的归隐之志,联想到自己刚刚离开的官场生活:官场生活污浊不堪,有如无处不见的细小尘埃;斜斜的太阳透过缝隙照入,只要有一缕阳光,就会看到万千尘埃在飞舞跳跃。

断吾生,左持蟹,右持杯——从此以后,了断吾生者何? 饮酒持蟹,悠闲度此一生。这三句用晋人毕茂世之典。《世说新语·任诞》篇载晋人毕茂世为人旷达,曾自述:"一手持蟹螯,一手持酒杯……便足了一生。"

买山自种云树,山下斸烟莱——这两句表达自己归隐之意:买下一座荒山,在云雾缭绕的山间开山种树;在山下平地砍去灌木杂草,放火烧荒以种庄稼。斸(zhú),砍斫、锄去之意。莱,杂草。"烟莱",放火烧荒形成的烟雾。

百炼都成绕指,万事直须称好,人世几舆台——这三句从理解的顺序上第三句应置于前,言人经屡次的宦海风波、沧桑巨变,其刚性已全然失去,一变而为随波逐流,逢人便说好。首句化用晋代刘琨《重赠卢谌》中"何意百炼刚,化为绕指柔"中诗句。第二句用汉末司马徽之典。据《世说新语》注引《司马徽别传》,司马徽素有鉴才之能,但总怕当权者害人,当有人以当代人物请他鉴评时,他每每称"好"。他的妻子批评他有负人意,司马徽也对其妻称好,说:"如君所言亦复佳。""舆台",即舆与台,指社会地位低下的人。《左传·昭公七年》:"天有十日,人有十等,下所以事上,上所以共神也。故王臣公,公臣大夫,大夫臣士,士臣皂,皂臣舆,舆臣隶,隶臣僚,僚臣仆,仆臣台,马有圉,牛有牧,以待百事。""人世几舆台":犹言一个人难免要屡经官场的贬谪和黜退。

刘郎更堪笑,刚赋看花回——据唐人《本事诗》,唐代刘禹锡因参与永贞革新被贬朗州,十年后还京,他重游玄都观,见观中桃花非旧时所有,于是作《赠看花诸君子》说:"玄都观里桃千树,尽是刘郎去后栽。"执政者以为他讽刺朝政,又放他外任。十四年后,他再返京城,玄都观已一片荒芜,他又感而赋诗:"种桃道士归何处,前度刘郎今又来。"词人用刘禹锡之典,意在说明刘禹锡不该执着于官场得失,写这些看花之诗而抒发牢骚,以致屡遭贬谪。"堪笑",值得耻笑意。

本诗开头疏导友人放开眼量,似乎是从排遣别人角度而写,但实际上重点是抒发自我的感慨与怀抱。上片表现官场斗争的险恶,决心以晋代的陶渊明为榜样,走归隐田园之路。下片承上,描写自己的隐居生活:对酒持蟹,开荒植树颇为悠闲自得。但词人既非陶渊明,其一代豪雄的英气在词中也决不能掩饰得住。透过词中看似达观的描写,我们读到的却是词人对无法改变的现实,怀着一种极其愤懑不平的心境。

满江红
送李正之提刑入蜀

本词为送别友人李正之入蜀而作,按李正之入蜀之年,有人考证,为宋孝宗淳熙十一年(1184)冬,故本词之写作年代,当在此年。李正之,名大正,曾为张孝祥的幕僚,后两度任江淮、荆楚、福建、广南路之提点坑冶铸钱公事,负责以上地区的采铜铸钱事宜。是年冬,他被改任利州路提刑而入川,临行之际,辛弃疾写了此词为他送行。"提刑"即提点刑狱使,南宋一种负责所在地区司法、刑狱和监察事务的官员。本词主要表达与友人的惜别之情。针对友人所去之处,词人劝慰友人,要放宽眼量,以史人、史事为鉴,为所在地的稳定繁荣而努力,并遥想沿途景色,为朋友行程壮行。

> 蜀道登天,一杯送绣衣行客。还自叹,中年多病,不堪离别。东北看惊诸葛表,西南更草相如檄。把功名、收拾付君侯,如椽笔。　　儿女泪,君休滴,荆楚路,吾能说。要新诗准备,庐山山色。赤壁矶头千古恨,铜鞮陌上三更月。正梅花,万里雪深时,须记忆。

蜀道登天,一杯送绣衣行客——首句由友人所去之地而抒发感慨,取李白《蜀道难》诗首句:"蜀道之难,难于上青天。"写友人所去之地路途的艰险。"绣衣行客",指代李正之。西汉武帝时曾设绣衣直指官,派往各地审理重大案件,官员身穿绣服,尊贵异常。宋时的提点刑狱官与汉时绣衣直指近似,故作者以此称之。"一杯"句,犹言:尊贵的将要远行的绣衣直指官啊,我敬你一杯酒来为你送行。"一杯",一杯酒。

还自叹,中年多病,不堪离别——由友人的离别,自然会写到词人自己的心情感受:我尚自己叹息,已到了中年多病之期,故每逢这种场合,就不能忍受那离别的悲痛。"不堪",不能忍受意。

东北看惊诸葛表,西南更草相如檄——友人既当离去,不能忍受又当如何?故这两句转入对友人的劝慰。由友人所去之地,词人联想到与当地有关的两个重要历史人物:三国时蜀汉丞相诸葛亮北伐曹魏,曾向后主刘禅上《出师表》;西汉武帝时,司马相如曾应汉武帝之命,写了《喻巴蜀檄》以安抚遭受动乱的巴蜀百姓。这两句犹言:眼望东北,你当会联想到当年曾写《出师表》北伐中原、惊破敌胆的诸葛亮;返观西南,你也会想到昔日曾写《喻巴蜀檄》使巴蜀百姓得到安定的司马相如。望你能以两人为榜样,为蜀中百姓的安宁尽力。

把功名、收拾付君侯,如椽笔——由诸葛亮、司马相如,联想到友人的大才,词人以立功建业鼓励友人:你才华出众,凭借自己的大手笔,君王一定会把功名富贵收拾好,稳稳地交付到你的身上。"君侯",汉代对列侯的尊称,后人多用来泛指官高位尊者。"如椽笔",形似架屋用的椽木做成的巨笔,典出《晋书·王珣传》:"珣梦人以大笔如椽与之。既觉,语人曰:'此当有大手笔事。'俄而帝崩,哀册谥议,皆珣所草。"

儿女泪,君休滴——由对友人的鼓励,引唐人王勃诗句,再劝慰友人:临别之际,莫像小儿女那样洒落悲痛之泪。唐王勃《送杜少府之任蜀川》"无为在歧路,儿女共沾巾"是其所本。

荆楚路,吾能说——你要经过的荆楚之路,我都经历过,故我能一一详细地给你解说。荆楚指今湖南、湖北一带,为李正之入蜀必经之路。辛弃疾曾官两湖,故他说能一一地向李陈说。

要新诗准备,庐山山色——你要做好写作新诗的准备,来描写美丽的庐山山景。

赤壁矶头千古恨——当路经当年曹操与周瑜大战的古赤壁战场时,你一定要作好抒发曹操那赤壁滩头千年遗恨的诗篇。"赤壁矶",在今湖北黄冈西南,苏轼以为此地即当年周瑜破曹之地,曾作《念奴娇》词和前后《赤壁赋》以凭吊之。

铜鞮陌上三更月——路经湖北襄阳时,你也要做好歌咏此地古城铜鞮陌里三更月亮的准备。铜鞮,在今湖北襄阳,唐人雍陶有《送客归襄阳旧居》诗歌咏铜鞮诗句:"唯有白铜鞮上月,水楼闲处待君归。"

正梅花,万里雪深时,须记忆——啊,当梅花盛开、万里雪飘的时候,我们应该牢牢地记住分别的这一刻。

本词为送别友人之作,友人所去之地为蜀地,故词即以蜀道发题。"登天"一句,遥想其入蜀之艰难,接下自叹多病,不忍面对友人之离别,也显得十分自然而顺理成章。再以与蜀地有关的两个历史人物为喻,意在感发友人壮志,鼓励友人为国家地方之稳定而效力。下半再设想朋友之旅途状况,寄望于友人:将庐山的山色、赤壁的巨浪、襄阳的明月等尽纳入其生花妙笔中,是劝慰友人,也是对祖国山河挚爱感情的一种抒发。最后以两人在梅花盛开、万里雪深之时,分隔两地却相思相念为结尾,词人与友人深挚的感情在字里行间得到了更充分的显示。

水龙吟
甲辰岁寿韩南涧尚书

这是一首为韩南涧祝寿的词,写作时间是淳熙十一年(1184)。韩南涧(1118—1187)名元吉,字无咎,南涧为其号,河南许昌人,南渡后徙家信州。他在孝宗初年曾任吏部尚书,力主抗金复国,其政事、文学并有名于时。本词歌颂韩南涧的非凡政治才能和文学才华,寄希望于他东山再起,宝刀重试,为复国和抗金大业作贡献。词中也借祝寿表达了词人自己收复失地、统一天下的强烈愿望。作为祝寿之词,词中虽未免有溢美之语,但词作者把韩南涧作为一个志同道合的同志,互以复国抗敌相期许,故而它脱出一般寿词纯以华谀言辞堆砌而成的故套,蕴含着浑厚的思想内涵。

渡江天马南来,几人曾是经纶手?长安父老,新亭风景,可怜依旧。夷甫诸人,神州陆沉,几曾回首!算平戎万里,功名本是,真儒事,公知否? 况有文章山斗,对桐阴,满庭清昼。当年堕地,而今试看,风云奔走。绿野风烟,平泉草木,东山歌酒。待他年整顿,乾坤事了,为先生寿。

渡江天马南来,几人曾是经纶手——首句借晋元帝故事喻指宋室南渡。《晋书·元帝纪》写西晋沦亡,晋元帝司马睿偕四王南渡,在建康建立东晋王朝,时童谣有"五马浮渡江,一马化为龙"之语。对应祝寿,这两句直赞写韩南涧:自朝廷南渡以来,有几个如你这样治国的高手? "经纶",指治理国家的高手。

长安父老,新亭风景,可怜依旧——但可叹的是,中原父老,天天盼望北伐收复失地;南渡的人们也日日在新亭感叹风景,但局面依然如故,没有一丝的改变。"长安父老",化用东晋桓温之典,以喻中原百姓切望恢复之情。据《晋书·桓温传》,桓温率军北伐,路经长安附近,当地父老携酒劳军,感泣曰:"不图今日复见官军!""新亭风景"句,出《世说新语·言语篇》,东晋初年,过江诸士大夫,常聚会新亭,联想到北方的沦陷,触景生情,产生无限感慨:"风景不殊,正自有山河之异。"唯丞相王导说:"当共戮力王室,克复神州,何至作楚囚相对?""新亭",三国时吴国所建,在今南京南。

夷甫诸人,神州陆沉,几曾回首——"长安父老,新亭风景",究竟何人所致?就是那些如王夷甫一类的大臣,只知空谈而断送了国家,如今神州大地沦于敌手,他们何曾肯回头一顾? "夷甫",指西晋大臣王衍,他曾官居宰相,但专尚空谈,不理国政,终致西晋败亡。《世说新语》载桓温北伐进入中原,曾深自感慨:"遂使神州陆沉,百年丘墟,王夷甫诸人不得不任其责!"

算平戎万里,功名本是,真儒事,公知否——由对空谈误国者的遣责,转为词人表达对韩南涧的期许:看来平定戎狄,决胜于千里之外,这样的大功名,本来就是如您这样真正的儒者分内的事——其中的道理您一定知道。"平戎万里",消灭敌人,决胜于万里之外。"真儒事",犹言属于真正儒者分内之事。

况有文章山斗,对桐阴,满庭清昼——您是应当担当起这个重任的,何况您有如韩愈那样的卓著才名,又兼出自高门望族,在汴京的庭院中梧桐垂阴,满院生辉。这几句称颂被祝者光荣的家世。"文章山斗",指韩愈。《新唐书·韩愈传》说韩愈:"学者仰之如泰山北斗。""对桐阴"两句:韩南涧自己曾写有《桐阴旧话》,记其旧家事,曾写到自己在汴京旧居庭院中的梧桐树。

当年堕地,而今试看,风云奔走——由对家世的描写归结到祝寿正题:当年您的出生就显得与众不同,故而今试看您风云际会,大显身手。

绿野风烟,平泉草木,东山歌酒——三句由祝颂再写韩公目前生活情状,词人连用了三个典故:唐相裴度因宦官横行,其道不行,退隐洛阳,建绿野堂,与白居易等人以诗酒相娱,不问政事(《唐书·裴度传》);唐相李德裕曾于洛阳城外筑"平泉庄"别墅,广搜奇花异草(《剧谈录》);东晋名相谢安出仕前曾隐居东山(今浙江上虞西南)过着悠然自得的歌酒生活。合以上三句是说:您现在是以唐朝宰相裴度般的治国之才隐退家园,享受着绿野堂的风烟;又如居住在平泉庄别墅的李德裕,过着一种悠闲的生活;更有同于东晋名相谢安,在东山听歌饮酒。

待他年整顿,乾坤事了,为先生寿——山河一统的重任当除您莫属,等到完成统一天下大业的那年,我们再来为先生您祝寿。"整顿",犹言统一天下恢复中原。"乾坤",天下之意。

本词作为一篇祝寿之词,在寿词的写作上有一定创意。古人祝寿之作,或言富贵,或言功名,或言神仙。言富贵则显尘俗,言功名则带谀佞,言神仙则过迂诞。辛弃疾此词,基本上脱出以上三种故套。他借向一个同道友人祝寿的机会,纵论天下大事,表达了自己浓烈的忧时忧国之情,"把寿词写成了情辞优美的政治抒情诗",抒发了一个政治家的宏大抱负与爱国者的坚毅信念。清人黄苏《蓼园词选》就此评该词是:"辞似颂美,实句句是规励",故他认为,本词未"可以寻常寿词例之"。这一评论,确是道出了本词与一般祝寿之词的不同之处。

破阵子
为陈同甫赋壮词以寄之

本词写作年代说法不一。有人认为此词写于淳熙十五年(1188)辛弃疾罢居上饶时,词人陈亮至上饶访辛,"此词即作于这次'鹅湖同憩,瓢泉共酌,长歌相答,极论世事'之后"。有人认为此词作于绍熙四年(1193)陈亮考中进士被宋光宗亲自擢为第一时。另有人认为此词作于辛弃疾闲居信州时期。陈亮(1143—1194),字同甫,婺州永康(今属浙江)人,世称龙川先生,是南宋杰出的思想家。他为人才气豪迈,喜谈兵,主抗战,因此曾三次被诬入狱。他与辛弃疾志同道合,交往密切,多有诗词唱和,曾著有《龙川集》《龙川词》,词风近辛弃疾。本词为辛弃疾写给陈亮的一首词,其立意在对友人进行精神上的鼓励。词中主要忆念词人自己青年时的战斗生涯,抒发自己建功立业的雄心,同时也表达了自己壮志未酬的苦闷之情。

醉里挑灯看剑,梦回吹角连营。八百里分麾下炙,五十弦翻塞外声,沙场秋点兵。　　马作的卢飞快,弓如霹雳弦惊,了却君王天下事,赢得生前身后名。可怜白发生。

醉里挑灯看剑——醉中拨亮灯烛,抽出宝剑细细观看。"挑灯",拨亮灯烛之意。

梦回吹角连营——梦中仿佛回到战场:军队集结,连营扎寨;号角声响彻天空。"梦回",大多数解者都认为指"梦醒后",笔者以为,这里的"回"字,应作"回到"之意解。这样解读与古意并不背离。

八百里分麾下炙——"八百里",一语双关,原指晋代王恺之牛。《世说新语·汰侈》言王恺有牛名"八百里驳","常莹其蹄角",十分爱惜。王济与他赌射,指牛为赌物。王济胜,"叱左右速取牛心来。须臾炙至,一脔便去。"这里也兼指军营的广大范围。本句写军中的饮食:八百里宽的营寨里,熟牛肉很快地分到了不同的战斗队伍中,战士们吃着烤熟的牛肉,真是痛快淋漓。

五十弦翻塞外声——"五十弦",悲壮之曲的代称,《史记·封禅书》:"太帝使素女鼓五十弦瑟,悲,帝禁不止。"本句写军中悲壮的音乐,更泛指军中各种乐器的大合奏:军乐大作,鼓瑟齐鸣,各种乐器演奏出雄浑悲壮的边塞之声。翻,演奏之意。"塞外声":以边塞为题材的军歌。

沙场秋点兵——饮食何为?军乐何为?为的是投入战场。瞧,战士们正排列整齐,接受主帅的检阅。

马作的卢飞快,弓如霹雳弦惊——一声令下,冲入战场。骑着如"的卢"那样的骏马,飞快地冲入敌阵;翻身射出劲箭,弓弦的声响如霹雳一样令敌人胆战心惊。"的卢",三国时刘备所骑的烈马,据《三国志·蜀志·先主传》注引《世语》,刘备有烈性快马"的卢",曾助刘备逃过刘表部下蒯越、蔡瑁的追捕。

了却君王天下事,赢得生前身后名——冲杀战场,视弃命如等闲,置生死于度外,为的是什么?为的是杀敌报国,完成君王的统一大业;活下来,可得生前的功名富贵,牺牲在战场,也可博得死后之声,名垂竹帛啊!

可怜白发生——但是这一切做到了吗?君王的事了却了吗?没有。因为"落日胡尘未断,西风塞马空肥"(《木兰花慢》)啊,现实完全是另外一副样子。可怜啊,白发已经不知不觉地爬上额头,自己的愿望还有实现的那一天吗?

本词的特点是以写梦、忆梦的手法抒发自己青年时的战斗生活与雄心壮志,表达自己英雄失时的悲慨之情。开头以"醉"、"梦"领起全文,豪壮中颇含一股悲凉之气,为结末埋下伏笔。下写战斗场面,气势磅礴,令人精神振起。最后一句陡转而下,从对往事热烈豪壮的歌颂中回到严酷的现实,有如从万丈高空直坠而下,对比十分强烈。此词在结构上也显得较为特殊。作者有鉴于抒发不可遏制的悲壮感情的需要,打破了传统的上片写景下片抒情或下片申说、回答上片之意等词家惯用手法,以绝大部分篇幅抒写自己往日的豪情胜慨,而以最后结句与前对应,表现了作者不主故常、随所变态、灵活驾驭词格的艺术功力。

贺新郎

本词作于词人闲居上饶时,时在淳熙十五年(1188)冬。时作者友人陈亮远道从浙江前来访问作者,两人同具抗金复国之大志和卓越的思想识见,又同处政治失意之时,故相见甚为相得。他们纵论天下大事,探讨政治问题,大有相见恨晚之感。两人同游鹅湖后,前往紫溪去见朱熹。由于朱熹未能如约前来,陈亮即从紫溪取道回浙,这首词就是辛、陈二人鹅湖之会后,作者为表达对陈亮的思念而写的。本词就两人相别时的情景写起,极写两人之间的深挚友谊,词人歌颂友人陈亮的儒雅风度,对陈亮的匆匆别去表现出一种极度惋惜、遗憾的心情。

> 陈同父自东阳来过余,留十馀日,与之同游鹅湖,且会朱晦庵于紫溪,不至,飘然东归。既别之明日,余意中殊恋恋,复欲追路,至鹭鹚林,则雪深泥滑,不得前矣。独饮方村,怅然久之,颇恨挽留之不遂也。夜半投宿吴氏泉湖四望楼,闻邻笛悲甚,为赋《乳燕飞》以见意。又五日,同父来书索词,心所同然者如此,可发千里一笑。

把酒长亭别,看渊明、风流酷似、卧龙诸葛。何处飞来林间鹊？蹙踏松梢微雪，要破帽多添华发。剩水残山无态度，被疏梅料理成风月。两三雁，也萧瑟。　　佳人重约还轻别，怅清江，天寒不渡，水深冰合。路断车轮生四角，此地行人销骨。问谁使君来愁绝？铸就而今相思错，料当初，费尽人间铁。长夜笛，莫吹裂。

把酒长亭别，看渊明、风流酷似、卧龙诸葛——把着酒杯恋恋不舍地在长亭饮酒道别，看你那风流潇洒的风度，有如东晋的陶渊明，又如三国时代满怀平治天下之志的卧龙先生诸葛亮——词作从分别时的地点、情态写起，抒发分别时的瞬间感受，以表对友人别后的忆念之情。

何处飞来林间鹊？蹙踏松梢微雪，要破帽多添华发——三句忆念两人分别时的一段细节：不知从林间何处飞来的喜鹊，把松林枝头的残雪蹙踏下来，落在我们的破帽上。对这一细节，词人用了一种极俏皮的语调：这些喜鹊不过是要我们的头上再多增些白发，使我们更显衰老罢了！"蹙踏"，踩踏意。

剩水残山无态度，被疏梅料理成风月，两三雁，也萧瑟——这四句忆念当时的风物景况，既是写景也是抒发词人心境：时当冬日，万物凋零，再加大雪覆盖田地，残留下来的山水啊，简直了无生气，不成样子；亏得几朵稀疏开放的红梅，为大地装饰点缀，才使它略显几分风采。天边偶然飞过两三行的大雁，在寥廓的长空中也是显得那样萧条那样凄凉——要知道，"审美的欣赏并非对于一个对象的欣赏，而是对于一个自我的欣赏！"（德国心理学家、美学家立普斯语）这种风物景况是出自因友人即将离去而心情郁郁的词人的眼中啊！"无态度"：无姿态、无气度、无生气、不成样子等。"料理"，装饰、点缀意。"萧瑟"，萧条凄凉意。

佳人重约还轻别。怅清江，天寒不渡，水深冰合——由对风物景况的感受的描写再写到友人的匆匆别离和自己的心情：佳士一诺千金不惜千里相会，但最终还是如此轻易而匆匆离去。你的这次离去啊，连清江也为之发悲：江面天寒地冻，水深结冰，航船又怎能通行，渡你过江？"佳人"，犹言佳士，指陈亮。

路断车轮生四角，此地行人销骨——这两句写雪地行车的艰难，对应词序，"既别之明日，余意中殊恋恋，复欲追路，至鹭鸶林，则雪深泥滑，不得前矣。独饮方村，怅然久之，颇恨挽留之不遂也"。遥想友人之别，表达未能挽留友人的惆怅之情，犹言：雪深路滑，道路又断绝。车子就如同在四轮上长出了四只角，使行人简直无法前进，想到此，真令人悲伤得骨销形减。"销骨"，形容极度悲伤而至形销骨立。

问谁使君来愁绝？铸就而今相思错，料当初，费尽人间铁——现在我想反过来问一问：究竟是谁导致您为我们的离别愁闷到如此悲痛欲绝的程度？料想我们当年,一定是用尽了人间的全部铁和铜,才铸就我们两人之间这种相思相念的大错刀啊!"错",指错刀,古代一种钱币,新朝王莽所制,以黄金错其文,故名。文人在运用中常语意双关,指错误。"相思错",用唐末魏州节度使罗绍威之典。据《资治通鉴》卷二六五,唐末魏州节度使罗绍威,因军中不协,请来朱全忠的大军。朱军在魏州半年,耗资无数。罗绍威虽然最终得以解危,但积蓄为之一空,军力也自此日衰。他十分后悔,对人说:"合六州四十三县,不能为此错也。"辛词这里的"相思错"并非指"相思的错误",而是借"费尽人间铁"铸成的错刀比喻两人感情之深。

长夜笛,莫吹裂——据《太平广记》,唐代有著名的笛师名李謩(mó),曾在宴会上遇到一个名叫独孤生的人。李递过长笛请他吹奏,独孤生言此笛为普通之笛,经不起吹,如吹到"入破"(曲子达到高峰的阶段),此笛必裂。后果应验。这两句实对应词题序"夜半投宿吴氏泉湖四望楼,闻邻笛悲甚,为赋《乳燕飞》以见意。"因闻邻笛悲哀的曲声,勾起思友之情,只恐怕邻家长夜的笛子吹得太过悲伤了,担心他把笛子吹裂了(使人更增伤感之情)。

这首词立意在写出作者与陈亮之间的深挚友谊。作者在陈亮死后为之写的《祭陈同父》文中曾谈到他们的这次相会:"憩鹅湖之清阴,酌瓢泉而共饮,长歌相答,极论世事。"可知这次与陈亮的鹅湖之会在作者心中留下的深刻印象。词之上半用陶渊明不合流俗的品格来比喻友人与众不同的高洁志趣,再以治国平天下的诸葛亮比喻友人所具的非凡才干。对别时冬景的描写,则抒发了词人对友人别去心境的悲凉。下半写作者追赶友人,为风雪所阻不及而归的惆怅之情,极力抒发对朋友的相思相念之情。"铸就"二句,表明了作者对友人的极度思念之情,化抽象之情为具体可感的物象,成为写情之千古名句。结尾两句,又以极悲的情语作结,更突现了词人对友人的极度怀念担忧的心绪。按此词又有人认为喻含有深刻的政治喻意,"剩水残山"、"疏梅"两句,有人认为是借以渲染国家衰败的政局。前者隐示宋朝山河破碎、偏安一隅的残局,后者则含蓄地写出了少数主战派支撑国家危局的情状,有着深刻的象征寓意。"相思错"一句,也有人认为是隐指南宋朝廷对金人政策的失误。

贺新郎
同父见和,再用韵答之

本词同样作于作者闲居江西上饶时,同是写给自己的好友陈亮的,时间大约在淳熙十六年(1189)春。上年冬天,作者之好友陈亮前来相访,成一段后人所称的"鹅湖之会"的佳话。两人分别后,陈亮向作者索词,作者写了前面的那一首《贺新郎》词寄之,陈亮因此而作了一首和韵词。陈亮在词作中抒发了自己恢复中原的志向,情调激昂慷慨。辛弃疾读陈词后深受感动,再用原韵写下了这首词。本词着重抒发两人怀才不遇的共同感受,表示坚决抗敌、至死不渝的共同意志。词作把朋友之间的相思相念与国家兴亡的大局、民族命运的悲欢感受联系在一起,从而赋予词作一种极为深蕴的意境。

　　老大那堪说?似而今、元龙臭味,孟公瓜葛。我病君来高歌饮,惊散楼头飞雪。笑富贵千钧如发。硬语盘空谁来听?记当时、只有西窗月。重进酒,换鸣瑟。　　事无两样人心别。问渠侬、神州毕竟、几番离合?汗血盐车无人顾,千里空收骏骨。正目断、关河路绝。我最怜君中宵舞,道"男儿、到死心如铁"。看试手,补天裂。

老大那堪说?似而今、元龙臭味,孟公瓜葛——"元龙",指三国时期的名士陈登,他字元龙,雄怀远大,以天下为己任。"臭味",指气味、志趣。"孟公",指西汉名士陈遵,他字孟公,性情豪爽,嗜酒好客,《汉书·游侠传》说他每宴宾客,总是关上门,取客人的车辖投井中,以便使客人不能随意乘车离开,得以尽兴畅饮。"瓜葛",有关系,有牵连,这里指关系亲近密切。开头词人直抒自己的牢愁并陈述与友人的友情:年纪老大又有什么可值得称说的?如今我们之间的关系又像什么呢?我和你陈亮就有如三国时期那个胸怀大志的陈登一样意气相投;又有如西汉时期的那个性情豪爽、嗜酒好客的陈遵一样关系密切!"堪说":值得称说意。"似而今":而今与……相似意。

我病君来高歌饮,惊散楼头飞雪——这两句写陈亮对自己的友情:我在病中,君来为我高歌狂饮解我郁闷,豪迈的气势直把楼头的飞雪惊散。

笑富贵千钧如发——两人为什么会存在这种友情?因为两人有共同的取尚:旁人视富贵重有千钧,我等视富贵轻如毫发。钧,古代计量单位,一钧为三十斤。"千钧",极言其重。

硬语盘空谁来听,记当时、只有西窗月——"硬语盘空",来自唐代韩愈的《荐士》诗:"横空盘硬语,妥帖力排奡"。原意指写作时用语生新瘦硬,不落陈词俗调,这里则指不合时宜的刚直的言论。这两句承上,再写两人的共同性格:刚直的言论有谁来听呢?回忆当时听者唯只有西窗的月亮。"谁来听",无人可听意。

重进酒，换鸣瑟——两人相会，大有相见恨晚之意：话说到投机处，一次次地把酒喝完，再一次次地重新进酒，酒酣耳热之际，继之以音乐歌舞，换琴瑟以消解心中的郁闷。

事无两样人心别。问渠侬、神州毕竟、几番离合——由两人的友谊，两人的亲密无间，进而无话不谈，转到对政治的见解，亦在自然情理之中，故词人以下抒发对当前现实的感慨。当前最使词人念念不忘的现实为何？自然是朝中的和战之争，这四句即针对朝中与己持完全不同见解的主和派言论而发。词人认为：每个人面对的事情都是一样的，但人的思想不同，对待事物的态度、考虑问题的角度也就不同。可我还是要问一问你们这些力主和谈的人：国家毕竟是经过了几番的分裂与统一的，你们怎么能对此无动于衷呢？你们到底是安的什么心？"人心别"三字，指朝中对与金人主战主和的不同态度，亦带有某种斥骂、质问的语气在内。"渠侬"，吴语，犹言你们。

汗血盐车无人顾，千里空收骏骨——难道是国家没有人才吗？不是！是国家真正的人才得不到任用，就有如千里马驾着一辆运盐之车，运盐之车难道还要千里马去驾驶吗？你们不识人才，不爱惜人才，可却要作出一种笼络人才的样子，就有如当年那个以五百金徒然无用地收买千里马之骨的国王那样。"汗血"，汉代产于大宛的一种名马，号称一日千里，奔驰后，"汗从前肩转出如血，故名。"参见《汉书·武帝纪》应劭注。"盐车无人顾"，据《战国策·楚策》：有骏马拉着盐车上太行，中途蹄损膝折，全身溃烂，无人怜惜。"无人顾"，犹言无人理睬。"千里空收骏骨"，据《战国策·燕策》：郭隗对燕昭王说：古时有国王想买千里马，有人替他花了五百金买了一副死马骨，国王大怒，"所求者生马，安事死马而捐五百金？"那人回答说："死马且买之五百金，况生马乎？天下必以王为能市马，马今至矣！"于是不能期年，千里之马至者三。词人用这两句，前句喻人才得不到重视，隐指陈亮空怀治国之才而不得遇，有为陈亮鸣不平之意；后句则反其意而用之，意在说明南宋朝廷空作出一副爱才的姿态，而对真正的人才却不予重视。

正目断、关河路绝——由对当前政治现实的牢骚不满联想到祖国山河破碎局面：词人纵目遥望远方故土，眼中所见，关隘重重，山河迢递——通往中原的路已全无踪迹。

我最怜君中宵舞，道"男儿、到死心如铁"。看试手，补天裂——由关河路绝，中原故土的沦陷，词人自然联想到：当此国家分裂之际，作为热血男儿身负的责任。国家兴亡，匹夫有责啊！我最敬重你半夜舞剑时的爱国热情，我最佩服你坚持复国的铮铮誓言，你曾经说过："男子汉到死也会心如坚铁的。"那就让我们试试身手，重新弥合这个分裂的神州吧。"中宵舞"，犹言半夜起舞，据《晋书·祖逖传》：晋人祖逖与刘琨当年曾同为河南信阳县主簿，两人十分友爱，曾共被同寝。祖逖每闻中夜鸡鸣,即唤起刘琨,同去舞剑,以备将来为国立功。

　　本词是作者读到陈亮的和词后,又忆起上年冬天两人会面时的情景,因而写了这一首词。前词主要表达与友人的深挚友谊,抒发词人对友人浓烈的相思相念之情;这一首则着重表现两人怀才不遇的共同苦闷,抒发两人坚决抗敌、至死不悔的共同心愿。词之前半,连用两个陈姓高士之典,叙写两人的志趣相投和胸次不凡。"硬语"等句,隐示两人的曲高和寡、知音稀少的孤独。下半则主要呼应陈亮词中所发豪情壮志。"赋国势时政,戟指而斥,顾影自愤,一吐爱国志士的抑郁不平之气。"(人民文学出版社1998年朱德才《辛弃疾词选》第109页)。

贺新郎
用前韵送杜叔高

　　本词为作者写给友人杜叔高的词。杜叔高,名杜旃,叔高是其字,浙江金华人。他兄弟五人,俱博学工文,人称"金华五高"。叔高其人诗作写得颇有特色,陈亮曾赞杜诗是:"如干戈森立,有吞虎食牛之气,而左右发春妍以辉映于其间"(《复杜仲高书》)。杜叔高也如陈亮一样,对辛弃疾颇为敬仰,他继陈亮之后,来信州访问辛弃疾,临别时辛弃疾写了这首词以赠。词用与前两首《贺新郎》相同的韵,故曰"用前韵"。辛弃疾这一首词意在赞赏杜叔高的诗才,对杜叔高才高不为人知的遭遇深表同情。词人鼓励友人,当此国家多事、风云际会之时,也正当用人之际,应放眼全局,为国效命。词中还表达了自己对南北长期分割,统一大业遥遥无期的极端悲痛之情。

　　　细把君诗说:恍馀音、钧天浩荡,洞庭胶葛。千丈阴崖尘不到,惟有层冰积雪,乍一见寒生毛发。自昔佳人多薄命,对古来一片伤心月。金屋冷,夜调瑟。　　去天尺五君家别。看乘空,鱼龙惨淡,风云开合。起望衣冠神州路,白日消残战骨。叹夷甫诸人清绝!夜半狂歌悲风起,听铮铮阵马檐间铁。南共北,正分裂。

　　细把君诗说——词为"送杜叔高"而写,所以词人从对杜叔高诗的感受谈起。

"细把君诗说",犹言:捧着您的诗歌细细地品赏称说。

恍馀音、钧天浩荡,洞庭胶葛——按"钧天",是指神话中的仙乐《钧天广乐》,据《史记·赵世家》,赵简子曾梦游天宫,与百神共赏《钧天广乐》。"洞庭"指洞庭湖,据《庄子·天运篇》,黄帝曾于洞庭之野演奏《咸池》之乐,"其声能短能长,能柔能刚,变化齐一,不主故常"。"胶葛",据王先谦注:"犹今言寥廓也。"司马相如《上林赋》:"于是乎游戏懈息,置酒乎颢天之台,张乐乎胶葛之宇。""洞庭胶葛",言黄帝在洞庭湖畔演奏《咸池》之乐,乐声悠悠荡漾,十分动听。这三句先写杜叔高诗的高远,是人间难得的精品:读了您的诗,有一种什么样的感觉呢?仿佛听到了像《钧天广乐》那样的仙乐响彻四方;又如上古时期黄帝在洞庭湖边演奏的《咸池》古曲,悠悠难尽的馀音在我的耳边久久地回响。

千丈阴崖尘不到,惟有层冰积雪,乍一见寒生毛发——三句承上,再写杜叔高诗的与众不同。如果说前面是夸杜诗有如天上仙乐,人间难有,下面这三句则夸杜诗的高洁不俗,纤尘无染:您的诗啊,有如千丈高的悬崖,一点儿尘土也沾染不上,唯见层层叠积的寒冰,终年不化的积雪,乍一见之使人顿感寒意逼人,毛发为之一爽。

自昔佳人多薄命,对古来一片伤心月——杜叔高诗才既如此,但其遭际又如何?词人于是用屈原《离骚》开创的以香草美人为喻的手法来喻写其不得志的命运:您的诗写得如此之好,可见您是有过人的才华的,可是自古佳人才子命运都不好,古往今来有多少人曾对着一轮明月伤心地痛哭啊!"佳人",即美人,喻指杜叔高。"薄命",宿命论者谓人命运不好的一种说法,旧时常用以形容女子的不好遭遇。

金屋冷,夜调瑟——这两句承上,是对以上女子命运不好的一种具体的证明描写,也是一种比喻的手法,用的是汉武帝与其表妹阿娇的典故。史载汉武帝为太子时,喜姑母之女阿娇。姑母问他,"阿娇好否?"汉武帝回答:"阿娇好。若得阿娇为妻,当以金屋贮之。"因娶为妃。及汉武帝即位,立阿娇为皇后。后武帝另有新欢,阿娇妒之,遂失宠。这里借用阿娇失宠后情景,喻友人被君主的冷落:您就如美人失意住进了冷宫,深夜里调瑟鼓琴以排解心中的愁闷。

去天尺五君家别——"去天尺五",源于南北朝时北朝的一个典故:南北朝时,长安城南有韦、杜二大族,最受皇帝宠信,势焰熏天。当时民谣有"城南韦、杜,去天尺五"的说法。本句由友人本人写到友人的家世:你们杜家可不是一般的家庭啊,那是与众不同的世家大族啊。"别",别样、特殊之意。

看乘空,鱼龙惨淡,风云开合——杜叔高才学家世既如此,那么,作为一个才高家贵的人,在特殊的时代应是有所作为的,故接下来的三句就由杜叔高的家世再写到当时的时代,寄望于友人,犹言:试看您定能展翅飞上高空——因为这个时代是一个鱼龙相斗、风云变幻无常的时代,正当志士用命之秋,您一定会有所作为的。"鱼龙惨淡",乱世之时大显身手,是鱼是龙,在争斗中自见分晓意。又有人认为"鱼龙惨淡"含有比喻政局险恶、妖魔鬼怪横行之意。

起望衣冠神州路,白日消残战骨——时代既是如此,但造成这种时代的原因何在?故词人心中念念不忘的北方故土必然会进入词人的笔下:登高远望昔日衣冠士大夫满路的北部神州,在滚热的太阳照耀下,如今遍地都是消耗残损殆尽的战场遗留下来的累累白骨。"衣冠",指文人士大夫。

叹夷甫诸人清绝——国家如此久遭分裂、国不成国,应归罪于何人?最可叹的就是那些如西晋王衍一类的庸人,他们日以清谈为务,把国家的大事坏了。"夷甫",西晋末年的宰相王衍,字夷甫,日以清谈为尚,带坏了一代风气,《世说新语》载桓温北伐进入中原,曾深自感慨:"遂使神州陆沉,百年丘墟,王夷甫诸人不得不任其责!"

夜半狂歌悲风起,听铮铮阵马檐间铁。南共北,正分裂——词人由此而抒发感慨,与友人共勉:深夜里吟一曲高歌,风儿也似乎为我们的境遇而悲痛,应和着我们的歌;屋檐下的铁马在悲风里铮铮作响,似乎在为我们鸣不平,又似乎是召唤我们走向新的战场;可叹啊,国家的南方与北方,正处于分裂的状态。"铮铮",金属互相撞击的声音。"檐间铁",古时屋檐下挂着的铁片或铁铃子,风吹则发出声响,俗称铁马。

本词是一首赠送友人的词,词先从友人的文才、诗才写起,隐示其与众不同的才华。然后顺势以美人薄命为喻,引出友人的遭遇,并为之深表同情。下片进一层,寄望于友人跳出骚人墨客的牢骚不满,放眼全局,为国效命。再就国家残破局面发出议论,言外之意提醒友人,现实社会本即如此。复由檐间铁马悲风而起,与友人共勉跃马杀敌之心,全词基调由此而再一次振起。结尾"南共北,正分裂",有如悲愤中的一呼,给人以精神振作之感。

水调歌头
送杨民瞻

本词一般认为作于宋孝宗淳熙末年(1188—1189)或宋光宗绍熙初年(1190—1191)作者闲居带湖时。杨民瞻,当为作者一友人,生平事迹不详,从词中描写看,当是与作者胸襟气度相类的人。词作感叹时光的流逝,抒写其不甘隐居的心情,表达了对友人志不得偿所致的愤懑痛苦的理解。词人颇以不能杀敌报国为憾，对投降派的清谈误国更表深恶痛绝之情，结尾期许友人能在湖光山色中讨光阴，颇抒发作者一种对时局无可奈何的心境。

　　　　日月如磨蚁，万事且浮休。君看檐外江水，滚滚自东流。风雨瓢泉夜半，花草雪楼春到，老子已菟裘。岁晚问无恙，归计橘千头。　　梦连环，歌弹铗，赋登楼。黄鸡白酒，君去村社一番秋。长剑倚天谁问？夷甫诸人堪笑，西北有神州。此事君自了，千古一扁舟。

　　日月如磨蚁，万事且浮休——《晋书·天文志》云："《周髀》家云：'天圆如张盖，地方如棋局；天旁转如推磨而左行，日月右行，随天左转。故日月实东行，而天牵之以西没。譬之于蚁行磨石之上，磨左旋而蚁右去。磨疾而蚁迟，故不得不随磨以左回焉。"是首句之所本。"浮休"，出于《庄子·刻意篇》"其生若浮，其死若休"，指万事万物不断地产生和消亡。这两句是说：太阳和月亮像磨盘上的蚂蚁不断地转动，万事万物的产生和消亡就这样不停地进行着。

　　君看檐外江水，滚滚自东流——这两句承上句中时间之流逝、万物万事之不断消长，再以江水为喻：你看那时光就如屋檐外的江水，滚滚滔滔，只管不停向东流去。

　　风雨瓢泉夜半，花草雪楼春到，老子已菟裘——"瓢泉"在今江西铅山境内。据《铅山县志》："瓢泉在县东二十五里，辛弃疾得而名之。其一规元如臼，其一直规如瓢。周围皆石径，广四尺许，水从半山喷下，流入臼中，而后入瓢。其水澄渟可爱。""雪楼"是词人在带湖居所的一座楼名。"菟裘"，春秋时鲁国的地名，在今山东泰安附近。据《左传·鲁隐公十一年》，鲁隐公曾命人在菟裘建宅以便自己今后在此隐居。这三句由时间、江水之喻再写到词人自己，实际总括一句话：我已作好了隐居的准备，因为你看，瓢泉的深夜风雨是多么美！春天已到，花草已经把我的雪楼装扮得多彩多姿——我已为自己筑就了两个幽美的隐居别墅。

　　岁晚问无恙，归计橘千头——如果有人问我晚年是否安好，我就说：已将千棵橘树种在江头作归休之计。"岁晚"，指人生的晚年。"问无恙"，问是否安好；"无恙"，问候用语，无疾无忧之意。"归计"，作归休之计。"橘千头"，据《襄阳耆旧传》：三国时丹阳太守李衡曾命人到武陵龙阳洲种橘千株。临终时对儿辈说：我家已有"千头木奴"，足够你岁岁使用。

　　梦连环，歌弹铗，赋登楼——词人由自己再而写到友人，连用两个典故，表示对友人遭遇的同情。"梦连环",梦见了相连之环,环与还同音,故其梦之兆在"还"家。"歌弹铗",《战国策·齐策》载,齐人冯谖曾为孟尝君门下食客,初不见重用,曾三次弹着剑把作歌,以示不满,准备离去。"赋登楼",东汉末年天下大乱,建安七子之一的王粲曾依附于刘表,他在荆州登江陵城楼,作《登楼赋》,抒其壮志难酬、怀念家乡而不得归的心情。三句犹言:你连做梦也不忘返家,自比为壮志难酬的冯谖弹着剑把唱歌;又如那寄人篱下的王粲,借登楼作赋来抒发乡愁。

黄鸡白酒,君去村社一番秋——两句承上,对应词题送别,想象友人归家后的欢乐情景:当你回到家乡的时候,也许你的乡人正准备用黄鸡白酒庆祝丰年,你去村社的时候当是另一番新秋的景象。"村社",指农村祭祀土地神的日子,春、秋各祭祀一次。

长剑倚天谁问——抒发词人感慨,并为友人遭遇抱不平,战国时宋玉《大言赋》,曾有"长剑耿耿倚天外"的描写,这里比喻友人的杰出才能和英雄壮志:倚天之长剑无所施用,这些又能向谁发问?

夷甫诸人堪笑,西北有神州——承上"谁问",抒发自己对误国者的激愤之情。"夷甫"指西晋王衍,曾官居宰相,但专尚空谈,不理国政,终至西晋败亡,参见前《贺新郎》"叹夷甫诸人清绝"句解。这两句犹言:可笑朝廷中如晋代王衍一类的人,他们只知清谈误国,何从能记起我们西北尚有神州大地(正沦陷于敌手)呢?

此事君自了,千古一扁舟——西北神州已裂,国事已不可问,这些事情你是应该清楚的,我劝你还是学那泛舟五湖的范蠡去吧,在小舟上渡过你的馀生吧。"千古一扁舟",用春秋末范蠡之典。史载越国大臣范蠡助勾践灭吴后,认为:"大名之下,难以久居;且勾践为人,可与同患,难与处安"(《史记·越王勾践世家》,于是浮海而去。他后来定居于陶(今属山东定陶),经商致富,自称陶朱公。又,范蠡功成后,相传携西施泛舟而去。"此事君自了"句,有人解之为"希望友人完成复国大业后,再去退隐","此事",指恢复中原的大事。了,完成。依笔者之见,词人用范蠡之典,仅是就劝友人归隐这一点而论的,非另有他指,因为期望于友人收复中原,谈何容易?岂非做梦?

本词属送别友人之作,但在送别词的写作上有一定特色。词作开篇感叹人生,以宇宙的无穷,对照人生的有限,隐含岁月如流,时不我待之情,其壮志难酬的不平亦寓含其间。下接"归计"句明显表露心中隐情,抒发自己的郁愤之情。下半承上,运用冯谖与王粲两个典故,是对友人遭遇的同情安慰,也是对自己现实处境的自慰。"长剑"句下,情绪突然激起,诉友人空有壮志宏愿而无所报施的痛苦,"夷甫诸人"句,借古人以寓意,实斥群小误国,以发泄自己壮志难酬的愤怒痛苦。结句写世事不可逆料,以隐退逍遥江湖生活期许友人,表达了作者对朝廷内部主和派误国的愤懑但又无可奈何的心情。

念奴娇
瓢泉酒酣,和东坡韵

本词是作者闲居带湖时酒后写的一首和韵词,有人认为作于绍熙元年或二年(1190或1191)。苏东坡曾写有《念奴娇·赤壁怀古》,此词即依苏词之韵而作。本词前半主要表达对人间功名富贵的态度,抒发自己空有雄心壮志而无人赏识的心情。下半以孤高傲世的红梅自许,象征其渴望亲上战场杀敌立功的心愿。但面对无奈的现实情势,词人深感即使韬略满胸、豪气冲天又有何用?他唯能做到的是遥望西北故土,枉发一顿空无所用的冲天怒气而已。

倘来轩冕,问还是、今古人间何物?旧日重城愁万里,风月而今坚壁。药笼功名,酒垆身世,可惜蒙头雪。浩歌一曲,坐中人物三杰。　　休叹黄菊凋零,孤标应也,有梅花争发。醉里重揩西望眼,惟有孤鸿明灭。万事从教,浮云去来,枉了冲冠发。故人何在?长庚应伴残月。

倘来轩冕,问还是、今古人间何物——词人开头即设一奇怪之问:偶然跑来寄托在人身上的官职功名啊,问你在今古人眼中究竟算是个什么东西呢?"倘来轩冕"四字,来自《庄子·缮性篇》:"轩冕在身,非性命也,物之倘来,寄者也。"意思是说:官职功名这一类东西,并不是人与生俱来的,而是一种偶然寄附于人身上的外在事物。轩,指华贵的车子;冕,古代官员戴的官帽,古诗文常用"轩冕"两字代指功名富贵。"倘来",偶然地、不期而然地到来意。

旧日重城愁万里,风月而今坚壁——但官职功名之类东西真的是倘然而来人身上的吗?心中有疑不得开释,人生功名富贵之类问题久蓄在胸也非一日,于是词人深感:多少年来聚集的愁与恨,深如重城,厚达万里,即使游赏风月之际也感到风月似乎有意向自己关闭着大门,一点也体味不到风月的妙味。这两句前句状写愁之深之厚,如层层向人关闭的城池如厚达万里的愁云;后句写自己对人间一切美好的东西浑无趣。"风月",含有男女风情或自然风光等多重意义。"坚壁",本指军事上坚守壁垒,不与敌方作战,这里则指"风月"有意向词人紧闭或躲藏不使之见。

药笼功名,酒垆身世,可惜蒙头雪——由前面之愁,自然要写到愁之因。"药笼功名",用唐人元行冲之典。据《旧唐书·元行冲传》,元行冲曾对当时的宰相狄仁杰说:治理国家,必须储备各种人才,犹如治病需要各种药物一样,我希望成为你药物中的最后一味药。狄仁杰笑着说:"君正在吾药笼中,何可一日无也?""酒垆身世",指汉代司马相如居蜀时曾与妻子卓文君当垆卖酒。前句意在说明自己的志向是建功立业,为国家统一做实际的贡献,非仅为贪求功名富贵。后句意在发泄牢骚:自己系从北方归来,非地道的南宋人,因此在朝中遭人猜忌。"蒙头雪"言自己白发苍苍,已入老境。三句综合一个意思:本想为国建功立业,但因非出身"正宗"而遭人猜忌,致使白发苍苍仍一事无成。

浩歌一曲,坐中人物三杰——心中有牢骚有不满有郁闷该怎么办?唯有高歌一曲以泄之。但浩歌一曲又有谁听?幸亏座中有三个朋友,他们似能明白词人的痛苦之情。"人物三杰",原指汉代的张良、韩信、萧何,这里则指词人的三个酒友。

休叹黄菊凋零,孤标应也,有梅花争发——由自己心中的郁闷,联想到三个友人:还是不要感叹黄菊的凋零了,因为黄菊凋零后,严冬里还会有孤标傲世的红梅争着怒放啊!言外之意是说:自己虽已白发苍苍,空无所用,但还有奋发有为的如"三杰"般富有才华的友人啊!这三句喻志同道合者的前赴后继。黄菊或指自己,梅花或是寄望于友人。"孤标",以孤傲品格自我标榜。

醉里重揩西望眼,惟有孤鸿明灭——由以上梅花争发、志同道合者的前赴后继,联想到北方失陷的土地,于是词人生出一个情不自禁的动作:酒醉中再次揩擦眼睛向西北遥望。但北方故土能望到吗?北方故土自然是望不到的,眼中所见,唯有一只孤雁在高空飞翔,它时隐时现,引动词人无限的遐思。"明灭",时隐时现意。

万事从教,浮云去来,枉了冲冠发——由空中的孤雁,词人又及高空的浮云,由此而再次产生联想:万事有如空中的浮云,就这样任从它来来去去吧,你即使有冲天的怒气又当如何?岂不是枉然白费吗?"冲冠发",夸张表现愤怒的样子:愤怒至极,头发直竖,冲起了戴在头上的帽子。此写法最早来自《史记·廉颇蔺相如列传》:相如捧璧西入秦,相如视秦王无意偿赵城,"因持璧却立,倚柱,怒发上指冲冠"。

故人何在?长庚应伴残月——这两句承接"浩歌一曲",写对知音朋友的思念:老朋友们,你们如今都在哪里?想必现在也正对着残月和启明星在叹息吧?"长庚",即金星,又称启明星、太白星,黎明出现于东方,古人称启明星,傍晚出现于西方,古人称长庚星,是因为古人不明白金星的运行规律,把它当作了两个不同星星的缘故。

本词与辛弃疾诸多其他词作一样,主要是抒发自己壮志未酬的牢骚不满之情。词人劈头一句,直入对功名富贵的态度,意在说明词人并不以功名富贵为念,而是欲为国分忧、为君解困,实现自己国家一统的壮志理想的。但此种愿望的实现谈何容易,故词人才有愁深如重城、愁厚似万里之感。他感叹光阴的流逝,放声高歌,希望能得到知音的赏识,其心情亦悲凉到极点。下半词人心情渐渐振起,他以黄菊、红梅的代序,喻抗敌救国的事业不会断绝,显示自己九折不回、矢志不渝的坚强意志和为国献身的精神。但面对不可为之的时势,词人又表现出一种希望渺茫的落寞心态。结尾以残星伴月思人收束,为词人悲哀的心境更增加了一层凄凉的色调。

满江红

此词有学者推断写于作者在上饶担任有职无权的祠官时。词属自我抒怀之作,意在抒发作者怀才不遇、忧国伤时的感情。作者以古人自比,叹其空有辅君治国之才而无所施,于是心中郁闷难发,不得不借酒浇愁,凭色觅欢,强作达观。世道既不如愿,英雄既无用武之地,他颇欲卖剑换黄牛,以耕田种地为生。世事之不可说不可救,更使词人伤情至极,失声痛哭。此词亦有人认为是为某位"仕途失意友人而赋",属为人鸣其不平之作。

　　倦客新丰,貂裘敝,征尘满目。弹短铗,青蛇三尺,浩歌谁续?不念英雄江左老,用之可以尊中国。叹诗书,万卷致君人,翻沉陆。　　休感慨,浇醽醁,人易老,欢难足。有玉人怜我,为簪黄菊。且置请缨封万户,竟须卖剑醻黄犊。甚当年,寂寞贾长沙,伤时哭。

倦客新丰,貂裘敝,征尘满目——这三句用了两个典故。"倦客新丰",用唐代马周之典。据《新唐书·马周传》,唐初著名大臣马周失意穷困时,曾久居新丰(今陕西临潼东)旅舍,店主瞧不起他,他悠然独酌,一饮一斗八升,众人异之。后因代人呈事,被唐太宗看中,终任监察御史。"貂裘敝"用战国时苏秦之典:苏秦未得意时,有赵国的李兑资助他黑貂裘,让他西去游说秦王。但他数次游说秦王不果,身上"黑貂之裘敝(破旧)",十分狼狈而归。"征尘满目",满面灰尘意。

弹短铗,青蛇三尺,浩歌谁续——《战国策·齐策》载,齐人冯谖曾为孟尝君门下食客,初不见重用,曾三次弹着剑把作歌,以示不满,准备离去。这三句犹言:弹着三尺之剑的短柄,放声高歌,但这种高歌又有谁来接续响应呢?词人以战国冯谖为喻,表达一种意象,意在抒发自己报国无门的愤懑之情。铗,指剑把。

不念英雄江左老,用之可以尊中国——这两句由对古人古事的叙写转入直抒其情:难道就不念英雄豪杰白白地在江东老死吗?要知道任用他们,却可使国家得到尊严强盛啊!"江左老",犹言老死江左。

叹诗书,万卷致君人,翻沉陆——可叹啊,读了万卷的诗书,为的是致送君王助他安邦定国,但反而空无所用只能沉埋于地下。此处似乎有化用苏轼《沁园春》词之"有笔头千字,胸中万卷,致君尧舜,此事何难"句意,但全是从反面用之。"翻沉陆",翻,反而意。"沉陆",《庄子·则阳篇》:"方且与世违,而心不屑与之俱,是陆沉者也。"陆沉:"人中隐者,譬无水而没也。"

休感慨,浇醽醁,人易老,欢难足。有玉人怜我,为簪黄菊——承上之抒发牢骚,词人自我劝慰予以心理解脱:不要再抒发心中的不平了,应该放怀畅饮、痛快地享受人生啊!须知人生易老,欢娱苦短啊,这里可是有美人爱我,给我的白头上插戴黄菊啊!浇,倾泻而饮;"醽醁"(línglù),美酒名。"有玉人怜我"两句,来自苏轼《千秋岁》"美人怜我老,玉手簪黄菊"。"玉人",指歌舞之女。簪,插戴意。

且置请缨封万户,竟须卖剑酧黄犊——承上再作自我解脱:暂且放下请战立功、封侯万户之想法吧,还是卖掉宝剑换头黄牛,耕田为生吧!因为宝剑虽为靖国利器,但它现在却空无所用啊!"请缨",用《汉书·终军传》终军之典:终军受帝命出使南越,劝说南越王来降,终军则"自请受长缨,必羁南越王而致之阙下"。后世遂以"请缨"为主动杀敌立功之代称。"竟须卖剑酧黄犊",用《汉书·龚遂传》之典:汉代龚遂任地方官时,曾劝民勤奋农桑,"民有带持刀剑者,使卖剑买牛,卖刀买犊"。"竟须",应该意。酧,同"酬",报还之意。犊,指小牛。

甚当年,寂寞贾长沙,伤时哭——此时我才搞清当年的贾谊为什么正当风华正茂之时,却要孤独寂寞地为感伤世事而痛哭的原因了。"甚当年",正在当年意。"贾长沙",汉代初年的政治家、文学家贾谊,他曾屡为国事担忧,上书陈政,言"臣窃惟事势,可为痛哭者一,可为流涕者二,可为长太息者六。"后被贬官为长沙王太傅。故称贾长沙。

此词立意在寄托作者久积胸中的英雄失志的悲慨之情。开头即以三个历史人物未发迹前穷愁潦倒的状况为例,予以古今映照,说明英雄之未被人识、未被人知的痛苦之情。由于对人才之识拔、任用,关涉国家的尊严与强大,作者由古及今,联想到自己的命运遭遇,颇生郁愤感慨之情。为释此心中郁愤,词人唯有从酒色中讨光阴。但酒与色真能消愁解闷吗?尤其作者之愁是与国家的大政局势紧密联系的大愁,而非一般之闲愁,故词之后四句罢立功封侯之念、有卖剑换黄牛之举,纯出不得已而为之的牢骚话,我们从词人这些故作的旷达语中更可窥知其心中久蓄难消的郁闷不满之情。结尾词人用贾谊的长沙之泪再吐心中痛苦,其壮志未酬的愤激于此而更得到充分的显示。

定风波

本词作于绍熙四年(1193)冬,时词人五十四岁。本年春,辛弃疾被宋光宗召见,由福建提点刑狱使迁大理寺少卿、加集英殿修撰,但复在本年秋季再被任命为知福州府兼福建安抚使。他再次回到福州,在福建安抚使任上写下了这首词。国华指卢国华,名彦德,字国华,浙江丽水人,辛弃疾任福建安抚使后,他接了辛弃疾之前担任的福建提点刑狱使。此前辛弃疾曾写过一首《定风波》词送给卢国华,这一次,卢设宴招待词人,词人于是又用原韵再写这首词送给卢国华。词作立意在劝慰友人,不要为国家残破、南北分割的局面而悲伤,应振作精神,关注国家政治大局,在诗歌创作上另辟蹊径,下一番工夫,为后人传一段文坛佳话。

再用韵。时国华置酒,歌舞甚盛。

莫望中州叹黍离,元和圣德要君诗。老去不堪谁似我?归卧,青山活计费寻思。　　谁筑诗坛高十丈?直上,看君斩将更搴旗。歌舞正浓还有语,记取,须鬓不似少年时。

莫望中州叹黍离——《黍离》为《诗经·王风》中的一篇,写的是诗作者路过西周故都,眼中所见一片残破之景,于是深自叹惋。后世常用"黍离之悲"表达一种国家兴衰之感和对故国的思念之情。"莫望中州叹黍离",为劝慰朋友之语,希望他:再也不要望着中原故土感叹你的国家兴亡之感、故土思念之情了,应该放长眼界另干一番事业了!"中州",指沦陷于金人之手的中原大地。

元和圣德要君诗——放长眼界另干一番事业者何？现在天下清明，不正有如唐代元和年间那样呈现出一派升平的景象吗？圣明的朝廷正需要您伟大的诗歌来歌颂啊！按"元和"为唐宪宗李纯的年号，元和年间(806—820)，唐王朝平定淮西吴元济的叛乱后，国内渐趋统一，当时的诗人们曾纷纷作诗，歌颂唐王朝的中兴。这句以唐喻宋，言宋今天清平之治有如唐代元和年间之国家中兴局面，值得歌颂。但这句如与上句结合，则含蕴深刻：中原沦陷，自当感叹，而词人劝友人莫再发感叹；南宋偏安一隅，未能实现国家的统一，词作者反要友人为朝廷的圣德而歌颂。词人内心的复杂情绪，透过纸背隐然显示。

老去不堪谁似我？归卧，青山活计费寻思——这三句撇开友人，写到自己：谁还能像我这样进入老境不堪任用呢？看起来只有归卧青山一条路可走了，啊，为了自家的生计真是不得不费尽心思！这三句虽写自己，实际也是激励友人。"不堪"，不值得任用意。"活计费寻思"，指为了生活、生存而费尽心思。"寻思"，有考虑、思索等意。

谁筑诗坛高十丈？直上，看君斩将更搴旗——这两句承上"元和圣德"句，对友人正面进行赞颂鼓励：是谁能高高地筑起十丈诗坛？只有您啊！您如能直上登攀，定能看到您如在战场上斩杀大将那样再把大旗夺占。"斩将搴旗"，原指打仗时杀死敌方将领，拔其军旗，这里则喻指占领文坛，成为文坛盟主。

歌舞正浓还有语，记取，须髯不似少年时——由友人之年龄，宴席之歌舞盛况，词人再深切地叮嘱一句：当此宴席歌舞正浓之时，我还有话要叮嘱您，你一定要记住：您现在满脸胡须，可不是少年时期血气方刚了，做什么事可都要当心啊！

本词作于友人宴会之上。宴会上有酒、有肉、有歌、有舞，词人开篇不谈酒肉歌舞，直谈中州黍离，足见词人对国事时时处处、不拘任何场合的关心。劝友人莫怀国事，自己又处处心怀国事，隐见词人一种惆怅难明的心态。劝友人在诗歌上下功夫，以歌颂圣德为务，又隐含一种对国事不可预料的莫可奈何的心境在内。接下写自己不堪任用，言自己的归卧青山，实为生计不得不然，目的是以自己的迟暮激励后进奋发进取。下片再对朋友予以期许并进行劝慰，勉励其以雄发有力的战斗诗篇扫荡诗坛的靡靡之音，作诗坛的盟主。结末归结到酒宴之歌舞，告诫友人保重身体，隐含莫耽歌舞酒色、以免荒废事业之意。词作全出对友人的一片真诚，显得语重心长，字字动人。

水龙吟

过南剑双溪楼

题解

本词写作具体时间有人指实为绍熙五年(1194)秋天。"南剑",指南剑州,宋时州名,州治在今福建南平。"双溪楼"在南剑州城东,因有剑溪及樵川二水在此汇合而得名,为当时游览胜地。此前辛弃疾担任福州知州兼福建安抚使,因台臣王蔺举劾他"用钱如泥沙,杀人如草芥,旦夕望端坐闽王殿"而落职。他在回江西途中路经南剑州,登上双溪楼,一时心情悲愤,写下了这首词。词以山河地理的感发领起,兼以南剑州的传说,表达了自己澄清天下的雄心。复以被黜的感受,抒发了自己壮志未酬的悲哀苦闷。

　　举头西北浮云,倚天万里须长剑。人言此地,夜深长见,斗牛光焰。我觉山高,潭空水冷,月明星淡。待燃犀下看,凭栏却怕,风雷怒,鱼龙惨。　　峡束苍江对起,过危楼,欲飞还敛。元龙老矣,不妨高卧,冰壶凉簟。千古兴亡,百年悲笑,一时登览。问何人又卸,片帆沙岸,系斜阳缆。

　　举头西北浮云,倚天万里须长剑——开头一句极富象征意义:词人举头遥望西北浮云笼罩下的万里河山,心绪此伏彼起,于是极想得到一把倚天而抽长达万里的神剑,来助他扫荡那些盘踞西北如有妖风毒雾的敌军!"西北浮云",喻被金人占领的中原地区。"倚天万里须长剑",由宋玉《大言赋》"长剑耿耿倚天外"变化而来的。

　　人言此地,夜深长见,斗牛光焰——据《晋书·张华传》,晋人张华常在斗牛之间看到有紫气出现,于是向一个名叫雷焕的人请教。雷焕说:这是宝剑的神光出现,宝剑当在江西丰城一带。张华于是派雷焕为丰城县令,前往寻剑,结果从地下觅得宝剑两把:一名龙泉,一名太阿,两人从此各取一把。张华死后,张华持有之剑随之失踪。雷焕死后,其子佩剑路过延平津(即双溪楼下之剑溪),宝剑也忽然从腰间跃出,飞入水中。雷焕子入水寻找,唯见两条长龙各数丈盘曲于深潭之下。顷刻间,水面上光彩照人,波翻浪涌。这三句实承接词之第二句,犹言:这样的神剑何从而得?人们传说,就在这里,更深人静之时,常常看见宝剑发出的光耀直冲斗牛之间的太空。按词人欲得一个人间难觅的神剑,所经之地恰是一个传说中极负盛名的神剑跃入之所,故欲得此剑,除此地外莫属。"斗牛",指二十八宿中相邻的两个星座斗宿和牛宿,古人有以天上星宿下应人间地理习惯,斗牛所在位置,正下应江西丰城一带。

我觉山高,潭空水冷,月明星淡——但这里真的存有神剑吗?接下词人写自己对此地的感受:山峰是那么高峻,深潭是那么空旷,水是那么冰冷凄清,明明的月亮高挂天空,在淡淡疏星的映照下,显得是那么的孤独寂寞。

待燃犀下看,凭栏却怕,风雷怒,鱼龙惨——那么,潭中究竟有无宝剑?点燃犀角往下照看一番吗?但凭栏照看之际,会不会惹起水中妖怪风雷震怒,兴风作浪呢?"燃犀下看"句,用东晋温峤之典。《晋书·温峤传》载:温峤平定叛乱回到武昌,路经采石矶,水深不可测,当地人说这里的水中有很多妖魔鬼怪。温峤就点燃了一支犀角往下看,一会儿果看到许多奇形怪状的水怪游出来灭火,故后世诗文中"燃犀"二字,常喻指照妖之意。

峡束苍江对起,过危楼,欲飞还敛——神剑既难以寻觅,故词人之笔触由飞剑传说转入眼前之景的描写:双溪楼下,两道高峡对峙,苍色的江水受其约束,跃过高楼欲飞腾向前而不得,只能自我收敛。

元龙老矣,不妨高卧,冰壶凉簟——由双溪楼下江水之态,词人联想到自己的处境:空有飞腾之志而不得遂,竟至遭罢官闲居之命运!于是自然联想到三国时期胸怀大志的陈元龙,接下抒发一种英雄失志的悲慨亦在自然情理之中:空有报国之情,我这个"陈元龙"已经垂垂老矣!不妨回家高卧,痛快地喝冰水睡凉席来度过自己的一生吧。元龙,指三国时期的陈登,史载其胸怀大志,以澄清天下为己任。

千古兴亡,百年悲笑,一时登览——这三句写作者登楼时的瞬间感受,也是对上面借古抒情的总结:一时间的登楼远望,涌起多少感慨?正是千百年来的兴衰悲欢,全在这一时的登临之际出现。

问何人又卸,片帆沙岸,系斜阳缆——但时光是永不停逝的,并不因人的喜怒哀乐之感而有丝毫的改变,正是:沉舟侧畔千帆过,病树前头万木春。你看那,是什么人又在夕阳的映照下解下船帆,把船系在沙岸边呢?忙碌了一天的人们,他们是不是正作归家的准备呢?缆,指系船的缆绳。

本词就所经之地而感发。首句直切国难主题,以想象之笔抒发自己平定天下的豪情,再借所经之地的传说,融合于眼前所见之景及种种奇谈怪想,作一顿挫,表达企图觅剑报国的词人因现实的冷峻而产生的诸种忧谗畏讥心理。下半开头三个句子,是实写当时之景,也是词人念及国事心潮难平的一种象征之写。"元龙老矣"等句,包含诸多牢骚无奈之感慨,词人壮志难酬的愤懑之情亦显得更为强烈。"千古兴亡"以下,既深寓国忧,亦隐示国事。结尾词人以夕阳卸帆系舟收束,似乎寓含词人因国事不可问而致自己不得不归隐江湖之意。但一轮红日终当冉冉再升,又似乎象征词人对未来一种永存的期望。

沁园春
将止酒,戒酒杯使勿近

此词一般人认为作于庆元二年(1196)。词人晚年病酒,于是发誓戒酒,他假想一场与酒杯的对话,历数酒杯之罪,言辞激烈,溢于言表。酒杯则以礼为先,以词人知己自居,并示以"麾之即去,招亦须来"的极端恭敬态度。这种态度,使词人对酒爱又不成,恨又不得。全词以拟人想象之笔,表达了作者那种对酒不得不戒但又依依难舍欲戒不能爱恨交加的心态。

  杯汝前来,老子今朝,点检形骸。甚长年抱渴,咽如焦釜;于今喜睡,气似奔雷。汝说刘伶,古今达者,醉后何妨死便埋。浑如此,叹汝于知己,真少恩哉! 更凭歌舞为媒。算合作、人间鸩毒猜。况怨无大小,生于所爱;物无美恶,过则为灾。与汝成言:"勿留亟退,吾力犹能肆汝杯。"杯再拜,道"麾之即去,招亦须来"。

  杯汝前来,老子今朝,点检形骸——开头直入词题:酒杯,你快到我面前来!老子我今天可要检视自己的身体。汝:古语第二人称代词。"点检形骸",犹言检视身体,言外之意是要自我保养,不再纵酒伤身。

  甚长年抱渴,咽如焦釜——一年到头患酒病渴严重,咽喉常如烧煳了的锅子一样难受。甚,程度副词,有十分、过于之意。"抱渴":患酒渴病。"焦釜",烧焦的锅子。

  于今喜睡,气似奔雷——现在病于酒,不能喝酒,只想睡觉,一躺下发出的鼾声气势如雷。

  汝说刘伶,古今达者,醉后何妨死便埋——以上用晋人刘伶之典,假想酒杯对自己的回答:酒杯你则说:"你就不想一想刘伶吗?他真是古今最为达观的人啊,他曾说过:'我若醉死后不妨随地埋葬!'你又有什么可说的呢?"据《晋书·刘伶传》:刘伶常乘鹿车一辆,携一壶酒,令人扛着锄头随行,他对随从说:"我如在什么地方醉死了,你就随便找个地方把我埋了。"

浑如此,叹汝于知己,真少恩哉——由于酒杯说了以上的话,这里作者对酒杯加以申斥:假如酒杯你是这种态度的话,可叹啊,你对我这个知己朋友,真是薄情少爱!"浑如此",犹言竟然到如此地步。浑,简直、竟然意。

更凭歌舞为媒。算合作、人间鸩毒猜——以上再对酒加以斥责:你更凭借着歌与舞作为媒介来引诱我时刻不离你。算将起来,应该把你当作人间最毒的鸩毒来猜疑。算合作:共合起来算之意。鸩毒,古代一种用鸩鸟羽毛制成的剧毒,放入酒中,人饮之可立死。

况怨无大小,生于所爱;物无美恶,过则为灾——以上再对酒的坏处加以陈说:况且人间的怨恨不论大小,它往往由贪爱过度而生;物体本无美恶的区别,超过限度即会成为灾难。

与汝成言:"勿留亟退,吾力犹能肆汝杯"——酒杯啊,今天与你达成约定,赶快滚开不要再停留!我现在的力量尚能对付得住你。亟,赶快意。肆,为所欲为意,有人举《论语·宪问》"吾力犹能肆诸市朝",谓肆之本意是处死人后陈尸示众,这里为用其本意,可作砸碎讲。

杯再拜,道"麾之即去,招亦须来"——酒杯第二次向词人跪拜,说:"既然你赶我走我就走,你如需要时我会马上来到的!"

这一首戒酒词纯粹以一种游戏笔墨出之,风格上近于唐代韩愈的《毛颖传》。在写法上则明显模仿了汉代东方朔的《答宾难》和班固的《宾戏》等赋体作品,幽默诙谐生动有趣。年老隐居无所作为的词人,为了排遣自己心中的牢骚苦闷,不时地借酒浇愁,养成纵酒的习惯,身体因而受到很大的伤害,他不得不决心断酒。词作表现了词人对酒一种爱恨交加欲罢难罢的心态。笔法上以议论为词,以散文化手法为词。在结构上本词也打破了传统的以上下片分段的界限,并设想奇特,与无生命的对象对话,将酒杯拟人化。这种不拘绳墨的艺术处理,使其词带上了一种浓重的自由放肆的精神。

贺新郎

本词作于庆元三四年(1197或1198)间,时作者罢居铅山县之瓢泉。词题中的"邑"即指铅山县邑。"停云",取自东晋陶渊明《停云》诗四章,陶自序其诗是:"思亲友也。"这里则指辛弃疾本人瓢泉新居中的堂名。辛弃疾有感于自己手创之停云堂的宜人景色，写下此词，以表达自己的思亲报友之意。又本词在表达自己思亲报友之意的同时，更抒发了一种世事沧桑的人生飘零之感、知音难觅的牢骚不满和"道"不行于世的怅惘悲哀之情。

邑中园亭，仆皆为赋此词。一日，独坐停云，水声山色，竞来相误，意溪山欲援例者，遂作数语，庶几仿佛渊明思亲友之意云。

甚矣吾衰矣。恨平生、交游零落，只今馀几？白发空垂三千丈，一笑人间万事。问何物、能令公喜？我见青山多妩媚，料青山、见我应如是。情与貌，略相似。　一尊搔首东窗里，想渊明、停云诗就，此时风味。江左沉酣求名者，岂识浊醪妙理？回首叫、云飞风起。不恨古人吾不见，恨古人、不见吾狂耳。知我者，二三子。

甚矣吾衰矣——《论语·述而》记孔子语曰："甚矣，吾衰也。久矣，吾不复梦见周公。"词人引此句作为开篇，实蕴含自己雄心壮志难以实现的多重悲哀和不满，犹言：罢了罢了，我已经老而无所用了！

恨平生、交游零落，只今馀几——由老而念及平生与己年龄相近之友，亦在自然情理之中，但词人心中又颇怀一种遗憾悔恨之情：平生与自己交往的人本就不过零零落落的数人，到现在年龄老大之时，死亡故去者外，更没有几个留得下了。恨，怅恨懊悔意。

白发空垂三千丈，一笑人间万事——岁月蹉跎，一事无成，词人于是复由友人念及自己：年光虚度，白发空长了如此之长。过去所做的一切万事，可谓毫无意义，全可一笑了之。空，空然徒劳无益意。

问何物、能令公喜——这两句用《世说新语》王恂、郗超之典，表达词人对人生的困惑：活到如此岁数，真真越活越糊涂：也不知自己喜欢的是什么，自己悲哀的是什么！据《世说新语·宠礼篇》，王恂、郗超并有奇才，大司马桓温十分喜欢二人，因此当时荆州人称这两个人是"能令公喜，能令公怒"。

我见青山多妩媚，料青山、见我应如是——三句承上设问后词人再加以自答：而今什么东西能使自己喜欢呢？唯有青山绿水能引起自己的兴趣，一见青山绿水就感到其妩媚多姿可亲可爱，料想青山绿水看到我也是如此（感觉可亲可爱）吧！

情与貌，略相似——为什么青山与我能产生那种心灵相契之感？大概是因为我们两人的性情与容貌都相似罢了。

　　一尊搔首东窗里,想渊明、停云诗就,此时风味——这四句表达词人此刻心境,言自己此时心境,与陶渊明写作《停云》诗的心境相同:举杯站在东窗边等候朋友来到时,也像陶渊明那样心情烦急地把头发搔。想当初陶渊明写《停云》诗一挥而就时,大概也是我现在体会到的这种风味吧。按陶渊明《停云》诗曾云:"静寄东轩,春醪独抚。良朋悠悠,搔首延伫。"表达的是一种独饮春酒思念朋友的意象。作者引用这一意象,无非是说,自己此时有着与陶渊明相同的瞬间感受。

　　江左沉酣求名者,岂识浊醪妙理——由陶渊明而念及与他同时代的那些南朝的求名逐利者:南朝那些以纵酒风流求得所谓名士资格的人,他们谁能真正体会到自己所饮的浊酒的奇妙神理呢?"江左",指南朝。西晋内乱,少数民族进入中原,晋室南迁,史称东晋。后来宋、齐、梁、陈相继建都金陵,占领长江以南,史称南朝,亦名江左。"浊醪",特指浊酒,这里应是对酒的一种泛指。

　　回首叫、云飞风起——由于有酒可饮,词人于是抒发自己酒后狂傲激扬的心态:乘着酒兴回头高叫,引得白云飞扬,狂风怒吼。按汉高祖刘邦有《大风歌》,歌中有"大风起兮云飞扬,威加海内兮归故乡,安得猛士兮守四方"之句,故这里又隐含一种感叹国之无人,使自己壮志不得实现的寓意。

　　不恨古人吾不见,恨古人、不见吾狂耳——三句承上,袭用了《南史·张融传》张融的原话而略加改动,复写自己愤世嫉俗的狂态:不恨我见不到古人,只恨古人没有见到我这种狂妄的气势。按张融曾说:"不恨吾不见古人,恨古人不见吾。"

　　知我者,二三子——但我这种狂妄气势表象后面的内心,而今世上又有几个能真正理解?大概只有二三个人罢了。

　　本篇词初起是为自己的"停云堂"山水而作,但作者不写山不写水,开头直抒哀悲之情,否定世间万事万物,然后才揭示自己唯与山水相亲相惜之意,故本词虽表面写山写水,实以抒发自己在现实中的牢骚不满之情为主。而篇中以"青山"映照开头"交游零落"的感叹,作者心中的痛苦完全可以想见。下半由酒而写到陶渊明,再写到陶渊明之思友思亲,词特别评斥众多的求名逐利的所谓名士,意在抒发自己孤独寂寞的心境,与上半之引青山为知音出于同一的寓意。最后更以一腔愤激之情的抒发结束全篇,照应开头,其首尾的关合十分巧妙,词情词意的表达,也显得十分浑融完整。

水调歌头

本词作于作者罢官居铅山期间。望日,指阴历每月的十五,七月望日即阴历七月十五,月亮于此夜转圆。本词是作者对其友赵昌父一个月前写的一首词的回应,赵词用了苏东坡《水调歌头》中秋词中的原韵脚,词人亦以赵之原韵写了这首词,并将词两写,除赵外,再寄给了作者的另一个友人吴子似。辛弃疾这一首词用东坡原韵,表达的情思也颇为相近,但其思想境界及其意蕴,较苏词远为浅豁,与苏词那首名扬天下的中秋词相比,虽各具千秋,但亦未能远越而过。

赵昌父七月望日用东坡韵叙太白、东坡事见寄,过相褒借,且有秋水之约;八月十四日余卧病博山寺中,因用韵为谢,兼寄吴子似。

我志在寥阔,畴昔梦登天。摩挲素月,人世俯仰已千年。有客骖鸾并凤,云遇青山、赤壁,相约上高寒。酌酒援北斗,我亦虱其间。　少歌曰:"神甚放,形则眠。鸿鹄一再高举,天地睹方圆。"欲重歌兮梦觉,推枕惘然独念:人事底亏全?有美人可语,秋水隔婵娟。

我志在寥阔,畴昔梦登天——词开头即对应词题中与朋友"且有秋水之约"的描写,抒发作者的高洁志向,隐示其与众不同的情怀:志向本在寥阔悠远的太空,往日亦曾梦到登上朝思暮念的天宫。"寥阔",悠远无际的样子。"畴昔",往日、前日意。

摩挲素月,人世俯仰已千年——这两句承"梦登"句,词人梦入月宫,抚摸皎洁的月壁,深自感叹:词人揽月,片刻俯仰天地之间,似乎人世已走过了千年的历史。"俯仰",低头抬头之间,形容时间之短暂。"摩挲",用手抚摸。

有客骖鸾并凤,云遇青山、赤壁,相约上高寒——据词序,"有客"当指"见寄"给词人词的赵昌父。骖,古代驾车时位于两旁的马。"骖鸾并凤",犹言坐着鸾凤驾着的车儿。"青山、赤壁",指李白与苏轼;因李白死后葬于青山(在今安徽当涂),苏轼贬官黄州时曾有赤壁之游,并写有词《念奴娇·赤壁怀古》和前后《赤壁赋》,故称。"高寒",指月宫。苏词《水调歌头·中秋词》有云:"明月几时有,把酒问青天,不知天上宫阙,今夕是何年。我欲乘风归去,又恐琼楼玉宇,高处不胜寒。"这几句是说:作者梦登上天,遇到其友赵昌父,坐着鸾鸟凤凰驾着的车子,告其途遇李白、苏轼情况,并与二人相约同上月宫。

酌酒援北斗,我亦虱其间——"酌酒援北斗",用《楚辞·九歌》"援北斗兮酌桂浆"句意。援,攀援,用手牵引。"虱其间",犹言像虱子一样侧身其间。虱,作动词自谦用,意谓自己无才而渺小,犹如一个小虱子,不配与他们为伍。这两句写诸人在月宫酌酒痛饮之事:诸人以北斗星为勺,开怀畅饮,我也有幸侧身其间。

少歌曰:神甚放,形则眠。鸿鹄一再高举,天地睹方圆——少歌,指小声吟唱,《楚辞·九章·抽思》"少歌"一词,王逸注:"小吟讴谣以乐志也,少,亦作小。"放,自由放纵意。"鸿鹄",指大雁与天鹅,古人常合而用之,多指能展翅高飞的大鸟。"鸿鹄"以下两句,来自贾谊《惜誓》:"黄鹄之一举兮,知山川之纡曲;再举兮睹天地之圆方。"天地之圆方,古人认为天是圆的而地是方形的。《淮南子·天文训》:"天道曰圆,地道曰方;方者主幽,圆者主明。明者吐气者也,是故火曰外景;幽者含气者也,是故水曰内景……"词人当此情景,有感而歌:神魂啊,自由飘荡,真正令人心花怒放;形体啊,则在那里安静地睡眠。有如鸿鹄一样不断地腾飞向上的神魂啊,今天才真正领略到了天圆地方的神奇美景。

欲重歌兮梦觉,推枕惘然独念:人事底亏全——想再吟唱时突然从梦中醒来,推枕而起,心情茫茫然不知所措,独自思念这样一个道理:人间之事为什么竟有如天上的月亮,经常地出现缺损与圆满?这到底又是出于何种原因?"惘然",心情若有所失,疑惑不解意。"人事",人间之事。底,究竟为什么意。"亏全",指亏损与圆满,由月亮之圆缺而引发的思考。

有美人可语,秋水隔婵娟——两句用杜甫《寄韩谏议》诗"美人娟娟隔秋水"句意,但这里的美人当指词人的知己好友,如词中之吴子似、赵昌父等。"婵娟",形容女性姿态美好的样子。

本词写作者梦中幻境。志在寥廓,梦中登天,抚摸圆月,俯视人间,是何等的胸襟与气魄!与李白、苏轼为伍,在高空遨游,援北斗而豪饮,敞胸怀而放歌,又何等地潇洒而狂放。词人之以上梦境的追求与叙写,联系其一生的政治生涯和理想追求,无疑有着深刻的寓意在内。形体在眠,神魂则在追求,有如鸿鹄多次高举,睹天地之成方圆,实际是表达一种类似于屈原的上下求索的精神。追求的精神,探索的理想,因为在现实世界中难以实现,故而才托诸梦境,故词中表现的情调虽为昂扬,虽为豪放,但其中隐现悲情。结尾两句,化用杜甫原句,以表达对友人的思念,但也是自己心中隐曲难以倾吐的一种无奈表现。

鹧鸪天

本词写于作者晚年闲居时,具体年代不详,有学者认为约作于庆元六年(1200)罢居瓢泉时。从词题"有客慨然谈功名,因追念少年时事"可知,本词是对自己青年时期抗金投宋经历的一段回忆。据《宋史·辛弃疾传》:宋高宗绍兴三十一年(1161),金主完颜亮南侵,二十二岁的辛弃疾聚众反金,加入耿京的队伍。次年春,辛弃疾奉表归宋,于北返海州途中,闻叛将张安国杀耿投金,他率轻骑五十馀夜袭金营,活擒张安国而兼程南渡,献俘朝廷。时人洪迈《稼轩记》曾评说辛弃疾这次壮举是:"壮声英概,儒士为之兴起,圣天子一见三叹息。"词即是对这段经历的回忆。词之后半作者油然而生感慨,抒发了一种壮志未酬的牢骚不满和未能实现宏愿的自嘲之情。

有客慨然谈功名,因追念少年时事,戏作。

壮岁旌旗拥万夫,锦襜突骑渡江初。燕兵夜娖银胡䩮,汉箭朝飞金仆姑。　追往事,叹今吾,春风不染白髭须。却将万字平戎策,换得东家种树书。

壮岁旌旗拥万夫,锦襜突骑渡江初——回忆当年率众起义、突骑渡江、投奔宋朝情景:当初正当青春年少,旌旗指路,簇拥着千军万马,率领精锐的锦衣骑士,突破敌人重重围堵,奋渡长江投奔大宋朝廷。襜(chān),短上衣。

燕兵夜娖银胡䩮,汉箭朝飞金仆姑——这两句有两解:一认为两句均指辛弃疾所带的队伍:英勇的燕赵勇士乘黑夜装好箭袋,天亮时万箭齐发射向敌阵。二谓燕兵指金兵,汉指宋军:金兵早晚防守谨慎,戒备十分森严;宋军晨起突然袭击,万箭齐发,射向敌阵。娖(chuò):谨慎,小心翼翼之意;亦有整理之意。"银胡䩮"(lù),饰银的箭袋,多用皮革制成,据说兼可用于夜测远处的声响。唐杜佑《通典·守拒法》:"令人枕空胡䩮卧,有人马行三十里外,东西南北,皆响于胡䩮中,名曰地听,则先防备。""金仆姑":箭名。《左传·庄公十五年》:"公以金仆姑射南宫长万。"

追往事,叹今吾,春风不染白髭须——这三句由追念往事油然而生感慨:回忆当年的英雄业绩,不禁感叹自己现在的处境:岁月无情,盛壮不再,即使那能使万物复苏的春风,难道能召回自己的青春吗?能使自己的白胡子复青吗?"春风"

句,化用欧阳修《圣无忧》"春风不染髭须"原句。

却将万字平戎策,换得东家种树书——岁月既不可期,更可悲的是:这些年徒然地浪费时光:几万言的平敌之策无人理会,唯有向东邻交换种树之书来学着种树为生。按结句亦有用典成分,《史记·秦始皇本纪》记其焚书,"所不去者,医药、卜筮、种树之书",但这里实喻写归隐,韩愈《送石洪》诗有"长把种树书,人云避世士"之句可证。

本词自称"戏作",实际毫无"戏"意,而是感慨良深,寄意深远。前半追忆青年时期的战斗场面,壮怀激烈,实成作者一浓缩的简短自传。后半写词人中老年后的闲置生活,与前半形成鲜明的对照,其抑郁愤懑之心境透过字里行间隐而显之。结束两句以自嘲反语手法抒发自己的牢骚不满,沉郁深厚,读者从词中自可体会出作者无穷的悲慨之情。

卜算子

本词为作者所写得"漫兴三首"之三,当作于隐居瓢泉之时。词人通过歌咏古人,抒发自己的怀才不遇之感和对现实世界中功高不得赏赐、无功滥封现象的强烈不满。

千古李将军,夺得胡儿马。李蔡为人在下中,却是封侯者。
芸草去陈根,笕竹添新瓦。万一朝家举力田,舍我其谁也。

千古李将军,夺得胡儿马——"千古",犹言千古扬名。"李将军",指西汉武帝时的名将李广。据《史记·李将军列传》,有一次李广在雁门关与匈奴作战,因寡不敌众受重伤被敌人所俘,匈奴人把他放于一张网上,置于两马之间。他装作重伤昏迷的样子,偷眼看到旁边一个敌兵骑着一匹好马,于是突然从网上一跃而上,将那人推下马,并夺得弓箭,策马往回奔驰数十里,集合残部,再与敌人作战。"夺得胡儿马",即指此事。

李蔡为人在下中,却是封侯者——据《史记》,李广其人英勇善战,才高于世,为抗击匈奴曾屡建奇功,但因"数奇"而遭遇不好,不但未被封侯,而且屡被罢免和降职,最后因行军失期而被迫自杀。"李蔡"为李广之堂弟,《史记·李将军列传》:

"初,广之从弟李蔡与广俱事孝文帝。景帝时,蔡积功劳至二千石。孝武帝时,至代相,以元朔五年为轻车将军,从大将军击右贤王,有功中率,封为乐安侯。元狩二年中,代公孙弘为丞相。蔡为人在下中,名声出广下甚远,然广不得爵邑,官不过九卿,而蔡为列侯,位至三公。"这两句以李蔡的封侯为李广抱不平。

芸草去陈根,笕竹添新瓦——世事既如是,功名又能证明了什么?如此就不如隐居田园,做一种力耕自足的自由生活。这两句即写词人隐居田园力耕、修屋的生活:除草时极力除去多年的陈根;劈开竹筒,刮去节疤,以作屋顶之新瓦用。"芸草",指除草;"去陈根",去掉多年的老根以使它不再滋生。"笕(jiǎn)竹",指劈开竹筒,刮去节疤,制成竹瓦。

万一朝家举力田,舍我其谁也——万一朝廷要诏举努力耕田者,除我之外还会有谁呢?按汉代曾设"力田"与"孝悌"两科选拔人才,中选者受赏,并可免除徭役。"舍我其谁也",语出《孟子·公孙丑上》:"如欲平治天下,当今之世,舍我其谁也?"

本词意在发抒自己的牢骚不满之情。以汉代才高功大的李广与人品名声俱远于其下的李蔡二人作对比,表达对不公正的现实社会的批判,其立意在影射当今朝廷不识人才、埋没英雄的用人政策。但细细想来,当政者在一定时候并不需要人才和英雄,他们有时对忠于自己、唯命是从的奴才更感满足。词人如能认清社会的这一特殊性,相信他的此类牢骚,可大大减少。

八声甘州

本词由词人阅读《史记·李将军列传》而引发。李广一生曾历西汉文帝、景帝、武帝三朝,长期驻守边关。他用兵神速,屡败匈奴,被誉为"飞将军"。武帝初,因作战失利,被废为庶人,闲居终南山。后从卫青击匈奴,因迷路军行迟缓被责,他不甘受辱愤而自杀。作者由李广之遭遇引起思考:如李广那样英勇善战、才高名世的,古今又有几人?然而李广不但一生未被封侯,还被罢免和降职多次,最后竟因忍受不了侮辱而被迫自杀。词人由此联想到自己空怀报国之志而无所施用、落得深山闲住为世所弃之遭遇。他深感英雄失志自古皆然,念到与友人同居山间的约定,思绪万千,心情沉重,在不眠的漫漫长夜里,写下了这首寄给友人的词。词中表达了自己不愿过那种甘居林下退隐逍遥的生活,但目前的现实又无不令人失望。题中所提作者之友人晁楚老、杨民瞻,其生平事迹不详。

夜读李广传，不能寐，因念晁楚老、杨民瞻约同居山间，戏用李广事，赋以寄之。

故将军饮罢夜归来，长亭解雕鞍。恨灞陵醉尉，匆匆未识，桃李无言。射虎山横一骑，裂石响惊弦。落魄封侯事，岁晚田园。　谁向桑麻杜曲？要短衣匹马，移住南山。看风流慷慨，谈笑过残年。汉开边，功名万里，甚当时健者也曾闲？纱窗外，斜风细雨，一阵轻寒。

故将军饮罢夜归来，长亭解雕鞍——据《史记·李将军列传》：李广闲居终南山时，有一次深夜饮酒夜归，路经灞陵亭，恰亭尉酒醉，不放李广通行。李广的随从告此亭尉，说他的主人是"故将军"，亭尉则一点面子也不给李广，说："今将军尚不得夜行，何况故将军？"于是令李广宿于亭下。"故将军"，犹言过去的将军，这里指李广。"长亭"，古时供行人歇脚的亭子。"解雕鞍"，人夜间休息时，也解放马鞍，让马休息。"雕鞍"指雕画之马鞍，对马鞍之美称。

恨灞陵醉尉，匆匆未识，桃李无言——可叹那个灞陵酒醉的亭尉，醉眼蒙眬中竟认不出名震天下的英雄！唉，英雄虽然如桃李那样不会说话，但却受到天下人的景仰啊！按"桃李无言"句，是司马迁在《史记·李将军列传》中评李广的话："余睹李将军悛悛如鄙人，口不能道辞，及死之日，天下知与不知，皆为尽哀。彼其忠实心诚信于士大夫也？谚曰：'桃李不言，下自成蹊'，此言虽小，可以喻大也。"言李广虽不善辞令，但却得到天下人的喜爱。

射虎山横一骑，裂石响惊弦——据《李将军列传》，李广任右北平太守时，一次出猎，误认草中一石为猛虎，引弓射之，"中石没镞"。这两句即指此事。"一骑"，指单人匹马。"裂石"句，犹言"惊雷般的弦声响处，石头应声而裂"。

落魄封侯事，岁晚田园——他战功累累，但在功名上却落魄失意，始终不得封侯，到了晚年之时还不得不隐居在田园。据《李将军列传》，李广曾"以卫尉为将军，出雁门击匈奴。匈奴兵多，破败广军，生得广。"后李广设法逃回，但李广因"所失亡多，为虏所生得"，按照军法，应当被斩首。李广后来用钱"赎为庶人"。于是家居数岁。这两句即指此事。

谁向桑麻杜曲？要短衣匹马，移住南山。看风流慷慨，谈笑过残年——这五句化用了杜甫《曲江三首》中诗意："自断此生休问天，杜曲幸有桑麻田。故将移住南山边，短衣匹马随李广，看射猛虎终残年。"词人化用杜诗，意思是向友人表意：

我不能与你们相约共归田园，而愿随像李广那样的人猎居南山，胸襟开阔、风流自在地在谈笑声中度过晚年。"杜曲"，在长安城南，唐代为游览名胜之地。"短衣匹马"，射猎的装束。"南山"指终南山，李广被罢为庶人后曾在此居住。

汉开边，功名万里，甚当时健者也曾闲——这三句是说：汉代是一个开边拓疆的伟大时代啊，人们可以在万里边疆把功名创建，可是为什么像李广这样勇健有力的英雄人物也曾在家闲住呢？"开边"，指开边拓疆。"功名万里"，在边疆万里之外取功名意。"健者"，勇健之人。

纱窗外，斜风细雨，一阵轻寒——漆黑一团的纱窗外，斜风细雨送来一阵阵微微的寒意。这三句由历史转归现实，写作者眼前之景，亦可知作者结束此词时那种由于历史与现实混杂心胸难以理喻不得开解的复杂心态。

本词的特点是借他人之酒杯浇自己之块垒。通篇以较大篇幅叙记李广事迹，赞其丰功，颂其才能，同情其遭遇，愤其所受不公正待遇。赞颂同情之馀，结合自己遭遇，抒发感慨。因李广其人与词人的经历遭遇极为相似，词人写李广实为写自己，他借古人而发其幽情，实是抒发自己久积在胸的郁愤之情。词作前半全用李广事迹隐括而成，下半则借题发挥，抒发己情，表达需要英雄的时代，而英雄却无用武之地的悲哀不平。全词笔势雄健，豪气逼人，结尾则融悲壮之气于眼前之景的描写中，显得意味深长，耐人寻思，颇得含蓄蕴积之词家三昧。

千年调

本词之写作，据词题，是作者因开山得到一个高大而直立之石壁，于是喜出望外，认为此石壁乃上天所赐，因而写下这首词。词的主要意思是说上天之所以要赐给他这块石壁，就是让他在这山林丘壑水色风光中自由地徜徉一生。但词人对上天的这种赐予并不"领情"，因为词人并不想在山林丘壑中终结馀生，这种赐予完全有负于词人的雄心抱负和一生追求，故它不但未给词人带来任何的快乐，反而使词人的心境更增悲伤——这一首词从总体上讲，实际抒发了词人一种不甘罢职闲居、期望积极用世干一番事业而不得的痛苦心情。

开山径得石壁，因名曰"苍壁"。事出望外，意天之所赐邪，喜而赋。

左手把青霓，右手挟明月。吾使丰隆前导，叫开阊阖。周游上下，径入寥天。览玄圃，万斛泉，千丈石。　钧天广乐，燕我瑶之席。帝饮予觞甚乐，赐汝苍璧。嶙峋突兀，正在一丘壑。余马怀，仆夫悲，下恍惚。

左手把青霓，右手挟明月——"青霓"指天上的彩虹，据较为现代的解释，虹为阳光射入空中浮游的水滴经折射、反射，在太阳表面的相反方向形成的彩色或白色圆弧。虹有主虹、副虹之分，主虹即称为虹，色带外红内紫；副虹即称为霓，位于主虹外侧，色带排列是内红外紫。当然，古人把虹霓想象成为一个有人格的神物，如《尔雅·释天》："虹双出，色鲜盛者为雄，雄曰虹；暗者为雌，雌曰霓。"这两句是词人用想象之笔描写自己跃登天空的豪情：我左手握着神物青霓，右手挟带着清明的月亮，飞上天空。

吾使丰隆前导，叫开阊阖——飞上天空，来到天宫，又当如何？我让雷神丰隆开路，叫开天宫的大门。"丰隆"，指传说中的雷神，一谓指传说中的云神。屈原《离骚》："吾使丰隆乘云兮，求宓妃之所在。""阊阖"，指天宫之门。《离骚》："吾令帝阍开关兮，倚阊阖而望予。"

周游上下，径入寥天——叫开天宫之门，进入天宫，又当如何？我游遍太空，直入到天之最高处。这两句话实际化用屈原《离骚》："及余饰之方壮兮，周流观乎上下。""寥天"，犹言"寥天一"，道家指空虚而又浑然一体的高天，如《庄子·大宗师》："安排而去化，乃入于寥天一。"

览玄圃，万斛泉，千丈石——进入天之最高处又当如何？我赏遍了天上的最美之景，见到了连天上的神仙都不易看到的景物：进入到昆仑山巅之悬圃神山，看到了万斛奔流的泉水壮景，看到了数不清的美妙无比的千丈巨石。"玄圃"，即悬圃，传说中的神山，在西方神境昆仑山之上，屈原《离骚》："朝发轫于苍梧兮，夕余至乎县(悬)圃。"斛，古代量米之具，一斛为十斗。万斛泉，极言泉水之多。

钧天广乐，燕我瑶之席——游览完玄圃，天帝又在瑶池奏乐设酒宴招待我。"钧天之乐"，神话传说中天宫最盛大完美的音乐，《史记·赵世家》曾记赵简子梦游天都，与百神共赏《钧天之乐》。燕，同宴，设酒宴招待。"瑶之席"，在瑶池上设席。"瑶池"，传说中的仙池，为群仙宴饮之处，据说亦在昆仑山上。

帝饮予觞甚乐，赐汝苍璧——天帝举起酒杯请我喝酒，心情十分快乐，并说：赐给你一块苍璧吧！"饮予觞"，请我饮酒意。

嶙峋突兀，正在一丘壑——言这块苍璧的形状是重叠高耸，下应人世凡间，正在我所隐居之处瓢泉山水之间。"嶙峋突兀",山崖高耸、突然而出样子。"一丘壑",指一方山水。

余马怀,仆夫悲,下恍惚——面对此情此景,我的马也因怀乡而思归,我的仆人也深感悲哀,下视人间,我也感到心情恍惚,难以自抑。按这三句,有人据《离骚》"仆夫悲余马怀兮,蜷局顾而不行"两句中王逸注,"屈原设去世离俗,周天匝地,意不忘旧乡,忽望见楚国,仆御悲感,我马思归,蜷局诘屈而不肯行。此终志不去,以词自见,以义自明也",认为是写词人"已神情恍惚由天上返回人间"。笔者以为,从词中所写看,这三句实际是表达作者对天帝赐予自己徜徉于山水之间生活的一种不甘心与不满足,这与词人一贯坚持的为国为民的积极用世精神是完全一致的。

本词在本质上应属于一种游仙之作,但在写作上全化用屈原《离骚》诗意,取其上下求索,上天入地,追求理想,以解除自己的困惑。词中既表达了作者超尘脱世,挣脱人间羁绊的思想,又有自己排遣人间郁闷的现实考虑。但词人最终未能满足于自己一丘一壑的穷则独善其身的做法,其用世之心由此而显得更为浓烈,表现了词人以屈原为榜样深怀国家天下命运的可贵精神。

永遇乐
戏赋辛字,送茂嘉十二弟赴调

本词一般也认为写于作者闲居瓢泉之时。茂嘉,辛弃疾的族弟,生平不详,与辛弃疾同时的词人刘过曾写有《沁园春·送辛稼轩弟赴桂林官》,从刘之词意得知,辛茂嘉也是一个勉力抗金而重忠义气节的人。本词当写于辛茂嘉调官桂林期间。辛弃疾在这首词中,就他们的共同姓氏"辛"字立论,力颂其与众不同的家族传统,勉励其族弟要戮力政事,以国家利益为重,勿计富贵家事,勿以手足离别为怀。

烈日秋霜,忠肝义胆,千载家谱。得姓何年,细参辛字,一笑君听取:艰辛做就,悲辛滋味,总是辛酸辛苦,更十分、向人辛辣,椒桂捣残堪吐。　　世间应有,芳甘浓美,不到吾家门户。比着儿曹,累累却有,金印光垂组。付君此事,从今直上,休忆对床风雨。但赢得、靴纹绉面,记余戏语。

烈日秋霜,忠肝义胆,千载家谱——"烈日",指酷夏的炎炎烈日,喻人为国为君的热情;"秋霜",指寒秋的严霜,喻人的正直无私不计情面之刚烈性格,这四个字合用比喻为人的热情正直。"忠肝义胆",犹言以忠为肝,以义为胆。以上三句言辛家的家风:辛家千百年的家谱上记载的都是有如炎炎的烈日、有如寒秋的严霜那样为人热情正直、对国对君忠心耿耿之人。

得姓何年,细参辛字,一笑君听取——这"辛"字之姓不知得自何年,我仔细品味"辛"字的含义,(听我给你细加解释)你就权当一笑而听之。"细参",仔细品味、细细参详意。

艰辛做就,悲辛滋味,总是辛酸辛苦——这个"辛"字乃是由人世的艰辛做成的,它的滋味是悲辛的;不管何时何地,它的本性是既"辛酸"又"辛苦"。"做就",犹言造成。

更十分、向人辛辣,椒桂捣残堪吐——更有的时候,它具有强烈的辛辣味。这种辛辣味有时是令人难以忍受的,就有如把胡椒和肉桂捣碎混合在一起,食之闻之令人难以忍受地要呕吐。"捣残",捣碎。"堪吐",简直要呕吐。这两句似来自苏轼《再和曾布〈从驾〉》诗:"最后数篇君莫厌,捣残椒桂有馀辛。"

世间应有,芳甘浓美,不到吾家门户——世间纵然应该有芳气浓烈甘甜香美之物,但也是不可能到我们辛家之门的。"芳甘浓美",犹言芳浓甘美,兼言气味与触觉:鼻闻芳香,舌触甜美。这里喻指人世间的荣华富贵。

比着儿曹,累累却有,金印光垂组——我们辛家就是这样,如果同别家的子弟相比,别人家的子弟代代都有享受高官厚禄的。"比着",犹言比不上。"儿曹",儿辈子孙。"累累",接连不断意。组,丝绸织成的宽带,用以佩印或玉。"光垂组",金印发着光,垂于组下,喻指人间的功名富贵。

付君此事,从今直上,休忆对床风雨——"此事",指以上作者自己对辛家"辛"字的解释。"直上",犹言青云直上。"休忆",不要忆念。"对床风雨",唐代诗人韦应物《与元常全真二生》诗:"宁知风雨夜,复此对床眠。"宋代的苏轼兄弟读此诗曾深有感触,他们曾相约早早弃官,两人共为闲居之乐(见苏辙《逍遥堂》诗引)。辛弃疾在词中用此句,亦取苏氏兄弟之意以言兄弟手足之情。这三句是说:将以上我们辛家之事交付于您,从今以后望您能青云直上,勿以兄弟情谊为念。

但赢得、靴纹绉面,记余戏语——"靴纹绉面",据欧阳修《归田录》,北宋田元均在三司使供职,权贵子弟亲友多有求托。田元均虽内心厌恶而不从其请,但总是强作笑容把他们送走,因此曾对人说:"作三司使数年,强笑多矣,直笑得面似靴皮。"辛弃疾用此典故,意在说明:如果你今后久历官场,定会体会到我的临别戏言的别种寓意的。"但赢得、靴纹绉面",指久历官场,面容衰老如靴子纹。

赠别兄弟家人或友人,方法很多,或勉励,或劝告,或鼓舞,或戒行,或激其斗志,因被赠者身份不同,或与主人的关系不同而有不同的表达。本词作为赠别词,在写法上显得较为独特。词人由自己的家庭姓氏联想生发,就辛字的内涵外延做文章,既诉家庭,亦写身世。有人这样评道:"辛苦复辛酸,稼轩南来身世如此,而辛辣者,正是为人品行的自我写照,难怪世俗群小视为'椒桂',或避而远之,或畏而谗之。两度劾罢,便是明证。"这些评论,非深知作者为人者是论不出的,可谓词人之真正知音。本篇下半又从正面立意,明说辛家与"芳甘浓美"的富贵生活无关,告诫族弟不要羡慕别人家的累累金印富贵功名,而应以报国忠君,关心自己的政治前程为务。结尾更以自己长年为宦的感受作为"戏语",显得语重心长,极具长者谆谆教诲之风。

永遇乐
京口北固亭怀古

本词作于宋宁宗开禧元年(1205)辛弃疾任镇江(今江苏镇江)知府时。京口即镇江,北固亭在镇江东北的北固山上,又名北顾亭,亭下临长江,地势险要。作者登临北固亭,感怀古人,写下了这首感怀古人古事的词。词虽以怀古为名,但实借怀古感念时事,蕴含词人一种坚决抗战、收复失地的理想。又,本词写在宋军开禧北伐之前,似乎表达了词人对朝廷企图草率北伐、轻敌冒进行为的警示。从这种意义讲,本词更具有一种以词为史为论的特点。

千古江山,英雄无觅、孙仲谋处。舞榭歌台,风流总被、雨打风吹去。斜阳草树,寻常巷陌,人道寄奴曾住。想当年:金戈铁马,气吞万里如虎。　　元嘉草草,封狼居胥,赢得仓皇北顾。四十三年,望中犹记,烽火扬州路。可堪回首,佛狸祠下,一片神鸦社鼓。凭谁问:廉颇老矣,尚能饭否。

千古江山,英雄无觅、孙仲谋处——登临高亭,面对波涛滚滚的长江,词人心潮澎湃,追怀往事,感慨油然而生:如此壮丽的江山,延续至今,千古永存,但又从何处寻找如独霸江东的孙权那样的英雄人物来保卫此江山呢？

舞榭歌台，风流总被、雨打风吹去——英雄自然是难得的，但转而一想，英雄业绩，又存留有几？当年的舞榭歌台、当年的风流英雄，不是早已被历史的风风雨雨冲洗得踪迹全无了吗？"风流"，指往日英雄的功业战绩。

斜阳草树，寻常巷陌，人道寄奴曾住——孙权既如此，南朝不可一世的宋武帝刘裕又如何呢？听说镇江城中斜阳映照下的那条丛生草木掩蔽下的极平常的街道上，就曾居住过当年的刘裕。"寄奴"，宋武帝刘裕之小字，刘裕先世曾随晋室由彭城南迁京口，并在京口长期居住，词人由京口北固亭而念及曾在此居住之刘裕，亦在自然情理之中。

想当年：金戈铁马，气吞万里如虎——这三句由刘裕而生发感慨，写其在世时创下的英雄业绩：想当年，刘裕兵强马壮，大军驰骋万里中原，气吞敌虏有如出山之猛虎。史载刘裕曾于晋安帝义熙五年(409)和十二年(416)，两次率军北伐，先后灭南燕、后秦，收复洛阳、长安等地。

元嘉草草，封狼居胥，赢得仓皇北顾——由刘裕业绩复及其子刘义隆，表达自己对刘裕功业未成的遗憾之情：可叹宋文帝行事草率，梦想建立没世奇功而仓促北伐，结果落得大败而逃。史载元嘉二十七年(450)，宋文帝刘义隆派王玄谟率兵北伐。由于未做充分准备，王玄谟冒险贪功而进，结果大败而归。北魏太武帝拓跋焘乘胜追至长江边上，扬言要渡江灭宋。宋文帝登楼北望，深悔不已，是为"仓皇北顾"。"封狼居胥"：用汉武帝时霍去病之典。《史记·霍去病传》记霍去病北击匈奴单于于狼居胥山，功成后举行封山典礼而还。词人用此典，意在说明刘义隆本想建立没世奇功，但结果事与愿违。

四十三年，望中犹记，烽火扬州路——词人由古人突转而下，写到自己：抗金归南到今，回顾自己的历程，四十三年前战火纷飞的扬州景象，犹历历在目。

可堪回首，佛狸祠下，一片神鸦社鼓——往事真是不堪回首啊！对岸的佛狸祠下，人们正举行祭神的大典：锣鼓声与前来争食的乌鸦的聒噪声混杂在一起，乱糟糟地响成一片。"佛狸"，北魏太武帝拓跋焘小名，史载他打败王玄谟大军后，追王军到达长江北岸之瓜步山(在今江苏六合东南二十里处)，并在山上为自己建成行宫一座，即后来的佛狸祠。

凭谁问：廉颇老矣，尚能饭否——据《史记·廉颇蔺相如列传》：战国时赵国名将廉颇晚年遭人谗害出奔魏国，后赵王欲起用他，选遣使者探其健壮与否。廉颇当使者面食斗米肉十斤，并披甲上马，以示尚能作战。但使臣受贿，归而谎报赵王，说廉颇"与臣坐顷之，三遗矢(大便三次)矣。"赵王认为廉颇已老迈，于是不用。这里词人以廉颇自比，表达自己不被人关心理解的苦闷：又有谁来问过这样的话："廉将军您老了，但还能如从前那样吃饭打仗吗？"作者言外之意是说：我虽然年

125

纪已老,但有如廉颇,壮心不减,尚思为国出力有所作为呢。

  本词前人评价不一。明代杨慎《升庵词话》认为:"辛词当以京口北固怀古《永遇乐》为第一。"宋代岳珂《桯史》则批评此词"微觉使事多耳"。《白雨斋词话》则评该词:"才气虽雄,不免粗鲁,世人多好读之,无怪稼轩为后世叫嚣者作俑矣。"依笔者之见,此词使事之多固是事实,但这种使事,实是一种作者登临特殊之地,因而历史人物奔涌心胸的自然释放,不应评作有意卖弄才学而矫揉造作。从此意义上论,近代俞陛《唐五代两宋词选释》对此词的评价可说较为恰当,他说:"人在江山雄伟处,形胜依然,而英雄长往,每发思古之幽情,况磊落英多者! 当其凭高四顾,烟树人家,夕阳巷陌,皆孙、刘角逐之场。放眼古今别有一种苍凉之思。况自胡马窥江去后,烽火扬州,犹有余忉?"这一段评论可以说比较准确地揭示了辛弃疾面对特殊地理形势、历史英雄人物奔涌其胸不得不然的一种心理状态。

南乡子
登京口北固亭有怀

  本词写作时间与上词应是相近的,也同为登京口北固亭怀古而作,同样也是借怀古来表达自己复国驱敌之愿,同是抒发自己愿望不得实现的悲愤心情的。作者登临古亭,千里风光尽收眼底,联想古今兴亡,一股历史的沧桑感有如无尽的长江水,滚滚而来。由所在地域京口,词人自然联想到当年割据此地的孙权,想到当时与他匹敌的英雄曹操与刘备。

  何处望神州? 满眼风光北固楼。千古兴亡多少事? 悠悠。不尽长江滚滚流。 年少万兜鍪,坐断东南战未休。天下英雄谁敌手? 曹刘。生子当如孙仲谋。

  何处望神州——首句作者即有意设了一问:因为登高而眺,自然是有所望的。而最令词人魂牵梦萦的又是什么地方呢? 自然是中原沦陷的故土。而中原沦陷故土从何而望呢?

  满眼风光北固楼——登上这高高的北固楼,不但满眼风光尽收眼底,中原遥远的故土似亦呈现在面前。但这也只能是望一眼而已,能亲自感受到遥远故乡泥土的气息吗?不行的。

千古兴亡多少事?悠悠,不尽长江滚滚流——千百年来朝代的更迭、盛衰演变成就了古往今来的历史,有多少悠悠万古之事留在人们的意念中呢?历史就是这样如连绵不断、滚滚奔流不息的长江水一样,连古续今地向前走的。"不尽"句,化用杜甫《登高》诗"无边落木萧萧下,不尽长江滚滚来"之句。

年少万兜鍪(dōumóu),坐断东南战未休——但无尽的历史中又有几个称得上是真正的英雄?这少有的英雄中,恐怕孙权就是其中之一。想当年他十九岁继承父兄基业,统率千军万马冲杀在疆场。他雄踞东南,连年征战,打出了自己的天下。"兜鍪",头盔,代指兵士;"万兜鍪",犹言千军万马。"坐断",占据意。

天下英雄谁敌手?曹刘——若问当时天下英雄有没有与孙权相匹敌的?只有曹操与刘备两人而已。据《三国志·蜀志·先主传》,曹操曾对刘备说:"今天下英雄,唯使君与操耳。"是这两句的出处。

生子当如孙仲谋——孙权此人啊,真是英雄无比,连曹操都无尽感佩地说:"生儿子就要生像孙权这样的人啊!"据《三国志·吴书·吴主传》裴松之注引《吴历》,汉献帝建安十八年(213),曹操率军攻濡须,孙权亲自率兵迎敌,军伍十分整齐。曹操看了,喟然叹曰:"生子当如孙仲谋,刘景升儿子若豚犬耳。"

本词广受后人注意,清陈廷焯赞其词是:"魄力雄大,虎视千古。""东坡词极名士之雅,稼轩词极英雄之气,千古并称,而稼轩更胜。"(《云韶集》卷五)本词与前篇虽在许多方面都相同,但由于所用长调与短令的不同,因而风格上完全不同于前篇重在层层铺叙、广用典故、以纵横议论见长取胜,而是在写作上采用了一种自问自答的形式架构全词。全篇四个语意层次,竟设三问而三答,显得十分明快简洁。本词写作上另一特点是善于化用前人原句,并能从中生发出无限的意境。如化用杜诗"不尽长江滚滚来",为入韵而仅改一字,但用在此场合,便化生出无限的妙用。下半连用两句史书成语,尤其是最后一句,给读者留下无数联想空间:生子当如英雄孙仲谋,当今之世如刘表之子豚犬般的人物中又是何人?词中颇含讥嘲但不着一丝之痕。

鹧鸪天
东阳道中

本词是一首路途即兴记行之作。有学者推测这一首词大约写于淳熙五年

(1178),作者因事由临安前去东阳的路上。东阳,县名,在今浙江东阳。本词描写词人路途行程中的所见所闻所感所思。另,本词题一作"代人赋",故又有人认为辛弃疾早年宦迹并未到达东阳,此词实是一首"代人所作"的作品,其创作之"本事亦不可考"。

扑面征尘去路遥,香篝渐觉水沉销。山无重数周遭碧,花不知名分外娇。　人历历,马萧萧,旌旗又过小红桥。愁边剩有相思句,摇断吟鞭碧玉梢。

扑面征尘去路遥,香篝渐觉水沉销——两句写骑马上路踏上征程的感觉,抒发的意象是一种难以言喻的、对所行的遥遥征程莫名的惆怅、烦恼之情:路途上飞扬的尘土迎面扑来,遥遥难达的去路甚觉千里迢迢;上路时新薰的衣服上的沉香气味,在漫漫征尘的浸染下也渐渐地消退了。初踏征程,遥遥去路,似乎给词人的心境染上了一层悲凉怅惘的色调。"香篝",古人熏香用来燃烧香料的笼子。"水沉",古人用来熏衣或消闲去暑的一种香料,即沉香。这两句也有人作别的解释,认为是"一写闺房,一写征途,倒装句法,言黎明拂晓时分,征人离家上路"。

山无重数周遭碧,花不知名分外娇——初踏征途自是一番感受,但征人感受并非一成不变,它是随景而移,随物而转的。当行过了一重山峰又一重山峰,重重叠叠不断变换的碧绿之景进入了征人的眼帘,尤其是瞧着路边无数不知名的、耀人眼目的、显得格外娇艳的开放着的野花时——行程进入了一个新的境界,词人在这优美景色的感染下,精神似乎也为之一振。"扑面征尘"的现象没有了,"去路遥"的感觉似乎也消失了。

人历历,马萧萧,旌旗又过小红桥——队伍行进在蜿蜒曲折的路途上,前行的人身形历历在目,萧萧的马鸣声声在耳;旌旗指处,长长的队伍又经过了一座小小的红桥——首句是写眼中所见,第二句是写耳中所闻,第三句表面也由眼中见出,实际揭示作者一种心情:漫长路程在一步步地缩短,目的地在一步步地逼近,作者的心情也随之兴奋起来。

愁边剩有相思句,摇断吟鞭碧玉梢——那么,心情愁闷这一方面还留下什么没有了结呢?只留下一段相思句没有完成。于是骑在马上,边走边吟,不觉摇断了碧玉的鞭梢。"愁边",愁这一方面之意。这两句表面写愁,实际写心情的愉悦兴奋,"摇断吟鞭",实际是对自己失态行为的一种自嘲写法。

本词描写征人路途感受,十分生动真切。上半重在写景,但景中显情:首句写去路迢迢,扑面征尘,远行者的惆怅暗含于字里行间。香篝之句则隐示对闺中的思念,一片深情尽在不言中。第三、四句写宜人的景色,情随境变,暗示词人随着宜人景色,旅途惆怅之情渐消渐灭。下片重在写人写情,但景亦由情而彰显。"人历历"三句,写旅途渐近心情的愉悦,尤其是"又"字的运用,恰到好处。"愁边"二句,映照开头,但情之揭示已显有不同:前者似寓含一种征人上路的真愁,后者似乎已转化为一种淡愁、闲愁。本词表现上的一个重要特色是抒情隐约含蓄,情感之表达完全处于一种不经意的隐隐约约的状态中,与辛弃疾抒志词作的直露坦白、豪放的风格恰成鲜明对照。

鹧鸪天
游鹅湖,醉书酒家壁

　　本词作于作者闲居带湖之时。据《铅山县志》、《鄱阳记》,铅山县东北山上有湖,东晋时曾有龚氏居此山养鹅,遂名曰鹅湖,山麓又有鹅湖寺。辛弃疾闲居带湖时,常在此游览。据词题,此词是词人游湖后醉书于酒家墙壁的一首词。词写鹅湖一带村居风光景色,表现特殊时令中本地农人的一种闲暇自得的生活。

　　春入平原荠菜花,新耕雨后落群鸦。多情白发春无奈,晚日青帘酒易赊。　　闲意态,细生涯,牛栏西畔有桑麻。青裙缟袂谁家女,去趁蚕生看外家。

　　春入平原荠菜花,新耕雨后落群鸦——两句写鹅湖一带春天田野特有之景,作者撷取了两个特有的镜头:一边是平原上满野的荠菜花的开放,一边是农家新耕的土地准备下种。作者前句用一"入"字,境界全出,写出了春天那种催花动草的气息。后句更充满春天万灵萌动的动感:新耕又加雨后,冬眠的生物蠢蠢而起,引得乌鸦前来啄食。

　　多情白发春无奈,晚日青帘酒易赊——这两句由春天景物的描写归到自己:春色如此浓郁,春光如此生动,然世事的沧桑、心绪的多变致使自己多情而早生白发,面对如许春景,一种无可奈何之情袭上心头,好在这里酒店赊账方便,那就黄昏时畅饮一通解解愁闷吧。

闲意态,细生涯,牛栏西畔有桑麻——这三句承上,写作者黄昏时在酒店饮酒所见景象:瞧那农家的生活,是多么意态闲暇啊!他们精打细算,生活平凡而幸福。一排排低低的敝屋,是他们的牛栏;那牛栏的西边茂密如林的,是他们种植的桑麻。"闲意态",犹言意态休闲。"细生涯",生活琐碎而平凡。

青裙缟袂谁家女,去趁蚕生看外家——上句写到农家的牛栏、农家的桑麻,是农家生活场景的典型写照。本句则由景及人,进入农人形象视角的描写。作者仅仅撷取了一个农村极为常见的镜头——农家妇女回娘家探望情景:是谁家的媳妇穿着黑裙白衣上路,一定是乘着蚕儿刚刚出生的空闲去娘家探望吧。"青裙缟袂",南方农家妇女的一种打扮,苏轼《于潜女》诗曾描写当地农村妇女的装束:"青裙缟袂于潜女,两足如霜不穿屦。"

本词写春日农村小景,表现农村生活的闲暇和自由。作者主要抓住富有特征的景物如田野盛开的荠菜花、新耕雨后田地之群鸦争食等,写出了春天生机勃勃的景象。词从农村的闲暇平凡之处落笔,抓住富有特征的景态和人物,勾画出一幅恬静而生动的村居生活的图画。

鹧鸪天
鹅湖归,病起作

本词作于词人闲居带湖时。结合前一首《鹧鸪天·醉书酒家壁》,知作者此前游鹅湖是春季,归来后,生了一场病,这首词即是他病起后写作的。写此词时,节令似乎已近秋天。此时词人虽已病愈,但身体仍然欠佳,固词是在一种病态的身体状况下、以一种病态的心情写成的,主要表现了词人自己在郁闷无聊的心境下对万事万物浑无意趣的心态,抒发了一种由于自己心身体力皆惫所致的无可奈何的惆怅之情。

枕簟溪堂冷欲秋,断云依水晚来收。红莲相倚浑如醉,白鸟无言定自愁。　书咄咄,且休休,一丘一壑也风流。不知筋力衰多少,但觉新来懒上楼。

枕簟溪堂冷欲秋——这句当是作者身躺床榻上的一种感受：躺在床上，身枕着竹簟，只觉得这溪边堂屋已凉气飕飕，想来季节也快到秋天了吧。枕，指身体躺卧于某物上。簟，指竹席。"溪堂"，指邻近溪边的堂屋。

　　断云依水晚来收——这当是词人仍躺在床上所见到的带湖景色：举眼向带湖望去，白天飘浮在水面上的云彩到晚来它们都渐渐地消散了。可能带湖的这种景色词人已观察了很长时间了，所以他才能看到"断云"从出现到傍晚隐没的全过程；如不是躺在床上观察，势必不能。

　　红莲相倚浑如醉，白鸟无言定自愁——溪中的红莲默默地互相倚靠着，全然地如同一群喝多了酒的醉人。白鹭鸟儿不言也不动，静静地聚集在一起：一准它们也是心情愁闷、满怀不快吧。浑，全然、完全意。

　　书咄咄，且休休，一丘一壑也风流——词人为什么认为"白鸟无言定自愁"呢？实际这是一种移情的错觉。因为自己感到愁！于是就觉得万物皆愁。因为词人有愁，故词人不知有多少说不出口的牢骚、不满要发泄。但转念一想，算了吧，再不要说那些牢骚话了，且寻个好地方退休去吧。就是一座山丘，一条深谷，我安居着也觉得风流自得啊！"书咄咄"，用的是晋代殷浩之典。据《晋书·殷浩传》，晋人殷浩被放废后，口虽无怨言，但终日用手指在空中书写"咄咄怪事"四字，以发泄自己郁闷的心情。"且休休"，用的是唐人司空图之典。据《唐书·卓行传》，唐代司空图于唐末隐居中条山，筑亭题其名曰"休休"，并作文说明其意："量才，一宜休；揣分，二宜休；耄而聩，三宜休。""一丘一壑"，犹言一山一水。"风流"，富有风韵而意味深长。

　　不知筋力衰多少，但觉新来懒上楼——唉，牢骚话又有几多用处？你看你自己现在还能干什么？大病之后，也不知道自己的筋力究竟衰减了多少，只是觉得近来身体慵懒很不想上楼。

　　此词写于词人病后，决定了其词所抒发的基调，因为人受病魔困扰，无论体力、脑力、心态、精神都要受到影响。词的特点是纯从词人病后的感觉、视觉、对物体的想象入笔，写景状物带有词人明显的个人色调。上半写病后对环境的感受，在似乎有意无意眼观上下中道出对景物的观察与想象。描状红莲与白鸟用了"醉"与"愁"两个字，则纯属物着我色之现代文学理论家所称的"移情"作用。"书咄咄"三句，为全词之眼，表达病起后对自己信心不足的词人一种企图自我解脱但又无可奈何的心境。结末"不知"两句，词人病后慵懒颓丧的心情，写得生动如画，于不经意中传写出词人丰富的内心世界。

鹧鸪天
鹅湖归,病起作

【题解】

本词与前词题目相同,写作时间大概也与前词相同或稍后,主要写作者病起闲游村居时的所见所闻所感。作者着意寻春但并不刻意于春,而是随意所至,兴尽即止。明媚的春景给他添兴,病后慵懒的身躯又使他及早而归;诗兴的勃发使他再次上路,但突降的阵雨又使他再次回返。总之,野外的山山水水、物态人情无不燃起他对生活的热爱之情。

着意寻春懒便回,何如信步两三杯?山才好处行还倦,诗未成时雨早催。　　携竹杖,更芒鞋,朱朱粉粉野蒿开。谁家寒食归宁女,笑语柔桑陌上来。

着意寻春懒便回,何如信步两三杯——"着意"是立意、刻意的意思。立定主意要出外寻找春的足迹,但结果如何呢?只要身体稍觉困倦就得转身而回。为什么这样呢?因为作者想:如此刻意寻春又如何比得上随意地溜达,饮上两三杯酒而顺适如意呢?

山才好处行还倦,诗未成时雨早催——由于有了以上的想法,在行动上就表现为:山景刚走到风光秀丽时已经感到身体困倦了;诗尚未构思而成,一场突降的阵雨就催人早早地回去——要知道,吾人刚刚大病初愈,一切事情可不能硬着性子来啊!

携竹杖,更芒鞋,朱朱粉粉野蒿开——下了一场阵雨,路面滑溜得很:拄上了随行侍人带来的竹杖;再换上了防滑的芒鞋,欣赏着路边象征生命力顽强的红红白白开着的野蒿花,心中真有一股说不出的心旷神怡的感受。

谁家寒食归宁女,笑语柔桑陌上来——看看,从那初春之际刚刚吐出嫩芽的桑树枝条遮蔽下的村间小路上,一群妇女说说笑笑地走出来了。看她们那高兴的样子,一准是乘寒食节空闲之际前来娘家探望的。"寒食",节日名,在清明节的前一两天,据说是为纪念春秋时晋国的介子推而设。"归宁",出嫁之女回娘家探望。

本词写词人生活中的一个片断。病后初愈,久积心中的郁闷之气需要散发,恰逢春天,于是产生出外寻春之感。"着意"两字,表达自己一种急迫寻春的心境,但一个"懒"字,又道出了自己实际的身体状况,与"着意"成一对显著的矛盾。为了协调这个矛盾,只有"信步",因为"信步"既不影响游兴,又不至于使身体吃不消。因有了这种"信步"的原则,词人才有"山才好处行还倦,诗未成时雨早催"的感觉和行动;因有了这种"信步"的想法,词人才有"雨催"之后归家路上对原野风光的欣赏、对人事感受的敏锐捕捉。路边开放的红红白白的野蒿花,在词人眼里是富有生命力和情趣的;那些趁寒食节的空闲归家探望的年轻女子的说笑声,也是那样充满着青春的活力——自然界人世间的一切,在作者看来,都是显得十分令人心旷神怡的。

鹧鸪天
戏题村舍

这首词为作者眼中所见江南农村生活图景。在作者的眼中,农村的一切都显得十分古朴、自然、单纯,村人之间相处和谐,过着一种平和的与世无争的生活,他们的关系富有诗情,充满画意。受农人生活的感染,词人油然而生一种乐于恬适、甘于淡泊的思想情绪。

鸡鸭成群晚未收,桑麻长过屋山头。有何不可吾方羡,要底都无饱便休。　　新柳树,旧沙洲,去年溪打那边流。自言此地生儿女,不嫁余家即聘周。

鸡鸭成群晚未收,桑麻长过屋山头——这两句写农村常见典型之景:成群的鸡鸭在街巷游荡,天已傍晚还未有人前来收管。桑树麻子茂盛地生长,枝叶高高地透过了房屋的山脊。"屋山":指农人居住的房屋形如山字的屋顶。

有何不可吾方羡,要底都无饱便休——这两句表达自己对农村生活的感受。"有何不可"句,谓像老农那样以种植庄稼为生有什么不可以的呢?我正羡慕他们这样的生活呢!"要底都无"句,据黄庭坚《四休居士诗序》,北宋太医孙昉自号"四休居士"。黄庭坚曾向他询问何以自称"四休"。孙昉答曰:"粗羹淡饭饱即休;补破遮寒暖即休;三平二满过得休;不贪不妒老即休。"黄庭坚听后十分赞赏,说道:"此安乐法也。"作者用孙昉之典,意在说明自己对人生本质意义的看法:就人生来说,你还要追求什么呢?什么也不需追求,因为一切东西都是空的,人生的本质不过一饱便罢而已。"要底都无",犹言要什么都没有用。底,疑问词,什么之意。

新柳树,旧沙洲,去年溪打那边流——人生只需一饱便罢,为什么?因为人生的许多事务是不可逆料的:就如这眼前的溪水一样,你看那里新栽的排排的柳树,已经绿意葱葱地掩映在过去的那段河洲上了。要知道,去年的溪水可是从那边流过的啊!

自言此地生儿女,不嫁余家即聘周——所有这一切,显得多么安乐多么惬意,村民们乐天安命,对自己休闲静谧的生活习以为常,他们说:这里就是余、周两个姓氏,村民们生儿育女,不是余家嫁给周家就是周家聘给余家。

本词写作者对当地农村生活的感受。作者赋闲在家,从官场尔虞我诈的生活中脱身而出,进入一个与自己以往完全不同的新天地,故他对农村的一切都感到新奇有趣,因而对古朴恬淡、清心寡欲的农村生活心向往之,极尽颂扬。写农家生活的和平宁静,乡民生活的极少变化,正从反面映衬出官场生活的机心遍地,钩心斗角。至于农家生活是否就如作者所想象的那样美好而富有浪漫气息,则另当别论。

鹧鸪天

本词是作者受陶渊明诗的感发而写下的。词人阅读陶诗,颇为陶渊明那种不为五斗米折腰、安于清贫、与山野村夫为伍的生活所动。词人有感于陶渊明这种自由自在、不受官场束缚的生活,对其躬耕原野、与邻融合无间相处的行为大加赞赏,认为其所为实较晋宋之间世家大族王、谢诸郎远过千百倍。词作对陶渊明精神的歌颂,一定程度上表现了词人对自己曾身处的尔虞我诈的官场生活的极端厌倦之情。

读渊明诗不能去手,戏作小词以送之。

晚岁躬耕不怨贫,只鸡斗酒聚比邻。都无晋宋之间事,自是羲皇以上人。　　千载后,百篇存,更无一字不清真。若教王、谢诸郎在,未抵柴桑陌上尘。

晚岁躬耕不怨贫，只鸡斗酒聚比邻——开首两句直写陶渊明的辞官隐居生活，说陶渊明晚年亲自参加耕种，过着一种贫困的生活却无所怨恨，他的心情是安逸的富有生活乐趣的：只要有了一只鸡一斗酒都要聚集邻居与之分享。按陶渊明曾有《庚戌岁九月中于西田获早稻》诗，备述自己农耕生活的乐趣，结尾两句说："但愿长如此，躬耕非所叹。"他又有《归田园居》诗，诗中写自己与乡邻生活是："漉我新熟酒，只鸡招近局(近邻)。""躬耕"，亲自耕种。

都无晋宋之间事，自是羲皇以上人——陶渊明在他的《桃花源记》中言桃花源人过着安定而快乐幸福的生活，说他们连外界现在是什么时代也不知道，"不知有汉，无论(更不用说)魏晋"。羲皇以上人，谓太古时期之人。辛词化用其意，说陶渊明自躬耕田野后，从不过问天下大事，自以为是上古时代逍遥自得的一类人。

千载后，百篇存，更无一字不清真——这三句赞陶渊明诗，说陶诗千年之后，数百篇诗存留下来，每一首每一字都是清新纯真、独具风格的。"清真"，指陶渊明诗所具有的清新纯真的风格，宋代苏轼曾有《和陶渊明饮酒诗》，诗中有"渊明独清真"的赞赏。

若教王、谢诸郎在，未抵柴桑陌上尘——这两句赞陶渊明的高风亮节，无人可比。言陶渊明所居之柴桑之地道路上的尘土，也远比东晋时期有名的王、谢两家的子弟高洁得多。"王、谢诸郎"，东晋时期的王、谢两大望族，其子弟以潇洒儒雅见称，故词人有此说。"柴桑"，陶渊明的故乡，在今江西九江西南，他晚年归乡，躬耕于柴桑。"陌上尘"，道路上的尘土。

本诗歌咏东晋诗人陶渊明躬耕自足、不问世事的高风亮节，并兼评其诗之价值。作者认为，陶渊明所具有的不耻躬耕、安于贫贱、坚持自己的情操，以及他独具风格的田园诗，才是赢得后人崇敬的主要原因。按辛弃疾本人也曾两度退隐田园，在田园闲居过程中，由于真实的生活处境和类似陶渊明的人生经历，他对陶诗有了更深切的体会。可能正是陶渊明的人格，支撑他在田园度过了一段相对漫长的时光，陶渊明之诗，也成为他罢官闲居生涯中汲取的主要的精神力量。

鹧鸪天

本词以"愁"立意。"愁"从何来？为何而"愁"？作者未言。从词意上推断，本词可能是作于词人久经官场生涯的中年以后。在长久的官场生涯中,作者看透了其间尔虞我诈的种种现实,看透了官场在富贵生活的表象下掩盖着的种种风波险恶,自己一生追求的期望凭借马上杀伐恢复中原故土以博取功名富贵的雄心,也在年复一年的官场生涯中消磨殆尽,因而对官场颇产生一种极端厌倦的情绪。在仕宦与归隐的得失之间,他思之筹之,不得要领,因而愁绪百结,久不能脱。词人最终思考的结果是:作为一个人,最可宝贵的是应有一个自由之身,至于功名富贵,则全为身外之物。基于此,他认为:过一种闲云野鹤、不受人间礼法管束的自由自在的生活,也不失为一种惬意的选择。

欲上高楼去避愁,愁还随我上高楼。经行几处江山改,多少亲朋尽白头。　归休去,去归休,不成人总要封侯?浮云出处元无定,得似浮云也自由。

欲上高楼去避愁,愁还随我上高楼——这两句写作者之愁无处不在:本想到高楼去避愁,可是愁还是随着上了高楼——这个愁啊真是无时不在、无处不随啊!

经行几处江山改,多少亲朋尽白头——宦游数十年,曾经历了多少次江山的变迁啊!眼中所见,多少亲朋已经白发苍苍。这两句写作者对人生的体会,在看似不经意的叙说中,寓含了一种深刻的人生哲理。没有颇久的人生阅历,未经一定的官场生涯,是难以体会出这两句的分量的。

归休去,去归休,不成人总要封侯——回去啊,回去啊,难道人一定要有个功名富贵才罢休吗? "归休",指致仕而归。去,去吧、回去之意;亦有人认为应解作"啊"字,属助词,无义。

浮云出处元无定,得似浮云也自由——你看那浮云,原本就出没无定,我如果真成为一朵浮云,倒也大可自由逍遥啊! "出处",指出仕与隐处,做官与退隐。元,同"原"。得似,真是,宋元间人口语。

本词极力写愁。首两句写愁之难以回避,有如形与影,须臾不可分开,意在言愁之随时都有,随处都存,作者愁之浓、之烈亦可以想见。接下"经行几处"两句,江山与亲朋对举,似隐含一种时当南北分裂割据,词人雄心壮志难酬的愤懑在内。下半连呼两句"归休",否定世间一切的功名富贵,是作者对官场生涯失望至极的一种极端化的情绪表现。结处以浮云为喻,是为自己鄙弃功名富贵的人生态度作确证,同时也表达了作者对不受官场束缚的自由自在生活的一种向往。

鹧鸪天

送人

本词题为"送人",从首句"唱彻《阳关》泪未干"句考虑,这首"送人"之作,极可能是送给一个离别的友人的。猜想词人之友一定在仕途功名上有过诸多的不如意,词人才写这样一首词来劝告他。词作立意在告诫友人,不要过多以功名得失为意,而应注重保养身体。因为就一个人来说,一切东西全属身外之物,活着才是最重要的。人世人生是复杂多变的,人生的每一段历程,都充满艰难险阻,故人的追求上进,大多数情况下并不能如愿以达目的。因此,认识世道的险恶,活得达观一些,不要为暂时的得失所悲、所哀,才不失为一种正确的人生态度。

唱彻《阳关》泪未干,功名馀事且加餐。浮天水送无穷碧,带雨云埋一半山。　　今古恨,几千般;只应离合是悲欢?江头未是风波恶,别有人间行路难。

唱彻《阳关》泪未干——《阳关》,指送别之曲,唐人王维有《渭城曲》,其后两句是:"劝君更尽一杯酒,西出阳关无故人。"后经乐工衍为三叠,称《阳关三叠》,专供送别时歌唱,成为送别之曲的代称。按古代乐舞,最后一曲即叫"彻",故"唱彻"即一曲歌唱完之意。这句话是说:唱完了送别的曲子,脸上的泪水久久还未能干。

功名馀事且加餐——词人送别的这个友人一定是提到了自己的功名之事,而且对功名之事一定有说不出的诸多苦闷,故词人劝他:人世功名对于每个个体的人来说,只是馀事而已。这种事可以有也可以无,关键是要保重身体,多吃饭,注意健康,这才是第一位的。"馀事",指馀外之事、身外之事。

浮天水送无穷碧,带雨云埋一半山——这两句是写景,由送别的友人,联想到他即将远去的地方,词人遥望前方,这两句眼前之景的描状也就脱口而出:浮动的水流上接高天,似乎也要把岸边无穷的碧绿送向远方。夹带着阵雨的乌云,从高空压下来,把重重叠叠的高山都遮没了半截。前句是写词人的一种想象错觉,也寓含一种对友人离去的惆怅之情:友人的离去似乎也要把岸边无穷的绿草碧树带向远方。后句是对眼前之景的实写,但同样表现了词人对友人离去的不愉快心情。

今古恨,几千般;只应离合是悲欢——由上面的层层铺垫,这三句再切入正题:

人间千古以来使人遗憾的事,怕有几千种吧!难道就只应该是离别才最使人悲痛、团聚才最使人欢乐吗?

江头未是风波恶,别有人间行路难——江头的风波尽管可怕,它可以翻船打屋,置人于死地,但它未必是最厉害的。还有比它更厉害的,那就是人生道路上的种种艰险,那才算世间最难闯的险关啊!

送别之作,大多以激励对方为多,但此词重在劝慰,推想被送者一定与词人有颇多相似的遭遇。本词的特点是话语简单,但寓含作者颇多的人生感慨及多年来宦海仕途的切身体验,词作饱含哲理富于寄托,在某种程度上可作警世格言来阅读。但也有人务求深解,把此词与作者抗金复国的志向大业和对"投降派的批判"联系起来,这种过于坐实的解法,也未必妥当。

鹧鸪天
代人赋

本词写江南农村初春景色,词以农村常见的桑蚕、黄犊、小店、荠菜花入词,点染出一幅江南农村安闲静谧的生活图画,给人以一种心旷神怡的感觉。词题名"代人赋",即代别人作词之意。究竟为何要代人赋及代何人所赋,今已不得而知。

陌上柔桑破嫩芽,东邻蚕种已生些。平冈细草鸣黄犊,斜日寒林点暮鸦。　山远近,路横斜,青旗沽酒有人家。城中桃李愁风雨,春在溪头荠菜花。

陌上柔桑破嫩芽,东邻蚕种已生些——为什么要先写陌上柔桑?因为极可能词人是顺着陌上闲游而走,故映入他眼帘的,首先就是陌上的柔桑;又因为词人是一个关心国计民生的人,对农事的留意,自然也使他首先注意到有关老百姓衣食问题的桑蚕:陌上柔嫩的桑树已经破出了嫩嫩的小芽,我们那东邻家的蚕种已有一些开始孵化出来了。前句是作者眼前所见,后句则是作者的一种回忆悬想。"生些",生出些许的意思。

平冈细草鸣黄犊,斜日寒林点暮鸦——平平的山冈上是一片细细的春草,小牛犊在那儿吃着细草,撒欢地哞哞叫着;在西斜夕阳的映照下,犹未退去春日寒气的稀疏的树林中,隐隐约约点缀着几只黄昏归来的乌鸦。这两句是词人的视线再向远处稍放时所见到的。

山远近,路横斜,青旗沽酒有人家——词人就这样随意地向前行走,他看到山势有远有近,重重叠叠地连在一起,顺着山势,道路开始横斜向一方。转过一个弯路,出现了一个新的所在,词人不禁兴奋起来:春风吹动下的那个青色的招子,不就证明那是个卖酒的所在吗?何不到里面尽醉一场呢?"青旗"即酒招子,俗名酒幌子。

城中桃李愁风雨,春在溪头荠菜花——在如此景致的感染下,再加上词人远望溪水边上一片正在茂盛生长着的荠菜花,他不禁大发感慨:在这城中桃李正愁风雨来临的季节,春天啊,你正在那溪水边上茂盛生长着的荠菜花中展示着你那迷人的风采啊!

本词描写村居风景,在不着力的清淡自然的描写中,达到了逼真如画的艺术效果。最后两句,许多人都赞其寓意深刻,甚或有人认为是对抗战力量的歌颂,对苟安求和思想的讽刺。但笔者认为,这种解法,难免有主观臆测之嫌。如果把此词作为作者对田园山野生活的歌颂,相形之下词人则一定程度上表现了对官场生活的嫌弃,以此理解该词的思想内核,当更为恰当一些。刘永济先生《唐五代两宋词简析》说:"词中鲜明画出一幅农村生活图像,而末尾二句,可见作者之人生观。盖以'城中桃李'与'溪头荠菜'对比,觉'桃李'方'愁风雨'摧残之时,而'荠菜'则得春而荣茂,是桃李不如荠菜,亦即城市生活不如田野生活也。……再推而言之,则热心功利之辈,常因失意而愁苦,不如无营、无欲者之常乐。此种思想与道家乐恬退、安淡泊之理相合。"这种分析,我认为是道出了词人写作此词时的真正隐情的。

生查子
独游雨岩

本词作于词人闲居带湖之时。雨岩在博山附近,为当地的一个名胜之地,其得名之由,可能是因岩中有泉水飞喷而出,有如雨滴从天而降,故取名为雨岩。从辛弃疾的许多作品看,这个地方是他经常流连忘返的一个景色优美之地。词写词人游雨岩时的感受,特别抒发了词人游雨岩时所产生的那种人与自然奇特交汇融合过程中特殊的愉快心境。

溪边照影行，天在清溪底。天上有行云，人在行云里。　高歌谁和余？空谷清音起。非鬼亦非仙，一曲桃花水。

　　溪边照影行，天在清溪底——清澈的溪水映照着人的影子，人在溪边走，影子也在水底行。朗朗的碧空，好像也掉进了清清的溪底。

　　天上有行云，人在行云里——天上的朵朵白云在缓缓地流动，倒映在水中，和词人的身影交织在一起，似乎词人也在白云深处行走。

　　高歌谁和余——如此心旷神怡的美景，引吭高歌一曲吧！如此凄清孤独之处，有谁来应和我呢？

　　空谷清音起——只听得空旷的山谷中一阵清音响起。

　　非鬼亦非仙，一曲桃花水——究竟是谁在应和我的歌声：这和声既非仙也非鬼，噢，原来应和我的就是那在盛开的桃花掩映下淙淙流动着的一湾溪水啊！按"非鬼亦非仙"，实化用苏轼《夜泛西湖五绝》中"湖光非鬼亦非仙，风恬浪静光满川"之句。

　　本词写雨岩之景，抓住了雨岩之景的两个奇特之处，一个是溪水的清澈，一个是山中的空旷阒静。在此环境下，人的浩歌声，水的汩汩流动声，恰奏响了一曲极其和谐的乐声。捧读其词，相信每一个人都会为大自然鬼斧神工般的美景所陶醉而心驰神往的。

沁园春
灵山齐庵赋，时筑偃湖未成

　　本词据一般人的观点，大约作于宋宁宗庆元二年(1196)。时作者由福建任上受劾回到江西已两年。"灵山"位于今上饶境内，以雄伟秀美著称，古人有"九华五老虚揽胜，不及灵山秀色多"之美誉。"齐庵"是灵山境内的一个地名，从作者曾经准备在这里居住考虑，这"齐庵"也许是作者对其临时住所的一个命名。本词以浪漫想象之笔描写灵山无与伦比的美景，作者置身灵山胜境中，对山势山形的别具慧心的揣摸，使他能与群山互相对话，获得了某种心灵的契合。面对大自然的感召，他那颗被劾而归受到伤痛的心似乎也得到慰藉而渐渐平复。

叠嶂西驰,万马回旋,众山欲东。正惊湍直下,跳珠倒溅;小桥横截,缺月初弓。老合投闲,天教多事,检校长身十万松。吾庐小,在龙蛇影外,风雨声中。　　争先见面重重,看爽气朝来三数峰。似谢家子弟,衣冠磊落;相如庭户,车骑雍容。我觉其间,雄深雅健,如对文章太史公。新堤路,问偃湖何日,烟水濛濛。

叠嶂西驰,万马回旋,众山欲东——这三句以浪漫想象之笔描写灵山飞动的气势:灵山像一群受到惊吓焦躁不安的野马,重重叠叠像屏障一样的山峰向西方奔驰,突然地又以万马回旋之势掉头而东。"叠嶂",重叠如屏障之山峰。

正惊湍直下,跳珠倒溅——这两句由山形写到灵山之水:一股飞瀑从山上飞泻而下,冲激而起的水流有如跳动的珍珠回溅向半空。湍(tuān),急流。

小桥横截,缺月初弓——一座小桥横跨在急流之上,有如新月初出,状如弯弓。"横截",横跨而过。"缺月",残缺未团圆之月。

老合投闲,天教多事,检校长身十万松——三句由景及人,写到山中的词人自己:我已经是一个年迈之人,理应赋闲在家,可是老天偏偏多事,让我来管理这十万株高大的松树。"老合投闲",人老理应被闲置不用。合,应该意。"检校",检察管理。

吾庐小,在龙蛇影外,风雨声中——这三句由人及屋,写自己蜗居在小屋中。先写其在山中的整体形貌,再由作者目中所见、耳中所闻写来:自己的茅屋显得如此地渺小,它就坐落在那屈曲如龙蛇般的松树林外面,风声雨声是光顾它的常客。"龙蛇",指松树,因其屈曲如龙蛇,故称,如苏轼《游灵隐高峰塔》:"古松攀龙蛇,怪石坐牛羊。"

争先见面重重,看爽气朝来三数峰——这两句由所居进入其屋,写屋居人视野所及:当每天清晨夜雾渐渐消散后,看到的是带着一股清爽之气向我朝拜的数个山峰,它们在晨曦中争先恐后地依次呈现出自己的面孔。

似谢家子弟,衣冠磊落——这是对山峰进一步描写,言其风度翩翩,仪态万千:它们有如潇洒英俊的谢家子弟,衣冠楚楚,落落大方。按"谢家子弟",东晋名臣谢安、谢玄等的后代,历史上的谢家子弟,以讲究服饰仪表著称,个个都显得那样俊伟大方。词人以此为喻,是用来赞扬自己眼中所见的山峰挺拔、轩昂、与众不同的风姿。

相如庭户,车骑雍容——词人再以司马相如之庭户车骑,状山峰之美:这些山峰,又如司马相如庭院中的车马,个个都显得那样优雅大度,从容不迫。据《史记·司马相如传》,司马相如发迹后,"之临邛,从车骑,雍容闲雅甚都"。"雍容",优雅从容意。

我觉其间,雄深雅健,如对文章太史公——这三句复以文章风格喻山,写作者对俊伟山峰的感受:身处其间,我对它们的感受是:雄放、深邃、高雅、刚健,有如面对文章的高手司马迁。按"雄深雅健"两句,是唐代韩愈对柳宗元文章的评价,韩言柳文,"雄深雅健,似司马子长(司马迁)。"

新堤路,问偃湖何日,烟水濛濛——由风景之美勾起自己在此居住的急切心情:偃湖的新堤已经筑好,但偃湖烟水濛濛那样美好的景象何时才能看到呢?"烟水濛濛",烟水迷茫,似隐似现的样子。

这是一首别具风貌的描写山水的词作,拟人、比喻、夸张、象征等多种艺术手法的运用是本词写作上的一大特点。词之开头即以万马奔驰状写山峰飞动的气势。再由山而水、而桥,均以灵动飞旋之笔描绘出对象的生动。接下写在鬼斧神工的大自然映衬下的自己的居室,幽雅奇特而别具风貌。下片由所居再而及山,但与开头不同的是,多用拟人之笔,以人物丰神容态状写山峰之高雅。更奇的是,作者面对山之非凡气势,竟能想起司马迁那种与众不同的雄深雅健的文章之风格,表现了作者高度的想象力和对所写事物准确生动的概括力。作者在一番跳荡跃动的描写后,用一种殷切企望的问语作结:湖堤已就,不知烟水濛濛的偃湖景象何时可见? 这个结局显得十分意味深长,它使读者对灵山之境的美更多了一种深深的企盼,表面似乎已脱离开对灵山美景的描写,但实际上对更为向往灵山胜境的读者提供了一个无限遐想的空间。

玉楼春

本词借用农村禽鸟及其鸣声,再现了农村风土人情。表达了词人对新奇的农村风光的向往和对村人淳朴生活的热爱。

三三两两谁家女,听取鸣禽枝上语。提壶沽酒已多时,婆饼焦时须早去。　　醉中忘却来时路,借问行人家住处,只寻古庙那边行,更过溪南乌桕树。

三三两两谁家女，听取鸣禽枝上语——两句写村人平居悠闲的生活：三三两两的女子聚集在一起，听着村中树上禽鸟的鸣叫声。那么，到底是什么鸟儿引起了她们如此大的兴趣呢？

　　提壶沽酒已多时，婆饼焦时须早去——啊，树上鸣叫的，一种是叫作"提壶"鸟，一种是叫作"婆饼焦"鸟。这个"提壶"啊，你出门打酒已多时了；这个"婆饼焦"啊，你婆婆的饼子已快烧焦了，你们都还不回去吗？按"提壶"与"婆饼焦"，均指鸟名，北宋梅尧臣《禽言》诗："提壶卢，沽酒去"，"婆饼焦，儿不食"。前者因啼叫声如"提壶"而得名；后者因啼叫声如"婆饼焦"而得名。

　　醉中忘却来时路，借问行人家住处——这两句由悠闲生活之妇女，再撷取一个镜头，转写村中醉人神态：酒醉醺醺，归来不辨东西，竟至不知自家的家门，而不得不向"行人""借问"。向行人打听自家"居于何处？"真是令人不可思议！"家何处"三字，表现醉人神态，幽默生动，富有意境。

　　只寻古庙那边行，更过溪南乌桕树——行人殷勤地向醉者指点：只要寻到古庙，顺着它行走，再渡过溪水，到南边那个乌桕树下就到了。

　　词写农村自由休闲的生活。三三两两的女子，在做完家务活计之后，聚集村中树下闲话家常。树上的鸟鸣声引起了她们的联想，而关于这些鸟的古老的传说，又给她们增添了诸多说不尽的话题，赋予了她们诸多淳朴而丰富的想象。下片对酒醉者难寻回家之路的描写，又给这种农村生活的悠闲平添了一种幽默的趣味，使人对农村生活产生一种心驰神往之感。

西江月

遣兴

　　遣兴是随意遣发意兴的意思。心中有所感触，无论这种感触来自何方，发自何事，都可随时遣发，否则积累过多，难免成病成患。本词当为写作者在一种特定情况下——醉酒时产生的瞬间感受及由这种瞬间感受所致的不协调的行为。作为揭示自己特殊情况下的一种反常行为，词写得声情并茂、意态逼真，并给人以过多的深思默想。有人从中挖掘其中的隐意，认为此词"表面上看，写的是闲适饮酒，但却掩不住作者倔强的性格和战斗者的锋芒"。确实，作为一代豪士和英雄的辛弃疾,要想在词中不表露自己独特的个性气质是很难的。从这首词中,我们当会更深切地体会到,词确实是有如其人的。

醉里且贪欢笑,要愁那得功夫。近来始觉古人书,信着全无是处。　　昨夜松边醉倒,问松"我醉何如"?只疑松动要来扶,以手推松曰"去"。

醉里且贪欢笑,要愁那得功夫——醉里与醒着完全是两种不同的境界:因为忧愁才有醉酒,故醉酒为的是换一种生活——寻找欢笑,把欢笑留给醉里,忧愁留给醒着。既如此,酒醉之时就尽情享受那欢声笑语罢,即使想忧愁又哪里找得下时间?

近来始觉古人书,信着全无是处——这句承上,全是顺着"醉里"来说的,也是一种"醉里"之话:我近来才感觉到,古人的书里所说的,全是谬论,如果信着了他们,你什么事也做不成!他们的话简直是一无是处!这是醉话吗?是醉话,也是大实话。为什么这样说?因为现实生活与书上说的全不是一回事:反常的社会现实,是决不可用现成的典籍解释清楚的。现实生活中的是非观念是什么?古人的至理名言又能解决哪些问题?这两句可以说寓含着作者南归以来服务于南宋王朝中无数的难言之隐在内。

昨夜松边醉倒,问松"我醉何如"——两句承上,再由醉来发挥,写作者醉态:昨夜我醉倒在松树边,问松树:"我醉得怎么样呢?"

只疑松动要来扶,以手推松曰"去"——我怀疑松树要过来搀扶我,赶快用手推它说:"去你的吧!"难道你真认为我醉了吗?

本词写醉态,实际处处流露出作者一种牢骚不满和心志未偿的狂傲之气,表面写醉,实际抒发的是自己的满腹郁愤。前半醉酒,实际是作者激于古道不行的愤激表现;古书之不可信,实是针对南宋现实有为而发。后半写自己的醉态,以衬写词人倔强的性格,表面极力渲染自己的醉态,实际反语用之,寓含屈原"众人皆醉而我独醒"之意。作者对现实的愤懑之情,透过字里行间可以说无处不在。

西江月

夜行黄沙道中

本词作于作者闲居带湖期间。黄沙指黄沙岭,为江西上饶的一个地名,《上饶县志》:"黄沙岭在县西四十四里乾元乡,高约十五丈。"词人秋夜自黄沙岭归来,所闻所见无不引起词人无限的兴趣,于是他以欢快的笔调记下了自己生活中的这一段极为普通的夜行生活的感受。

  明月别枝惊鹊,清风半夜鸣蝉。稻花香里说丰年,听取蛙声一片。 七八个星天外,两三点雨山前,旧时茅店社林边,路转溪桥忽见。

明月别枝惊鹊,清风半夜鸣蝉——这两句是写自己的一种感受,也是对实有景物的描绘。词人写到两种自然现象:明月与清风,都强调其美好。"明月",写其光辉皎洁,照耀如白日,连树枝上的喜鹊都被它惊起;清凉之风习习而过,吹得人十分舒畅,连蝉也快活地鸣叫起来;这种宜人的景色带给词人的是一种无与伦比的欢快。按"明月"句所写意境,与曹操《短歌行》"月明星稀,乌鹊南飞。绕树三匝,何枝可依"相近。也可能是化用了苏轼《次周令韵送赴阙》中"月明惊鹊未安枝"及周邦彦《蝶恋花》词中"月皎惊乌栖不定"的现成意境。

稻花香里说丰年,听取蛙声一片——由对上空景物的描写转而到下,敏感的词人又联想到许多:词人夜行途中,仿佛闻到了稻花的香味,而夏秋之交特有的此伏彼起的青蛙的歌唱,像是在议论今年内又一个丰收年的到来。

七八个星天外,两三点雨山前——遥远的天边的星星似乎突然稀少了,紧接着两三点雨好像从附近的山前飘洒下来——夏秋之交的天气真有说变就变、反复无常的特点。按这两句又似乎是化用唐人卢延让《松寺》诗"两三条电欲为雨,七八个星犹在天"的意境。

旧时茅店社林边,路转溪桥忽见——过去那个熟悉的茅草小店到了什么地方了呢?它原来可就在土地庙树林的旁边啊!噢,拐过路弯,跨过溪桥,那不就是吗?"茅店",茅草盖顶的小店;茆,同"茅"。"社林",土地庙旁边的树林;社,指土地庙。

本词描写农村夏夜之景,颇为生动真切,作者夜行时心情的闲适和欢快也由此得到充分的体现。词人眼中所见,耳中所闻,似乎是随意拾取,略加点染,但植入词中,却别具风采。清新的自然景物与作者旷达愉悦的心境似乎融合无间,密不可分,全词给人以一种高洁、自然、闲雅、旷放的情调。

清平乐
村居

本词当作于词人隐居带湖之时。词作通过描写村居农民生活的片断,表现词人对农村生活的独特理解和感受。由于词作者个人地位、生活的限制,词中对农民、农村的描写,多平面的展示而未及深入到农家生活的内质,但词以一种素描淡画之笔,描绘出农人生活的生动意趣,写出农村生活的一个侧面,因此给人一种赏心悦目的感受。

　　茅檐低小,溪上青青草。醉里吴音相媚好,白发谁家翁媪?
　　大儿锄豆溪东。中儿正织鸡笼。最喜小儿亡赖,溪头卧剥莲蓬。

　　茅檐低小,溪上青青草——这两句是对农家住居及环境的描写:一条溪水旁边,坐落着一个又低又小的茅草房,溪边满长着的是青青的绿草。
　　醉里吴音相媚好,白发谁家翁媪——屋里传出阵阵失态的欢笑声,柔美的吴音听起来真是悦耳动人。到底是谁在这样吵嚷不休——原来是一对满头白发的老夫妻。"吴音",指吴地口音。"相媚好",相互取悦逗乐,亦兼指吴音的柔美动听。"翁媪",老翁与老妇。
　　大儿锄豆溪东。中儿正织鸡笼——这两句写农家独特的田园生活:大儿子正在溪水东边给豆苗锄草;第二个儿子则坐在门口编织鸡笼。
　　最喜小儿亡赖,溪头卧剥莲蓬——最招人喜爱的是:小儿子调皮捣蛋,无所事事,正躺卧在溪边剥吃莲蓬。"亡赖",即无赖,无所事事,兼有顽皮捣蛋意。小儿尚未成人,贪玩是其本性,故以"亡赖"状写。

本词是一幅较为完整的农民村居生活的写照。茅檐低小,见出其住房的简陋，但简陋的住房中传出爽朗而不拘形式礼节的欢笑声，农家简朴而愉快的生活通过这简明的意象，生动自然地得到了体现。再下写成年儿子们的劳动，小儿子的调皮玩乐，尤其是"小儿亡赖"形象的点染描写，生动如画，给人留下了难忘的印象。

清平乐
独宿博山王氏庵

博山在江西广丰西南约三十里处，"南临溪流，远望如庐山之香炉峰"（《大清一统志·江西广信府》），山有博山寺、雨岩等旅游胜地。词写作者闲游博山，天晚投宿王姓茅屋，述其深夜在王家茅屋眼前所见、耳边所闻、身上所感、心中所思。

绕床饥鼠，蝙蝠翻灯舞。屋上松风吹急雨，破纸窗间自语。
平生塞北江南，归来华发苍颜。布被秋宵梦觉，眼前万里江山。

绕床饥鼠，蝙蝠翻灯舞——绕着床铺奔突跳跃的是饥饿的老鼠；围绕着灯光飞来飞去的是山中的蝙蝠——与此等丑恶可怕的动物为伍，环境之恶劣可以想见。

屋上松风吹急雨，破纸窗间自语——屋顶上是山中松林劲风吹打下急雨的啪啪声；窗间的破纸在狂风的吹动下沙沙作响，似乎是什么人在喃喃自语——山中的夜晚是如此孤寂和凄惨。

平生塞北江南，归来华发苍颜——在如此孤寂凄惨的暗夜里，睡不着的词人自然思绪万千，滚滚滔滔的往事，不断涌入脑海，自思：一生走遍了塞北江南，到今一事无成地退职闲居，已到了白发苍苍的晚年。据辛弃疾之《美芹十论》，他南归前曾两次到燕京观察形势，南渡后辗转于各地做官，故"平生塞北江南"一句，实是对自己以往经历的一种忆念。"华发"，指黑白相杂的头发。

布被秋宵梦觉，眼前万里江山——在这凄苦的秋夜里，词人从布被中醒来，不由得深自感叹：眼前所见到的就是那梦中的万里江山吗？万里江山如何？万里江山中至少有一半是深陷于金人之手的啊！

本词虽为作者生活中某一插曲的记录，但它典型地揭示了作者退居后悲苦的心情。上半写山中茅屋深夜凄惨的景象，与词人罢职闲居后孤寂凄凉的情绪互相映照,显得十分生动逼真。下半抒写自己山中不眠之夜的感受,词人时刻不忘恢复中原的大业和关切国家命运的精神跃然纸上。刘永济先生曾评此词是:大有"烈士暮年,壮心未已之慨",认为"盖抱有热烈之志之人不能堪此种境界也","已大足表现辛弃疾无时忘却祖国江山"(《唐五代两宋词简析》)。

丑奴儿
书博山道中壁

本词写作时间当与前词相同,作于由带湖到博山或由博山归去带湖之途中。本词专就人生常见之感情现象"愁"而立论,以人生不同阶段对"愁"的不同理解,阐发了其中蕴含的深刻哲理——少年之愁,淡而浅,老年之愁,深而隽;少年之愁,为闲愁,老年之愁,是苦愁;少年之愁,是假愁,老年之愁,方是真愁。

少年不知愁滋味,爱上层楼。爱上层楼,为赋新词强说愁。而今识尽愁滋味,欲说还休。欲说还休,却道天凉好个秋。

少年不知愁滋味,爱上层楼——少年时代全不懂得忧愁的滋味为何,常常是喜欢登楼远望。

爱上层楼,为赋新词强说愁——喜欢登楼远望,为的是什么?为的是写一首新词,于是就因文造情地胡说一通自己心中的忧愁痛苦。

而今识尽愁滋味,欲说还休——如今已尝够了人间的酸甜苦辣和忧愁痛苦,想说个愁字还真难以出口。

欲说还休,却道天凉好个秋——想说个愁还真难以出口,于是逢人只能赞一句:"今天天气好凉快,这个秋天真妙啊!"

本词运用今昔对比的手法,揭示生活中的真理。写昔是对自己年轻时因涉世未深不懂人生艰难的一种自嘲之情,写今则抒发了自己一种烈士暮年的真愁与深愁。前者虽属自嘲但实含对自己青春时代的幽默向往,后者虽意在肯定,但寓含作者诸多的寂寞与痛苦之情。晚岁逢秋,本极凄凉,但作者结句却出人意表地以轻松的滑稽语出之,表现了稼轩作为一个倔强英杰豪雄之士,别具的诙谐幽默的性格。

丑奴儿近
博山道中效李易安体

本词与上两词写作时间较近,同作于博山道中。李易安即南北宋之交的词人李清照。她号易安居士,山东济南人,有《漱玉词》传世。李清照的词,独具风韵,人称"易安体"。然则"易安体"特征究竟为何,后人是有不同看法的。按李清照之词一般都写得婉约清丽,人评其词是:"以寻常语度入音律","用浅俗之语,发清新之思"。从辛弃疾此词来看,也同样具有这一特征。本词由词人游历博山道中美丽风光入手,抒写其一路所见、所想、所感。

　　千峰云起,骤雨一霎儿价。更远树斜阳风景,怎生图画?青旗卖酒,山那畔别有人家。只消山水光中,无事过这一夏。　　午醉醒时,松窗竹户,万千潇洒。野鸟飞来,又是一般闲暇。却怪白鸥,觑着人欲下未下。旧盟都在,新来莫是,别有说话?

千峰云起,骤雨一霎儿价——这两句写山中骤雨到来情景:万千山峰,云雾涌动,急雨突然从天而降。"骤雨",突降之雨。"一霎儿",不长时间、一会儿意。按李清照《行香子》词有"一霎儿晴,霎儿雨,霎儿风"的描写,这两句即仿其句。

更远树斜阳风景,怎生图画——雨后的远树在西坠夕阳的映照下,简直无法用笔来描绘,显得十分美。"怎生",一种反诘语气,犹言怎么、如何。如李清照《声声慢》词:"守着窗儿,独自怎生得黑?"

青旗卖酒,山那畔别有人家——这两句再写远处之景:远远望去,唯见房屋一角,露出酒旗一面:啊,那是一个酒店。既有酒店,猜想山那边肯定另有人家居住。"青旗",犹言酒招子。古代酒店多用青色布招为标记,亦称青帘。

只消山水光中,无事过这一夏——如此美丽之景,如此静幽之景,勾起词人无限遐想:但求在这美丽无比的山水风光中,无忧无虑地度过这一个夏天——想象这是多美的事?

午醉醒时,松窗竹户,万千潇洒——这三句承上,想象词人山居午休醒来时所见所感:午饭时开怀畅饮,一觉酣睡,醒来时面对着所居之山间朴素小屋:从窗户门口望去,满眼是松树竹林,一片幽静之景,人看了颇会产生一种潇洒自得之感。

野鸟飞来,又是一般闲暇——从远处飞来的野鸟,落在屋子周围,显得与众不同地悠闲自得。"又是",别有一番意。

却怪白鸥,觑着人欲下未下——可见怪的是,白鸥这个鸟儿,偷偷地窥测人,打算下来又不愿下来。觑,窥探意。

旧盟都在,新来莫是,别有说话——白鸥啊,我与你过去可是有过盟誓的啊,你这次新来,难道是另有别的话要说?"旧盟",词人自己曾在《水调歌头·盟鸥》中与鸥鹭相盟:"凡我同盟鸥鹭,今日既盟之后,来往莫相猜。白鹤在何处,尝试与偕来。"(见下面一首)

本词属借景抒情之作。上片以写博山道中清美秀丽之景为主,特别描状雨后斜阳映照下,丹青难以描绘的旖旎风光。在美丽风光的感染下,词人颇想在此悠闲度过一夏。下片由此悬想,引出一段想象妙文:午醉醒来,放眼原野茅屋,别有一番景象。与野鸟白鸥为伍,不复知人间尘埃为何物。通篇明白如话,语言浅俗,颇具易安词风韵。但意境高远,不失幽默情趣,又颇具辛词自己之面目。

水调歌头
盟鸥

本词作于词人落职闲居江西上饶带湖之时。而词人落职闲居带湖之因,学者多认为与辛弃疾的一次被劾有关。辛这次被劾之日,今日学界多从邓广铭先生之说,认为是在淳熙八年(1181)底,此诗之写是在次年之春。梁启超先生则考定词人落职之年是在淳熙十二年(1185),词写于淳熙十三年即1186年春。本词表达作者对乡村隐居生活的热爱。从词中所写来看,词人似乎从此再也不想计较朝中斗争的得失,再也不想谈议恢复统一这一类令人头疼的话题了,他准备一心一意地与野鸟鸥鹭为伴,过一种专注于园林树木栽培美化、与禽鸟同欢同语的生活。词以"盟鸥"(意即与鸥鸟结成朋友同党)为题,其意亦在于此。

　　带湖吾甚爱,千丈翠奁开。先生杖屦无事,一日走千回。凡我同盟鸥鹭,今日既盟之后,来往莫相猜。白鹤在何处,尝试与偕来。　　破青萍,排翠藻,立苍苔。窥鱼笑汝痴计,不解举吾杯。废沼荒丘畴昔,明月清风此夜,人世几欢哀。东岸绿阴少,杨柳更须栽。

带湖吾甚爱,千丈翠奁开——这两句写带湖景色之美,表达作者对它的热爱之情。"千丈翠奁开",是赞带湖清澈碧绿的湖水,有如一个打开的方圆千丈的碧绿地透着亮光的大镜匣一样。奁,古代用来装镜之匣子。

先生杖屦无事,一日走千回——这两句承上:正因为对带湖特别喜爱,词人屡看屡不觉厌,于是无事时常把时光消磨在对带湖景物的观赏上。他时时拄着手杖,穿着麻鞋,一天不知要来观看多少遍。杖为手杖,屦指麻鞋,但这里两字都用为动词。

凡我同盟鸥鹭,今日既盟之后,来往莫相猜——这三句明显采用一种拟人手法,写词人与鸥鸟的盟誓:我的朋友沙鸥与鹭鸶你们听着,我们今天既已举行盟誓,以后来往可不要再互相猜疑,从此我们应该尽情地自由娱乐。

白鹤在何处,尝试与偕来——还有白鹤它们到底藏在什么地方,你们也试着请它们一道前来加入我们的联盟吧!

破青萍,排翠藻,立苍苔——这三句写鹭鸶行动:双脚踩着岸边的苍苔上,它拨动浮萍,分开绿藻,随时待机而动,准备捕食虫鱼。

窥鱼笑汝痴计,不解举吾杯——可笑啊,你这个痴子鹭鸶,只记得窥探着等待时机捕食鱼虫,你能不能活得潇洒一些?看起来你真不懂如我这样举杯邀酒开怀畅饮的心情。

废沼荒丘畴昔,明月清风此夜,人世几欢哀——由带湖之今昔对比联想到人世欢哀的无限:过去是一片废弃的池沼和小土山,今晚却是明月照耀、清风徐吹,心情多么畅快!今昔的变化是如此不同,人世也莫不如此曾经历了多少的欢乐和悲哀。

东岸绿阴少,杨柳更须栽——这两句写作者的念想与打算:为了使这园中锦上添花,我看湖东岸绿荫太少,是不是应该再把杨柳补栽呢?

本词为词人罢官闲居中写的一篇作品,词中表达的是作者对自己新辟园林的热爱,抒发的是作者远离朝政官场的斗争漩涡后一种自得的心情。"凡我"数句,用戏谑的口吻模仿古人订立盟誓之语,被后人称为"新奇",表现了辛弃疾不拘一格、任意挥洒的词风。下片以鹭鸶窥鱼对比自己的举杯放达,而笑鹭鸶之"痴计",寓含隐刺世人醉心功名之意。再下从新居的今昔对比,引出对人世欢哀的评说,结合词人遭遇,作者强作欢笑的心态宛然有见。词中所透心情,与其说是欢,还不如说是一种悲。

临江仙

停云偶作

本词同上词一样,作于作者闲居瓢泉之时。词作通过猿鹤与作者的对话,表达作者对罢官闲居的洒脱之情,但透过作者的这番俨然脱俗的表现,词人内心的不平与痛苦也隐隐露出。词人似乎要下决心归隐,但从"径须从此去,深入白云堆"的描写中,我们似乎可看出隐藏在词人心头的一种自愧自嘲的情绪。

偶向停云堂上坐,晓猿夜鹤惊猜。主人何事太尘埃?低头还说向:"被召又还来。" 多谢北山山下老,殷勤一语佳哉:"借君竹杖与麻鞋。"径须从此去,深入白云堆。

偶向停云堂上坐,晓猿夜鹤惊猜。主人何事太尘埃——此三句用的是一种拟人想象之笔:词人偶然地坐在自己的停云堂上,于是联想到:日夜生活于这里的猿猴、鹤鸟一定会对自己的重现感到奇怪,并产生诸多的猜疑:我们的主人怎么如此地沉沦于官场呢?怎么他这么长时间才回来了呢?"晓猿夜鹤",犹言晓夜猿鹤,当理解为晓夜居住于此的猿、鹤等动物。"惊猜",因吃惊而产生疑问。"太尘埃",学者根据辛弃疾于淳熙八年(1181)春营建带湖时所作的《沁园春》词中"甚云山自许,平生意气,抵死尘埃"几句,认为"太尘埃"即"抵死尘埃"之意,即太久地沉沦于官场之意。

低头还说向:"被召又还来。"——作为词人的作者又当如何回答猿鹤惊诧的疑问呢?只能低头略带羞愧地说一句:"啊,我被君王所召,现在又被放还了,实在是有点不好意思啊!"

多谢北山山下老,殷勤一语佳哉:"借君竹杖与麻鞋。"——我应该更多地感谢北山山下老人啊,他对我热情地致意,并送我一句十分感人的话:"借给你一只竹杖和一双麻鞋吧,你从此就可以不受拘束地四处云游了。""北山",原指钟山,这里用南北朝时南齐孔稚珪《北山移文》之典。南齐时有周颙与孔稚珪等初隐于钟山,后来周颙应召出仕,期满进京,再过钟山,孔稚珪作此文,假手神灵,讽刺周颙违约出仕,拒周入山。词人这里用"北山"一词,表达隐居者的一种情怀。"竹杖麻鞋",隐居者用来登山游览之具。

径须从此去,深入白云堆——从此后可以安心归居深山,深入白云堆中求仙访道。"径须",径直,直向。"白云堆",白云之乡,犹言仙居之所,题名汉代伶玄所著的《赵飞燕外传》,写汉成帝得赵合德,自谓得一"温柔乡",并言:"吾老是乡矣,不能效武皇帝求白云乡也。"

本词作于作者闲居罢官之时。罢官田园,本为不幸之事,但任何事情均具两面性。不幸者,在功名富贵上有失,词人之壮志雄略亦受到沉重打击;幸运者,从此可以免却不必要的人间烦恼,远祸远害,修身养性,作者写这一首词时的心境当也是作如此想。但作者本不是一个以忘却世故为终身之愿的人,其隐居实出不得不然,故词中那种不合时宜的一肚子怨气,似乎也透过点点字痕隐隐约约地显示出来。

归朝欢
题赵晋臣敷文积翠岩

赵晋臣名不遇,字晋臣,江西铅山人,曾为"敷文阁学士",他于庆元二年(1196)被罢职,回故乡闲居,期间与辛弃疾过从甚密,两人多有诗词唱和。本词从词题看,是赵晋臣曾写过一个歌咏"积翠岩"的词,辛弃疾读后,再写这首词以应之,故此词,从词之写作分类讲,实可归入古人歌咏世间诸种物象的"咏物"词中。但本词又与一般的咏物词不同,其立意在于借助对一块闲置的奇石的歌咏,表达对友人赵晋臣罢职家居的遗憾之情。词作托物言志,想象奇特,极富浪漫情调,在辛词中显得独具一格。标题中的"题"字,有人认为应是"和"字之误。

　　我笑共工缘底怒,触断峨峨天一柱。补天又笑女娲忙,却将此石投闲处。野烟荒草路,先生拄杖来看汝。倚苍苔,摩挲试问:千古几风雨？　　长被儿童敲火苦,时有牛羊磨角去。霍然千丈翠岩屏,锵然一滴甘泉乳。结亭三四五,会相暖热携歌舞。细思量:古来寒士,不遇有时遇。

我笑共工缘底怒,触断峨峨天一柱——"共工",古代传说中的部族英雄。《淮南子·天文训》:"昔者共工与颛顼争为帝,怒而触不周之山,天柱折,地维绝。天倾西北,故日月星辰移焉;地不满东南,故水潦尘埃归焉。"词人赋写积翠岩,就此传说而开篇,意在说明积翠岩之来历不凡,异乎寻常:我笑共工究竟是为了什么而发怒,竟然触断了巍峨高矗的顶天的一根柱子。言外之意似乎是说:此积翠岩乃共工触断的顶天柱石之一部分。"缘底怒",不知为什么而发怒。

补天又笑女娲忙,却将此石投闲处——"补天"句,《淮南子·览冥训》:"往古之时,四极废,九州裂,天不兼覆,地不周载,火爁炎而不灭,水浩洋而不息,猛兽食颛民,鸷鸟攫老弱。于是女娲炼五色石以补苍天,断鳌足以立四极,杀黑龙以济冀州,积芦灰以止淫水。苍天补,四极正,淫水涸,冀州平,狡虫死,颛民生。"词人用女娲补天的神话,意在说明:所赋积翠岩,又可能是女娲补天时所留下的一块奇石,显得十分珍贵。词人又对女娲急急忙忙补天感到可笑:补天是需要奇石的啊!可她为什么反而把这块用来补天的奇石投放于闲处不用——如此奇石无人看顾,岂非咄咄怪事?

野烟荒草路,先生拄杖来看汝——奇石被投放于野外,人视作无用的弃物,相伴者只有野烟,与邻者唯有荒草,直到今天才有我拄着手杖前来看顾于你,啊,你如此之奇、如此之美、如此之人间罕有然竟遭如此之命运,真是殊不可解——这里写奇石之遭遇!实是寓写友人空有才学而不为人知的痛苦。

倚苍苔,摩挲试问:千古几风雨——三句承上,"倚苍苔",写奇石所在的位置:停靠着长满苍苔的山崖边。"摩挲试问"两句,以奇石之遭遇抒发词人特殊的感慨,犹言:抚摸着你的身躯向你发问:千百年来,你真是经历了无数的自然界的风吹雨打啊!"摩挲",用手抚摸。

长被儿童敲火苦,时有牛羊磨角去——自然界的风吹雨打自然是不可免的,令人难以忍受的是,千百年来屡见不鲜的无知之人、无知之生物的骚扰。唐代韩愈有《石鼓歌》诗,诗中写石鼓的遭遇:"牧儿敲火牛砺角,谁复着手为摩挲。"词人借用韩愈诗句而加以变化,写积翠岩不但不为人看重,反而屡受无知人类、无知生物的骚扰:儿童用它来敲石取火,牛羊用它来磨角止痒。

霍然千丈翠岩屏,锵然一滴甘泉乳——积翠岩之不为人所重,然它确实是人间少有的奇石,它奇就奇在出现的异乎寻常,奇就奇在崭露出与众不同的雄姿,以上两句即写积翠岩出现的突兀和超乎常人的美:方圆千丈的巨石霍然一声从天而降,有如展开一块巨大的翠绿色的屏风;白色乳汁的甜美泉水,飞溅其间,发出如金属般锵然的响声。"霍然",突然、迅即意。"锵然",金属互相撞击发出的声音。

结亭三四五,会相暖热携歌舞——积翠岩风景既然如此美好,那为什么不在这里建几个亭子呢?待到春暖花开、天气温热之时,自然会有游赏者带来歌儿舞女在这里娱乐表演啊!这两句当写作者的一种设想。"会相暖热",恰逢天气暖和之时。会,遇到遭逢意。

细思量:古来寒士,不遇有时遇——积翠岩既如此美好,但为什么千百年来无人问津？为什么千百年来屡遭无知之人甚至无知之生物骚扰践踏？自古以来出身寒门的读书人何尝不是这样？他们大多是富有治国之才但又无人赏识。不过话又说回来，既是宝才，有一天也许会得君王看顾的，其才学也许会有大行于世之日的——作者由积翠岩之景，联想到古来寒士的遭遇，再加其友赵晋臣又名"不遇"，于是联想到：古来的寒士，大多怀才不遇，但这发生在大多数寒士身上的怀才不遇有时也有偶然性，说不定这些怀才不遇的寒士，会有风云际会的一天，他们的雄心壮志，说不定有一天会得到实现。"遇"，指君臣遇合，即得到君王的器重和赏识、其才能学识被君王所用、理想抱负可得以实现。

本词铺写积翠岩之奇，写作上以赋笔为主。开头用两则神话传说，富浪漫想象之笔；接写其千百年来身处荒僻之处，不为知者赏识的遭遇；再写其为无知者所敲、所触、所磨的不公正待遇。"霍然"句下，积翠岩之命运开始振起，其奇景奇状，终为人所知。结句作者点题，妙语双关，以概言古今多怀才不遇之人来安慰友人，又以终有遇合之机来寄望于友人，同时又巧借了友人之名。词意自此方觉显豁，并赋予全词较为浑厚深广的内涵。又本词是有感于友人之罢职家居，词人遂借对积翠岩的赋写以托意，但因作者与友人同为罢职闲居之人，故词中之借物托意，又实际上抒发了词人自己的身世感慨。

念奴娇
赋雨岩，效朱希真体

雨岩为博山附近的一个名胜景点，辛弃疾的词作中曾多次写到它，可知词人曾在此屡作停留，对此地之景表现出一种如醉如痴的喜爱。朱希真即词人朱敦儒，希真是其字，他生于北宋末年，写有词集《樵歌》三卷。朱敦儒南渡以后的词，有的表达了家国兴亡的凄切感受，有的则是书写自己狂放林泉的生活，后一部分词在其南渡以后词作中占了绝大多数。这一部分词，多表达词人一种乐天知命思想，风格冲淡闲远，具有颇浓的隐士风味。有鉴于此，故《花庵词选》用"天资旷远，有神仙风致"九字来评朱敦儒的词作，这即所谓的"朱希真体"。辛弃疾此词，主要是写自己游雨岩的一种心情感受。从词中描写来看，词人颇多闲气怨气，想借山水之游以发泄之，但词人又难以完全忘却世事，于是只能借酒浇愁，在清尊美酒和湖光山色中寄托自己的潇洒情怀。作者认为自己抒发的这种情怀，颇类于朱希真，故以"效朱希真体"出之。

近来何处、有吾愁,何处还知吾乐。一点凄凉千古意,独倚西风寥廓。并竹寻泉,和云种树,唤做真闲客。此心闲处,未应长籍丘壑。　　休说往事皆非,而今云是,却把清尊酌。醉里不知谁是我,非月非云非鹤。露冷松梢,风高桂子,醉了还醒却。北窗高卧,莫教啼鸟惊着。

　　近来何处、有吾愁,何处还知吾乐——这三句全属自问:近来有什么地方能引起我的愁绪?有什么地方还能知道我的快乐?

　　一点凄凉千古意,独倚西风寥廓——这两句先就"近来何处、有吾愁"而作答:面对西风劲吹景象,天际显得寥廓而无有边涯,联想到千百年来的沧桑历史变迁,一点凄凉感受袭来心头。

　　并竹寻泉,和云种树,唤做真闲客——这三句再就"何处还知吾乐"而写:以竹为邻,寻山访泉;带着山间的云彩,到深山种树,这种生活堪称真正的闲人所为。"并竹",犹言依傍竹林;和,带着。"闲客",闲人。

　　此心闲处,未应长籍丘壑——这两句复就"真闲客"三字而抒情,意谓:但仔细想来,我今天这安闲的心境,也不应该长久地凭借这山水丘壑的陶冶啊!因为山水丘壑的游览毕竟是暂时的。"未应",不应该。籍,凭借。

　　休说往事皆非,而今云是,却把清尊酌——唉,还是别说那些愁苦安乐吧,过去之事一切皆非,而今之事一切皆是:你看我今天就把着清亮的水酒一杯一杯地来自酌自饮,这还不是明证吗?

　　醉里不知谁是我,非月非云非鹤——数杯酒下肚,又是一场酩酊大醉。醉里真不知谁是我、我是谁;瞧,那是月亮吗? 又不像;那是云彩吗? 也不像;那是白鹤吗? 更不像;那到底是什么东西呢? 这两句为词人醉中情态的描写,一切都显得那么似是而非。

　　露冷松梢,风高桂子,醉了还醒却——唉,人怎么喝醉酒还要再醒来呢? 人就永远那样昏睡下去多好! 深夜酒醒,四周一片寂静;露水下来了,那松树枝头一定也滴了不少的露水吧。微风吹拂着桂子树,发出簌簌的响声。

　　北窗高卧,莫教啼鸟惊着——管他呢,就这样地高卧下去,可千万别让早晨的鸟叫声吵醒啊。"北窗高卧",取陶渊明《与子俨等疏》中的一段描写:"常言五六月中,北窗下卧,遇凉风暂至,自谓是羲皇上人(犹言太古之人)。"

朱敦儒的词,人多以"神仙风致"论之,辛弃疾此词,以效朱希真体出之,似乎也应有一点"神仙风致"。但通篇观来,词中并未能摆脱人间的烟气。首先开篇即叹愁乐,又言一点凄凉古意袭来心头。为忘愁乐,以闲客之闲行作为把坑,但山水的宁闲,似乎也难使自己忘却人事的是非,于是只能借助酒杯,于醉中浑忘。但酒醉终有酒醒之时,结尾两句,还是透露了词人难以忘却世事的情怀。

水龙吟

本词写作时间不详,据词意,当写于词人晚年罢职居家时期。词作歌颂陶渊明不为五斗米折腰、保持自己道德节操的精神,表达了对陶渊明其人极度倾慕的心情。词人引陶渊明为同调,认为自己与陶渊明虽古今异代,却是千古知音。对陶渊明的退隐,作者认为,是现实未能给他提供真正的施展其政治才能的舞台,才使他走上退隐之路的。故陶渊明的退隐,并非真正忘怀于国事民生,而是出于不得已。

老来曾识渊明,梦中一见参差是。觉来幽恨,停觞不御,欲歌还止。白发西风,折腰五斗,不应堪此。问北窗高卧,东篱自醉,应别有,归来意。　　须信此翁未死,到如今凛然生气。吾侪心事,古今长在,高山流水。富贵他年,直饶未免,也应无味。甚东山何事,当时也道,为苍生起。

老来曾识渊明,梦中一见参差是——这两句形成一种意象:词人由于对陶渊明的极度倾慕,而此老竟走入自己的梦境中:年龄老大才真正认识了陶渊明,刚才梦中见到的仿佛就是此老的身影。"参差是",仿佛、好像意。

觉来幽恨,停觞不御,欲歌还止——梦见陶翁,醒来又有何感想呢?但只觉得胸中一股愁闷幽然而起,难以摆脱。找点酒来消愁解恨吧?但斟满酒杯端起来又无心再饮;唱支歌儿发泄一下吧,但想唱歌可又发不出声音。

白发西风,折腰五斗,不应堪此——想起此老神态:白发萧萧,面对西风,骨气铮铮,又怎能忍为五斗米而折腰?据《晋书·陶潜传》载,陶渊明任彭泽令时,郡守派督邮来县,县吏叫他束冠带迎接,以示敬意。他却说:"我不能为五斗米折腰向乡里小儿。"于是自解印而归。"折腰五斗",即指此也。"五斗",指五斗米,代指县令微薄的俸禄。"不堪",不能忍受。

问北窗高卧,东篱自醉,应别有,归来意——"北窗高卧",陶渊明在《与子俨等疏》中曾自述自己的隐居生活状况是:"常言五六月中,北窗下卧,遇凉风暂至,自谓是羲皇上人。""东篱自醉",陶渊明《饮酒》诗云:"采菊东篱下,悠然见南山。""自醉",自我陶醉意。这四句是说陶翁的归隐是别有深衷,并非如人们所想象的那样简单,犹言:试问先生你在北窗下高高地卧睡纳凉,秋天在东篱下赏菊饮酒自娱,你的归隐,是否别有深意?

须信此翁未死,到如今凛然生气——这两句承上,颂其虽死犹存的精神:须相信这个老头还未死去,到今天他还是那样神情严肃富有朝气。"凛然生气",神态威严的样子。

吾侪心事,古今长在,高山流水——由其虽死犹存的精神,对应自己思想,词人引陶为知己:我与陶先生这类人,心中所思心中所想,古今一致,精神永存,有如钟子期与俞伯牙,实为一对高山流水的异代知音。"吾侪",犹言我辈、我们这一类人。"高山流水",用春秋时钟子期与俞伯牙之典。《吕氏春秋·本味》载:"伯牙鼓琴,钟子期听之。方鼓琴而志在太山,钟子期曰:'善哉乎鼓琴,巍巍乎若太山。'少选之间而志在流水,钟子期又曰:'善哉乎鼓琴,汤汤乎若流水。'钟子期死,伯牙破琴绝弦,终身不复鼓琴,以为世无足复为鼓琴者。"

富贵他年,直饶未免,也应无味——三句由陶渊明之鄙弃功名富贵,联想到自己,化用东晋谢安之典,陈说自己对功名富贵的态度:即使有朝一日免不了要出去做官,获得荣华富贵,但那些荣华富贵对我们这类人来说,肯定也不是什么有味的事儿。据《世说新语·排调》,东晋谢安未仕时,弟兄们中有富贵者,倾动乡人。其夫人戏问他说:"大丈夫不当如此乎?"谢安说:"但恐不免耳。""未免",不免也。

甚东山何事,当时也道,为苍生起——这三句再写谢安:当初谢安在东山过得也十分快乐,他为什么要出仕呢?当时人都说:谢安出仕可不是为了自己,而是为了天下苍生老百姓的安定啊!据《世说新语·排调》,谢安隐居东山,朝廷屡次征召他而不出,时人常言:"安石不肯出,将如苍生何?"词人用这三句,实际也是意在说明:即使自己将来有朝一日再出山入仕,也是为苍生起见,并非为贪享功名富贵。甚,可当"是"来理解。"东山",指谢安。"何事",为什么。

辛弃疾词中,歌咏陶渊明的极多,但人们普遍认为,如就对陶渊明精神评价体验的程度而论,当以本词为最高。词作开头五句直写对陶渊明的倾慕,以至形成梦寐,久久难以放怀。接下三句,正面歌颂陶渊明不为五斗米折腰的高风亮节,实际是对前五句倾慕陶渊明的一种间接回答。"北窗高卧"四字,又脱出了一般咏陶作品中只论陶渊明飘逸静穆性格的故套,以独具的眼光,点明陶的洁身自好实是一种不得已而为之的行为。下片颂陶翁虽死犹生,精神永存,隐示词人自己视功名若草芥的思想,并以高卧东山的谢安对照自己,表明自己即使将来复出也是为天下苍生着想,而不是为追求个人的功名富贵,是一种不得已而为之的行为。

◎文

进美芹十论表

题解

本文写于宋孝宗乾道元年(1165),时辛弃疾归南宋已三年,此时的辛弃疾任官江阴通判,年龄二十六岁。绍兴三十一年(1161)完颜亮南侵失败,次年宋孝宗继位,主战派开始占上风。隆兴元年(1163)四月,宋用张浚议,出兵攻金,五月,宋将李显忠、邵宏渊等攻复灵璧、宿州,取得了十年以来未曾有过的胜利;但随后因将领不和,宋军大溃败于符离。次年(1164),金以宋相汤思退主和,不修战备,乘虚渡淮,十一月,金军连下楚、濠、滁等州,宋遣使如金请和。十二月,宋金和议成,是为隆兴和议。此后宋孝宗没有放弃备战,在江阴通判任上的辛弃疾为坚定宋孝宗抗战决心,考察宋军符离之败以来的形势,分析敌我长短,在宋金达成和议的次年,写下了著名的《美芹十论》。本文为作者向宋孝宗进呈《美芹十论》的表章,意在向宋孝宗说明进呈《美芹十论》的理由。

臣闻事未至而预图[1],则处之常有馀;事既至而后计,则应之常不足[2]。虏人凭陵中夏[3],臣子思酬国耻,普天率土[4],此心未尝一日忘。臣之家世,受廛济南[5],代膺阃寄[6],荷国厚恩。大父臣赞,以族众,拙于脱身,被污虏官,留京师,历宿、亳、涉沂、海,非其志也。每退食,辄引臣辈登高望远,指画山河,思投衅而起[7],以纾君父所不共戴天之愤。尝令臣两随计吏抵燕山,谛观形势[8],谋未及遂,大父臣下世。粤辛巳岁,逆亮南寇[9],中原之民,屯聚蜂起,臣尝鸠众二千[10],隶耿京为掌书记,与图恢复,共籍兵二十五万[11],纳款于朝。不幸变生肘腋,事乃大谬[12]。负抱愚忠,填郁肠肺。官闲心定,窃伏思念:今日之事,朝廷一于持重以为成谋,虏人利于尝试以为得计,故和战之权常出于敌,而我特从而应之。是以燕山之和未几[13],而京城之围急[14],城下之盟方成而两宫之狩远[15]。秦桧之和,反以滋逆亮之狂[16]。彼利则战,倦则和,诡谲狙诈,我实何有?惟是张浚符离之师[17],粗有生气,虽胜不虑败,事非十全,然计其所丧,方诸既和之后,投闲踩躏,犹未若是之酷[18]。而不识兵者,徒见胜不可保之为害,而不悟夫和而不可恃为膏肓之大病[19],亟遂齰舌以为深戒[20]。臣窃谓恢复自有定谋,非符离小胜负之可惩,而朝廷公卿过虑,不言兵之可惜也。古人言:不以小挫而沮吾大计,正以此耳。

恭维皇帝陛下,聪明神武,灼见事几,虽光武明谋,宪宗果断[21],所难比拟。一介丑虏,尚劳宵旰,此正天下之士献谋效命之秋。臣虽至愚至陋,何能有知?徒以忠愤所激,不能自已,以为今日虏人实有衅之可乘,而朝廷上策惟预备乃为无患,故罄竭精恳,不自忖量,撰成御戎十论,名曰《美芹》:其三言虏人之弊,其七言朝廷之所当行。先审其势,次察其情,复观其衅[22],则敌人之虚实吾既详之矣;然后以其七说次第而用之,虏固在吾目中。惟陛下留乙夜之神[23],沉先物之几,志在必行,无惑群议,庶乎"雪耻酬百王,除凶报千古"之烈,无逊于唐太宗。典冠举衣以复韩侯,虽越职之罪难逃;野人美芹而献于君,亦爱主之诚可取[24]。惟陛下赦其狂僭而怜其愚忠,斧锧馀生[25],实不胜万幸万幸之至。

〔1〕预图:事先谋划,预作准备。

〔2〕应:处理对付。

〔3〕中夏:中国,班固《东都赋》:"目中夏而布德,瞰四裔而抗棱。"又特指中原地区,《晋书·王珣传》:"时(桓)温经略中夏,竟无宁岁。"

〔4〕普天率土:指整个天下。《诗经·小雅·北山》:"普天之下,莫非王土;率土之滨,莫非王臣。"

〔5〕受廛济南:犹言在济南为民。受廛,受地为民之意。廛,一夫所居的屋舍。《孟子·滕文公上》:"愿受一廛而为氓。"

〔6〕代膺阃寄:代替接受武职之意。按:阃寄,指委武将以军权,谓寄以阃外之事也。唐白居易为皇帝所写的《与仕明诏》:"卿久镇边防,初膺阃寄,式旌勤效。"

〔7〕投衅:犹言投隙,寻求时机之意。《列子·说符》:"投隙抵时,应事无方,属乎智。"

〔8〕谛观形势:谛听观察形势。

〔9〕粤辛巳岁:粤,助词,用于句首或句中,相当于"曰"。辛巳岁,公元1161年,宋高宗赵构绍兴三十一年。此年为农历辛巳年。 逆亮:指金主完颜亮。完颜亮(1122—1161)于金皇统四年(1149)杀金熙宗即位,金正隆六年(1161),他征集大军南侵,企图一举灭宋。同年十月,金东京(今辽宁辽阳)留守完颜雍起兵自立。采石矶一战,完颜亮战败,十一月被部下完颜宜所杀。

〔10〕鸠众:聚集众人。鸠,聚集意。

〔11〕籍兵:整理登记兵员。籍,登记入册。

〔12〕不幸变生肘腋,事乃大谬:当指宋绍兴三十二年(1162)耿京起义抗金,遣辛弃疾请命于宋,义军叛徒张安国伙同邵进等杀死耿京,投降金人,被任为济州知州一事。

〔13〕燕山之和：宣和七年(1125)十二月，金大举两路侵宋，东路入宋燕山府，靖康元年(1126)，金东路完颜宗亮至燕山，宋守将郭药师投降。金兵以郭部为先导，长驱直入，南下渡黄河，围攻汴京。二月，宋遣使议和，满足金人索犒师金银、割太原、中山、河间三镇，以亲王、宰相为质的要求。燕山之和当指此。

〔14〕京城之围急：1126年九月，金人攻下太原后，再大举南侵。十一月，金两路大军会攻东京。京城之围急当指此。

〔15〕城下之盟方成而两宫之狩远：1126年闰十一月，金兵破东京后即退兵，宋帝亲到青城金营请和。金人允许宋人的议和，宋将大量金帛、美女给予金人。1127年正月，宋割河北、河东于金，两河百姓不奉诏纷起抗金。宋帝再到青城金营，遂被留。二月，金废宋帝及太上皇赵佶为庶人，赵佶与后妃诸王公主等皆被送诣金营。四月，金人俘宋帝及太上皇赵佶与六宫皇族北去。

〔16〕秦桧之和，反以滋逆亮之狂：宋绍兴十一年(1141)，在秦桧的力主下，宋金和议成：两国以淮河为界，宋岁币于金朝银、绢各二十五万，宋帝称臣，是为"秦桧之和"。宋绍兴三十一年(1161)，金主完颜亮一手破坏了勉强维持二十年的表面和平局面，征发番汉兵四十万，亲自率师大举南下。是为"逆亮之狂"。

〔17〕符离之师：宋隆兴元年(1163)四月，枢密使张浚都督沿江兵马出兵攻金。五月，败金兵，复灵璧、宿州。因将帅不和，宋军终在符离大败。八月，宋金两国再议和。

〔18〕方诸既和之后，投闲蹂躏，犹未若是之酷：意思是说，符离之战虽然失败，国家也受到了不少的损失，但比之于与敌人达成和议之后，敌人背信弃义地再进攻我们，损失要小得多。"方诸"，方之于，与……相比。投闲，不作防备之意。酷，严重。

〔19〕和而不可恃为膏肓之大病：和平是绝不可凭借的，和平是国家的不可救药之病。膏肓，病入膏肓不可救药。

〔20〕亟遂醋(zé)舌以为深戒：醋舌，咬舌，忍气吞声。如唐李贺《出城别张又新酬李汉》诗："没没暗醋舌，涕血不敢论。"

〔21〕光武明谟，宪宗果断：光武，指东汉王朝的开创者汉光武帝刘秀(公元前6年—公元57年)。宪宗，指唐宪宗李纯(778—820)，806年至820年在位。即位初年，他平定四川刘辟、江南刘盍奇的叛变。后整顿江淮财赋，招降河北强藩魏博节度使田弘正，并集中全力消灭淮西节度使吴元济，其他藩镇相继降服，实现了全国的统一。

〔22〕衂：疑为"衄"字之误。衄，挫败失败意。"复观其衄"，坐视敌人的失败以乘其机。

〔23〕乙夜：二更时分，约为夜间九时至十一时。《后汉书·百官志》三"右丞"注引蔡质的《汉仪》："凡中宫，漏夜尽，鼓鸣则起，钟鸣则息。卫士甲乙徽相传，甲夜毕，传乙夜，相传尽五更。"乙夜之神，意未明，待考。

〔24〕典冠举衣以复韩侯，虽越职之罪难逃；野人美芹而献于君，亦爱主之诚可取：前两句疑出于《韩非子·内储说》中之韩昭侯主管冠帽的官员越职替韩昭侯盖被子的故事。后两句出于《列子·杨朱》："昔人有美戎菽、甘枲茎、芹萍子者，对乡豪称之。乡豪取而尝之，蜇于口、惨于腹，众哂而怨之，其人大惭。"野人，乡野之人；芹，芹菜，喻物之微者；美芹，称道芹菜之美。这里作者上书言事，自谦自己言不足取。

〔25〕狂僭：狂傲而不知轻重地越位进谏。斧锧馀生：把馀下的生命交付斧锧。斧锧，古代用以腰斩之刑的行刑工具。斧为斧头，锧为腰斩时所用砧板。《公羊传·昭公二十五年》："君不忍加之以斧锧，赐之以死。"

　　本文作为作者向宋孝宗进呈《美芹十论》的表章，意在向宋孝宗说明进呈《美芹十论》的理由。全文分三层。其一，时当宋符离之败不久，作者针对孝宗失败后怯敌畏战的心理，以自己的亲身经历向孝宗表明，北方民心可用，士气可奋，抗战决心,切不可有丝毫动摇。其二,我方切不可轻易言和,也不可因符离小负而"不言兵",应做好充分准备,争取掌握战争的主导权。这样才能改变靖康之变"朝廷一于持重以为成谋,虏人利于尝试以为得计,故和战之权常出于敌,而我特从而应之"之被动挨打的局面。其三,符离之战虽然失败,国家也受到了不少的损失,但比之于与敌人达成和议之后,敌人背信弃义地再进攻我们,损失要小得多,因此是值得肯定的。作者撰此《美芹十论》,主要内容是"三言虏人之弊","七言朝廷之所当行",对于敌方,应该"先审其势,次察其情,复观其衅","则敌人之虚实吾既详之矣";我方据其情势,"以其七说次第而用之",则敌"固在吾目中"。如此,则唐太宗"雪耻酬百王,除凶报千古"之功业当会复见于世。

审势第一

本文为辛弃疾著名的《美芹十论》中的第一论。"十论"依次为:审势、察情、观衅、自治、守淮、屯田、致勇、防微、久任、详战。这篇长文的主旨,依辛弃疾自己的话说,就是:"其三言虏人之弊,其七言朝廷之所当行。先审其势,次察其情,复观其衅,则敌人之虚实吾既详之矣;然后以其七说次第而用之,虏固在吾目中。"第一论(即本文)从"形"与"势"分析敌我双方的优劣,即上文所说的"先审其势"。

用兵之道,形与势二[1],不知而一之,则沮于形,眩于势,而胜不可图,且坐受其毙矣[2]。何谓形?小大是也;何谓势?虚实是也[3]。土地之广,财赋之多,士马之众,此形也,非势也。形可举以示威,不可用以必胜。譬如转嵌岩于千仞之山[4],轰然其声,嵬然其形,非不大可畏也,然而蹩留木拒,未容于直,遂有能迂回而避御之,至力杀形禁[5],则人得跨而逾之矣。若夫势则不然,有器必可用,有用必可济。譬如注矢石于高墉之上,操纵自我,不系于人,有軼而过者[6],挟击中射,惟意所向,此实之可虑也。自今论之,虏人虽有嵌岩可畏之形,而无矢石必可用之势[7]。其举以示吾者,特以威而疑我也,谓欲用以求胜者,固知其未必能也。彼欲致疑,吾且信之以为可疑;彼未必能,吾且意其或能:是亦未详夫形、势之辨耳[8]。臣请得而条陈之:

虏人之地,东薄于海,西控于夏,南抵于淮,北极于蒙,地非不广也[9]。虏人之财,签兵于民,而无养兵之费;靳恩于郊,而无泛恩之赏;

又辅以岁币之相仍,横敛之不恤[10],则财非不多也。沙漠之地,马所生焉;射御长技,人皆习焉,则其兵又可谓之众矣[11]。以此之形,时出而震我,亦在所可虑[12],而臣独以为足恤者,盖虏人之地,虽名为广,其实易分[13]。惟其无事,兵劫形制,若可纠合[14]。一有惊扰,则忿怒纷争,割据蜂起。辛巳之变,萧鹧巴反于辽[15],开赵反于密[16],魏胜反于海[17],王友直反于魏[18],耿京反于齐鲁[19],亲而葛王又反于燕[20]。其馀纷纷所在而是,此则已然之明验,是一不足虑也。虏人之财,虽名为多,其实难恃。得吾岁币,惟金与帛[21],可以备赏而不可养士;中原廪窖[22],可以养士,而不能保其无失。盖虏政庞而官吏横,常赋供亿,民粗可支[23],意外而有需,公实取一而吏七八之[24],民不堪而叛,叛则财不可得而反丧其资[25],是二不足虑也。

若其为兵,名之曰多,又实难调而易溃。且如中原所签,谓之"大汉军"者,皆其父祖残于蹂践之馀,田宅磬于捶剥之酷,怨愤所积,其心不一[26]。而沙漠所签者,越在万里之外,虽其数可以百万计,而道里辽绝,资粮器甲,一切取办于民,赋输调发,非一岁而不可至[27]。始逆亮南寇之时,皆是诛胁酋长,破灭资产,人乃肯从[28]。未几,中道窜归者,已不容制,则又三不足虑也。

又况虏廷今日用事之人,杂以契丹、中原、江南之士,上下猜防,议论龃龉,非如前日粘罕、兀术辈之叶[29]。且骨肉间僭杀成风,如闻伪许王以庶长出守于汴,私收民心,而嫡少尝暴之于其父[30],此岂能终以无事者哉?我有三不足虑,彼有三无能为,而重之以有腹心之疾,是殆自保之不暇,何以谋人?

臣抑闻古之善觇人国者,如良医之切脉,知其受病之处,而逆其必殒之期[31],初不为肥瘠而易其智。官渡之师,袁绍未遽弱也,曹操见之,以为终且自毙者,以嫡庶不定而知之[32]。咸阳之都,会稽之游,秦尚自强也,高祖见之,以为"当如是"矣,项籍见之,以为"可取而代之"者[33],以民怨已深而知之。盖国之亡,未有如民怨、嫡庶不定之酷,虏今并有之,欲不亡何待?臣故曰形与势异。惟陛下实深察之。

[1]按辛弃疾论"形"与"势",源于《孙子兵法》,《孙子兵法》中的《形篇》《势篇》专门讨论作战中的"形"与"势"问题。从辛文中所论来看,"形"指军事实力,如文中所指土地、财赋、士马等。"势"指在"形"的基础上发挥将帅才能,造成有利于己的攻击力量。

〔2〕沮于形：谓只看到敌人表面的强大而感到心情沮丧。　眩于势：不能清楚地利用自己的有利条件和乘敌人的薄弱环节。眩，迷惑。　胜不可图：不能谋而取胜。　坐受其毙：无所作为地被敌人消灭。

〔3〕虚实：据《孙子兵法》之《虚实篇》，属于"势"的范畴，指作战指挥上的"避实而击虚"，"因敌而制胜"。

〔4〕转嵌岩于千仞之山：从千仞高的大山推动大岩石。嵌岩，大岩石。仞，古以八尺或七尺为一仞。

〔5〕堑：指防御用的壕沟。堑留，被壕沟挡住。　木拒：用树木之类障碍物阻挡。　未容于直：不容许它直线下坠。　力杀形禁：利用各种力量各种地形来阻挡消耗它的力量。

〔6〕注矢石于高埔之上：集聚箭与石于高墙之上。埔，城墙、壁垒。　轶：快速地跑过。

〔7〕有嵌岩可畏之形，而无矢石必可用之势：言金人表面上有如从千仞高的山上滚下的大岩石的令人可畏之"形"（地大、财多、兵众），但却没有如集矢石于高墙之上的可以利用的有利条件。

〔8〕未详夫形、势之辨：没有仔细地分清"形"与"势"的不同。言外之意是说：两者既有联系，又有区别；既不能将两者混淆，也要注意两者之间的相互转化。

〔9〕东薄于海，西控于夏，南抵于淮，北极于蒙，地非不广也：言金国统治的范围。薄，迫近；控，连接；抵，到达。极，远至。

〔10〕廋人之财，签兵于民，而无养兵之费：金人平时登记户口，到用兵时按户征调，一切自给自足，故无军费开支。　靳恩于郊，而无泛恩之赏：按宋代制度，每三年举行一次祭天大典（即"郊"），祭天一次，就要实行大赦大赏，费用很大。但金人祭天时"靳恩"——吝惜恩赏，又没有"泛恩"的赏赐制度。　辅以岁币之相仍：当时宋朝每年都献给金人"金、银、绢各二十五万"，年年不断，故曰"相仍"。

〔11〕"沙漠之地"以下数句：言金人地处草原，便于养马，妇孺都长于骑射。可以说举国皆兵。

〔12〕震：震惊，恐吓。　虑：担忧。

〔13〕易分：极易造成分裂局面，极易分而治之。

〔14〕兵劫形制：武力压迫和形势强制。　纠合：纠集相合。

〔15〕辛巳之变，萧鹧巴反于辽：辛巳为宋高宗绍兴三十一年（1161）。这年，完颜亮起兵攻宋。亮起兵之初，征兵于辽，辽人萧鹧巴（撒八）杀招讨使完颜沃以起兵。

〔16〕开赵反于密：完颜亮起兵时，山东人开赵与明椿、刘异等聚众在密州起事。

〔17〕魏胜反于海：魏胜，抗金义军的首领。完颜亮起兵时，魏胜率抗金义军渡过淮河，与淮北义军会合，攻占海州。

〔18〕王友直反于魏：完颜亮起兵时，高平（今属山西）人王友直率领义军数万人攻破魏州（今河北大名县）。

〔19〕耿京反于齐鲁：完颜亮起兵时，耿京在济南、临淄一带起兵。辛弃疾亦率二千人投其为部下，"为掌书记，与图恢复"。

〔20〕葛王又反于燕：葛王，指金贵族完颜褒（即位后更名为雍）。他乘完颜亮南伐之机，于十月在东京（今辽宁辽阳）自立为帝，十二月迁于中都（今北京）。

〔21〕得吾岁币，惟金与帛：按宋金和议，宋每年要交付予金大量金、帛。

〔22〕廪窖：收藏粮食的仓库和地窖。

〔23〕政庞：政府机构庞大而杂乱。　官吏横：官吏横行霸道。　常赋供亿，民粗可支：正常赋税的供给，老百姓勉强可以支付。

〔24〕意外而有需，公实取一而吏七八之：额外的不正常的需求，公家征求一分，官吏就要搜括到七八倍之多。

〔25〕反丧其资：反而丧失原有的资产。

〔26〕"且如中原所签"以下六句：签，签兵，金人强迫人民当兵叫签兵。大汉军，指金人强迫汉人组成

的军队。这几句是说:大汉军是由被金人踩蹦至死的父、祖遗留下来的汉人组成的。他们的家产曾被金人勒索殆尽,出于对金人的怨恨,他们与金人并不同心。

〔27〕沙漠所签者:指金人的本族士兵。　道里辽绝:道路辽远。

〔28〕始逆亮南寇之时,皆是诛胁酋长,破灭资产,人乃肯从:金人实行奴隶制,最高奴隶主有生杀予夺之权。

〔29〕粘罕、兀术:金人初侵宋时两个军事领袖。粘罕,即完颜宗翰(1078—1137)。他在灭辽、灭北宋的战争中立下了汗马功劳,终官尚书令、晋国公。　兀术:即完颜宗弼(？—1148)。长年与宋将韩世忠、岳飞、张浚、刘锜等交战,成为宋军的劲敌。后与南宋签订绍兴和议,官终太傅、太师。叶,和洽友好。

〔30〕伪许王以庶长守于汴,私收民心,而嫡少尝暴之于其父:伪许王,指金世宗子完颜永中。大定元年封许王;五年,判大兴尹。出守于汴,即指其任大兴府尹事。嫡少,指金太子永恭。永恭曾在金世宗面前暴露永中在大兴府私收民心的事。后来永恭之子为帝(章宗),永中最终以凶终。此是后话,但说明辛弃疾的预见很准。

〔31〕觇:窥测。　切脉:诊脉。　逆:预料。

〔32〕官渡之师,袁绍未遽弱也,曹操见之,以为终且自毙者,以嫡庶不定而知之:官渡,在今河南中牟东北。汉末曹操与袁绍在此决战,曹操以少胜众,袁绍大败。袁绍死后,绍诸子由嫡庶不分而自相残杀,终为曹操各个击破。

〔33〕"咸阳之都"以下数句:据《史记》:汉高祖刘邦曾在咸阳服徭役,他目睹秦始皇出游时仪仗之盛,叹曰:"嗟呼,大丈夫当如此也!"(《高祖本纪》)项羽也曾从其季父项梁见秦始皇出巡会稽(今浙江绍兴),项羽大呼:"彼可取而代也!"(《项羽本纪》)

　　本文作为《美芹十论》的第一论,主要从"形"与"势",虚与实两方面分析敌我双方的优劣。主要意思分两层。其一,辩明"形"与"势"之不同及各自功用:形,"小大是也";势,"虚实是也"。"形可举以示威,不可用以必胜";"若夫势则不然,有器必可用,有用必可济"。其二,认为敌人虽有地广、财多、兵众之"形",但也存在着诸多致命的弱点和难以消除的矛盾,作者以大量事实证明:敌人地广之"形","其实易分";财多之"形","其实难恃";兵众之"形","实难调而易溃"。而我方则具备敌人所没有的可用之"势":"盖国之亡,未有如民怨、嫡庶不定之酷,虏今并有之,欲不亡何待?"只要我方奋发图强,有所作为,并善于乘敌之机,就一定能够克敌制胜,取得抗战的胜利。

淳熙己亥论盗贼札子

　　淳熙己亥为宋孝宗淳熙六年(1179)。这年春三月,四十岁的辛弃疾由湖北转运副使改任湖南转运副使。时湖南一带农民暴动频繁,严重威胁着南宋王朝的统治。南宋朝廷派辛弃疾到湖南,实际上是想利用他这把刀子,严酷镇压暴民的骚动和起义,安定湖南地区此起彼伏的民变。辛上任后,对当地民情吏治作了大量详细的考察,尔后向孝宗皇帝上了这道奏折。

　　臣窃惟方今朝廷清明,法令备具,虽四方万里之远,涵泳德泽如在畿甸[1],宜乎盗贼不作,兵寝刑措[2],少副陛下厉精求治之意。而比年以来,李全之变,赖文正之变,姚明敖之变,陈峒之变,及今李接、陈子明之变,皆能攘臂一呼,聚众千百,杀掠吏民,死且不顾,重烦大兵翦灭而后已[3],是岂理所当然者哉?臣窃伏思念,以为实臣等辈分阃持节,居官亡状,不能奉行三尺,斥去贪浊,宣布德意,牧养小民,孤负陛下使令之所致。责之臣辈,不敢逃罪[4]。

　　臣闻唐太宗与群臣论盗,或请重法以为禁。太宗哂之曰:"民之所以为盗者,由赋繁役重,官吏贪求,饥寒切身,故不暇顾廉耻尔。当轻徭薄赋,选用廉吏,使民衣食有馀,则自不为盗,安用重法耶?"[5]大哉斯言。其后海内升平,路不拾遗,外户不闭,卒致贞观之治。以是言之,罪在臣辈,将何所逃?

　　臣姑以湖南一路言之。自臣到任之初,见百姓遮道,自言嗷嗷困苦之状[6]。臣以谓斯民无所诉,不去为盗将安乎?臣一一按奏,所谓"诛之则不可胜诛"[7]。臣试为陛下言其略:陛下不许多取百姓斗米面,今有一岁所取反数倍于前者;陛下不许将百姓租米折纳见钱,今有一石折纳至三倍者,并耗言之,横敛可知。陛下不许科罚人户钱贯,今则有旬日之间追二三千户而科罚者;又有已纳足租税而复科纳者,有已纳足、复纳足、又诬以违限而科罚者。有违法科卖醋钱、写状纸、由子、户帖之属,其钱不可胜计者。军兴之际,又有非军行处所,公然分上、中、下户而科钱,每都保至数百千。有以贱价抑买、贵价抑卖百姓之物,使之破荡家业、自缢而死者。有二三月间便催夏税钱者。其他暴征苛敛,不可胜数。

　　然此特官府聚敛之弊尔,流弊之极,又有甚者:州以趣办财赋为急,县有残民害物之政而州不敢问;县以并缘科敛为急,吏有残民害物之状而县不敢问;吏以取乞货赂为急,豪民大姓有残民害物之罪而吏不敢问[8]。故田野之民,郡以聚敛害之,县以科率害之,吏以取乞害之,豪民大姓以兼并害之,而又盗贼以剽杀攘夺害之。臣以谓"不去为盗,安将之乎",正谓是耳。且近年以来,年谷屡丰,粒米狼戾,而盗贼不禁乃如此,

167

一有水旱乘之，臣知其弊有不可胜言者。

民者国之根本，而贪浊之吏迫使为盗。今年剿除，明年扫荡，譬如木焉，日刻月削，不损则折[9]，臣不胜忧国之心，实有私忧过计者，欲望陛下深思致盗之由，讲求弭盗之术，无恃其有平盗之兵也[10]。

臣孤危一身久矣，荷陛下保全，事有可为，杀身不顾。况陛下付臣以按察之权，责臣以澄清之任，封部之内，吏有贪浊，职所当问，其敢瘝旷，以负恩遇[11]？自今贪浊之吏，臣当不畏强御，次第按奏，以俟明宪[12]。庶几荒遐远徼，民得更生，盗贼衰息[13]，以助成朝廷胜残去杀之治[14]。但臣生平刚拙自信，年来不为众人所容，顾恐言未脱口而祸不旋踵，使他日任陛下耳目之寄者，以臣为戒，不敢按吏，以养成盗贼之祸，为可虑耳。伏望朝廷先以臣今所奏，申敕本路州县：自今以始，洗心革面，皆以惠养元元为意[15]。有违弃法度、贪冒亡厌者，使诸司各扬其职，无徒取小吏按举，以应故事，且自以文过之地而已也。臣不胜幸甚。

〔1〕窃惟：私下考虑、私下念及。　四方万里之远，涵泳德泽如在畿甸：意谓四方万里之远的人，沉浸在陛下您的恩德润泽中，就如同在您的近郊城周统治中一样。涵泳，沉浸。畿甸，古制王畿千里，千里之内曰甸服，去王城五百里，后用来泛指京城地区。

〔2〕兵寝刑措：兵革不用，刑法不施。寝，止息；措，放置一边。

〔3〕"而比年以来"以下数句：以上所提几次民变，都发生在南宋统治地区。发生的具体时间及原因待考。

〔4〕"臣窃伏思念"以下数句：言以上诸多民变的原因，责任在为臣的没有尽到为官的责任，不能严格执法，斥去贪浊之官，很好地养育安抚小民所致。　分阃持节，言大臣都是接受了皇帝的使命各尽其职的。《史记·张释之冯唐列传》记汉武帝谓冯唐："阃以内者，寡人制之，阃以外者，将军制之。"阃，指郭门，国门。

〔5〕"臣闻唐太宗与群臣论盗"以下数句：事见新、旧《唐书·太宗纪》和《资治通鉴·唐纪》。

〔6〕百姓遮道，自言嗷嗷困苦之状：老百姓把道路都阻塞遮蔽了，自言在贪吏的压榨下痛苦不堪之状。嗷嗷，因痛苦而发出的嗷叫声。

〔7〕臣一一按奏，所谓"诛之则不可胜诛"：结合上下文，"诛之则不可胜诛"，当指贪官污吏。言无官不贪，贪官污吏太多，绳之以法，诛杀都诛杀不尽。下面所说的即官吏欺诈贪鄙的几个显著例子。

〔8〕"然此特官府聚敛之弊尔"以下数句：各级官吏因互相之间各有利害关系，他们都在层层盘剥小民，小民百姓遭受冤枉痛苦而无可告诉。

〔9〕"民者国之根本"以下数句：人民是国家的根本，可是贪官污吏逼使老百姓不得不为盗。如果用武力剿除的办法，年年不断地扫荡消灭，这就好比一株大树，经常不断地刻削它，其结果是或使它受到根本的损伤，或使它从根本上折断。

〔10〕讲求弭盗之术，无恃其有平盗之兵也：应该研究一下如何防止老百姓成为盗贼的办法，不要过分依赖自己有足够的平定盗贼的兵力。

〔11〕其敢瘝(guān)旷，以负恩遇：怎么能旷废自己的职责，辜负陛下您对我的恩宠信任呢？瘝旷，旷废。

〔12〕以俟明宪：以等待国家的明令典章来定其罪。

〔13〕庶几荒遐远徼，民得更生，盗贼衰息：这样差不多国家荒远边境地区之民才能得有一次再生的机会，盗贼也就会渐渐地衰减平息下来。荒遐远徼，荒芜的边境地区。遐，远地；徼，边界地区。

〔14〕以助成朝廷胜残去杀之治：用以上办法来促成朝廷实施克制残虐去除杀戮的政治。胜，克制。去，去除。

〔15〕洗心革面，皆以惠养元元为意：有望于各级官吏，改过自新，都要以恩惠养育老百姓为意。洗心革面，改变思想，改变容貌。惠养，赐予恩惠，精心养育。元元，指庶民、众民。《史记·孝文本纪》："以全天下元元之民。"司马贞《史记索隐》引姚察云："其言元元者，非一人也。"

本文虽就湖南一地之"盗"向皇帝进言，但对"盗贼"兴起原因的分析在封建时代实具诸多典型意义。文章以唐太宗与群臣论盗为据，以大量调查得来的事实为证，提出贼盗之兴，其根源不在民而在官，"赋繁役重，官吏贪求，饥寒切身，故不暇顾廉耻尔。"因此，他不主张对"盗"施以严刑峻法，认为"去盗之法，在于选用廉吏，使民衣食有馀"。基于此，他要求孝宗皇帝赋予自己按察官吏的权力，"自今贪浊之吏，臣当不畏强御，次第按奏，以俟明宪。庶几荒遐远徼，民得更生，盗贼衰息，以助成朝廷胜残去杀之治"。但他又深恐因此而得罪权贵，给自己带来更大罪过，"顾恐言未脱口而祸不旋踵，使他日任陛下耳目之寄者，以臣为戒，不敢按吏，以养成盗贼之祸，为可虑耳"。故此文之作，一则表明自己对治盗的看法，二则更主要的是向皇帝进言，使其坚定对自己的信任，以便自己能够放手处理有关事务，以达到"治盗"的真正实效。

九　议（其九）

本文为辛弃疾的另一重要散文代表作品。与《美芹十论》一样，本文主要也是谈恢复中原故土的具体大计的。文章共分九个部分，其一论求取、任用天下人才之道，"盖天下有英雄者出，然后能屈群策而用；有豪杰者出，然后能知天下之情。"其二论言和之弊，作者除对言和者加以批判外，对速胜论也特加批评，并特别提出"能任败"的建议。其三论敌我之优劣，认为制胜之道在于取己之长攻敌之短。其四论对敌之谋，特为朝廷献"骄兵之谋"。其五论为兵"阴谋"，认为"与其招沙漠之酋长，不若攻其腹心之大臣；与其结中原之忠义，不若间州县之小兵"。其六论具体对金战略：分四路张兵，待时而动，先取山东，然后各路协进。其七论富国强兵之道，认为："富国之术，不在于聚敛而在于惜费，苟从其可惜者而惜之，则国不胜富矣。"其八论迁都之计,认为迁都应根据实际情况而定,不应空取其形式。"有不得已而必迁者,有既迁而又当迁者,又有不可得而迁者,及未可得而迁者。"其九论南北大势,意在破除南宋众多朝臣据千古历史经验中形成的南方弱于北方、不足以与北方争衡的观点。作者在《九议》中,力鼓国人之气,认为如能取己之长,运敌之短,定能克敌制胜,取得统一中原的胜利。以下所选为其开头一段和其中的第九议。

某窃惟方今之势,恢复岂难为哉?上之人持之坚,下之人应之同。君子曰不事仇雠,小人曰脱有富贵,如是而恢复之功立矣[1]。虽然,战者,天下之危事;恢复,国家之大功,而江左所未尝有也[2]。持天下之危事,求未尝之大功,此搢绅之论,党同伐异,一唱群和,以为不可者欤?于是乎为国生事之说起焉,孤注一掷之喻出焉,曰"吾爱君,吾不为利";曰"守成、创业不同,帝王、匹夫异事"。天下未尝战也,彼之说大胜矣;使天下果战,战而又少负焉,则天下之事将一归乎彼之说,谋者逐,勇者废,天下又将以兵为讳矣[3]。则夫用兵者,讳兵之始也。

某以为他日之战,当有必胜之术,欲其胜也,必先定规模而后从事。故凡小胜不骄,小负不沮者,规模素定也[4]。某谨条具其所以规模之说,以备采择焉。苟从其说而不胜,与不从其说而胜,其请就诛殛,以谢天下之妄言者。唯无以人而废其言,使天下之事不幸而无成功,他日徒以某为知言,幸甚。

其　九

事有甚微而可以害成事者,不可不知出。朝廷规恢远略,求西北之士,谋西北之事,西北之士固未用事也,东南之士必有悻然不乐者矣。缓急则南北之士必大相为斗,南北之士斗,其势然也。西北之士又自相为斗:有才者相媢,有位者相轧,旧交怨其新贵,同党化为异论,故西北之士又自相为斗[5]。私战不解则公战废,亦其势然也。武王曰:"受有臣亿万,惟亿万心;予有臣三千,惟一心。"胜商杀受,诚在于此[6]。某欲望朝廷思有以和辑其心者,使之合志并力,协济事功,则天下幸甚。

右某所陈,皆恢复大计,其详可次第讲闻也。独患天下有恢复之理,而难为恢复之言。盖一人醒而九人醉,则醉者为醒而醒者为醉矣;十人愚而一人智,则智者为愚而愚者为智矣[7]。不胜愚者之多,而智者之寡也[8]。故天下有恢复之理，而难为恢复之言。虽然，某尝为之说曰。

今之议者皆曰："南北有定势，吴楚之脆弱不足以争衡于中原。"某之说曰："古今有常理，夷狄之强暴不可以久安于华夏。"夫所谓南北定势者，粤自汉鼎之亡，天下离为南北，吴不能以乱魏，而晋卒以并吴；晋不能取中原，而陈亦终毙于隋。与夫艺祖皇帝之取南唐、取吴越，天下之士遂以为东南地薄兵脆，将非命世之雄，其势故至于此[9]。而蔡谟亦谓："度今诸人，必不能办此，吾见韩庐、东郭俱毙而已[10]。"某以谓吴不能取魏者，盖孙氏之割据，曹氏之猜雄，其德本无以相过，而西蜀之地又分于刘备，虽欲以兵窥魏，势不可得也。晋之不能取中原者，一时诸戎皆有豪杰之风，晋之强臣方内自专制，拥兵上流，动辄问鼎，自治此如，何暇谋人？宋、齐、梁、陈之间，其君臣又皆以一战之胜，蔑其君而夺其位，其心盖侥幸于人不我攻，而所以攻人者皆自固也[11]。至于南唐、吴越之时，适当圣人之兴，理固应尔，无足怪者。由此观之，所遭者然，非定势也。

且方今南北之势，较之彼时亦大异矣：地方万里而劫于夷狄之一姓，彼其国大而上下交征，政庞而华夷相怨，平居无事，亦规规然摹仿古圣贤太平之事，以诳乱其耳目，是以其国可以言静而不可以言动，其民可与共安而不可与共危。非如晋末诸戎，四分五裂，若周秦之战国、唐季之藩镇，皆家自为国，国自为敌，而贪残吞噬、剽悍劲鲁之习纯用而不杂也。且六朝之君，其祖宗德泽涵养浸渍之难忘，而中原民心眷恋依依而不去者，又非得为今日比[12]，故曰："较之彼时，南北之势大异矣。"

当秦之时，关东强国莫楚若也，而秦楚相遇，动以十数万之众见屠于秦，君为秦虏而地为秦墟。自当时言之，是以南北勇怯不敌之明验，而项梁乃能以吴楚子弟驱而之赵，救钜鹿，破章邯，诸侯之军十馀壁皆莫敢动，观楚之战士，无不一当十，诸侯之兵皆人人惴恐，卒以坑秦军，入函谷，焚咸阳，杀子婴，是又不可以南北勇怯论也。方怀王入秦时，楚人之言曰："楚虽三户，亡秦必楚。"夫彼岂能逆知其事之必至此耶？盖天道好还，亦以其理而推之耳。故某直取古今常理而论之[13]。

夫所谓古今常理者，逆顺之相形，盛衰之相寻，如符契之必合，寒暑之必至。今夷狄所以取之者至逆也，然其所居者亦盛矣。以顺居盛，犹有衰焉；以逆居盛，固无衰乎？某之所谓理者此也。不然，裔夷之长而据有中夏，子孙又有泰山万世之安，古今岂有是事哉[14]？今之议者，皆痛惩曩时之事，而劫于积威之后，不推项籍之亡秦，而猥以蔡谟之论晋者以藉其口,是犹怀千金之璧,而不能斡营低昂,而俯首于贩夫;惩蝮蛇之毒,不能详核真伪,而褫魄于雕弓,亦以过矣。昔越王见怒蛙而式之,曰:"是犹有气。"〔15〕盖人而有气,然后可以论天下。

〔1〕"某窃惟方今之势,恢复岂难为哉"以下七句:作者意在说明恢复中原之事并不难,只要上下一心,坚定信念,恢复中原之大业是可以成就的。"上之人持之坚",言在上者立场坚定;"下之人应之同",言在下者同心协力地响应。"脱有富贵",言摆脱事敌侥幸求富贵之心。恢复,指恢复中原。

〔2〕"战者,天下之危事;恢复,国家之大功,而江左所未尝有也":作战是事关天下危亡的大事;恢复是国家的大功业,但历史上位处江左的历代王朝都没有做到恢复中原。

〔3〕"天下未尝战也"以下数句:天下还没有战斗,以上"为国生事"、"孤注一掷"之说就会广泛流行。假使天下果真采用武力解决的办法,在战斗中如果又稍有失利,则彼人将把失利之因统统归于战之罪,出谋者是被驱逐;勇战者于是被废弃,天下又将把用兵作为忌讳不再谈论了。大胜,犹言广泛流行。

〔4〕小胜不骄,小负不沮者,规模素定也:不因小的胜利而骄傲,不因小的失败而沮丧,就是因为作战的计划预先进行了周密的设计。

〔5〕"朝廷规恢远略"以下数句:言朝廷内部出身西北与出身东南的大臣之间的内争,以及出身西北的大臣之间的内争,辛弃疾对此当有深刻的体会。"有才者相媢,有位者相轧"是指,有才的互相嫉恨,在位的则互相倾轧。相媢,互相嫉恨嫉妒。媢,嫉恨嫉妒。

〔6〕"武王曰"以下数句:武王,指周武王,他在商末举兵反商,推翻商纣王的统治。辛弃疾引武王之语,意在说明天下一心一致对敌的重要性。受,指商纣王,即帝辛,商代最后一个君主,名受,著名暴君。在位期间,重刑厚敛,穷兵黩武,湎于酒色,滥施刑罚,而又刚愎自用,拒谏饰非,芟夷宗室,残害忠良,最终众叛亲离。

〔7〕"独患天下有恢复之理"以下数句:这几句言固定成说深入人心形成一错误定势,于是认错为对认假为真,智者成愚而愚者成智。患,忧虑。

〔8〕不胜愚者之多,而智者之寡也:不担心愚者多而担心智者少。胜,这里有担心、忧虑的意思。

〔9〕"夫所谓南北定势者"以下数句:这几句是引用对方的言论观点,言对方认为:自东汉末年以来,南北形势的对比,一直是北强于南,如孙吴政权不能乘曹魏之乱北伐中原,而晋最终灭吴。东晋建立后,也最终未能再取中原,而陈朝也最终灭亡于隋。北宋初年赵匡胤取南唐、吴越均是如此。

〔10〕"而蔡谟亦谓"以下数句:蔡谟,东晋著名大臣,字道明,晋元帝时累官至侍中,以平苏峻功,封济阳侯,历迁太常。拜征北将军,都督徐兖青州诸军事、徐州刺史。他深谋远虑,为时所重,后辞官归里,朝廷累征不出,有人劾其狂傲,被废为庶人。按韩庐、东郭之论,见《晋书·蔡谟传》。公元349年,后赵皇帝石虎死,"中国大乱",时朝臣咸谓此后东晋当能有一段太平时光。蔡谟独认为不然,他对自己的亲近者说:石虎之死诚值得庆贺,但石虎之死也会给我朝引致灾难的后果。人问为什么。蔡说:"夫能顺天而奉时,济六合于草昧,若非上哲,必由英豪,度德量力,非时贤所及,必将经营分表,疲人以逞志。才不副意,略不称心,财单力竭,智勇俱丧,此韩庐、东郭所以双毙也。"言外之意是说,石虎死后,如果继承者不是一具备雄才大略具领袖才能的人,必会疲惫天下人以逞其志,这就如同打猎一样,再优秀的猎犬,再狡猾的野兔,也会在这场特殊的角逐中双双力尽而死去。韩庐,又名韩子庐,古代韩国良犬名;东郭,又名东郭逡,古代野兔名。《战国策·齐策三》:"韩子庐者,天下之疾犬也;东郭逡,海内之狡兔也。"

〔11〕"某以谓吴不能取魏者……而所以攻人者皆自固也":以上言南方不能胜于北方,建立一统政权的原因,并不是因为南方命中注定要被北方统一,而是有特殊的原因的。三国时是因为孙权才能本不如曹操,

又加西蜀有刘备的割据。东晋不能取中原,是因北方少数民族领导者皆有豪杰之风概,东晋内部又有强臣专制,动辄动篡位之念。宋、齐、梁、陈四代国君均是一次战胜之后篡夺所得的政权,故常防他人攻之而不暇,自然不能有统一天下之志。

〔12〕"且方今南北之势,较之彼时亦大异矣"以下数句:言现在形势非南北朝时期可比,北方被夷狄一姓占领,胡汉民族矛盾尖锐,天下只宜静而不宜动,一有风吹草动,就会形成天下大乱局面。非比南北朝时有若战国、唐末之家自为国,互相攻伐。况且当年六朝时期百姓对中原汉族政权的怀念远远比不上现在老百姓对北宋故国的怀念。

〔13〕"当秦之时"以下数句:作者以项羽灭秦为典型事例,反驳诸人以战国末期秦对楚国的征服说明南北勇怯的悬殊及南方难以统一北方的观点。按文中的项梁,实应为项羽,作者引证历史有误。项羽名籍,秦末起义军领袖,下相人,出身楚国贵族。秦二世元年(前209),他助项梁杀会稽太守,举吴中兵响应。项梁战死后,秦将章邯围赵,楚怀王任宋义为上将军,他为次将,率军救赵。宋义行至安阳(今山东曹县东南)逗留四十六日不进,他杀死宋义。怀王任他为上将军,率兵渡漳水救赵。他于漳水破釜沉舟,以示有进无退。钜鹿一战,摧毁秦军主力。后又坑杀秦降军二十万。入关后,自立为西楚霸王,屠咸阳,杀秦降王子婴,烧秦宫室,随后与刘邦争天下。

〔14〕"夫所谓古今常理者"以下数句:以天下盛衰之理相推,言金人以至逆取天下,虽现在方在盛期,总有衰弱之时。以顺取天下者,尚有衰弱之时,何况以逆取天下,更是不言而喻。

〔15〕"昔越王见怒蛙而式之"以下两句:《韩非子·内储上·七术》:"越王虑伐吴,欲人之轻死也,出见怒蛙乃为之式。……御者曰:'何为之者式?'王曰:'蛙有气如此,可无为式乎?'"式,即"轼",古代车前用作扶手的横木,这里用为动词,车中人扶着车前横木站立以表尊敬。

  本文选自《九议》开头一段和其中的第九议。开头一段,专论恢复,作者认为,恢复并不难,难得的是能做到"君子曰不事仇雠,小人曰脱有富贵,如是而恢复之功立矣",不为和谈邪说所动,并能采取行之有效的办法,"他日之战,当有必胜之术,欲其胜也,必先定规模而后从事。故凡小胜不骄,小负不沮者,规模素定也",从而为自己以下的进言创造条件。

  第九议先论南宋朝廷内部思想统一的重要性,再对"南北有定势,吴楚之脆弱不足以争衡于中原"的抗金必败论者提出批驳,作者最主要的立论根据是"古今有常理,夷狄之强暴不可以久安于华夏",并对历史上南北之争南不胜北的原因做出自己的分析:"吴不能取魏者,盖孙氏之割据,曹氏之猜雄,其德本无以相过,而西蜀之地又分于刘备,虽欲以兵窥魏,势不可得也。晋之不能取中原者,一时诸戎皆有豪杰之风,晋之强臣方内自专制,拥兵上流,动辄问鼎,自治此如,何暇谋人?宋、齐、梁、陈之间,其君臣又皆以一战之胜,蔑其君而夺其位,其心盖徼幸于人不我攻,而所以攻人者皆自固也"。作者认为:"且方今南北之势,较之彼时亦大异矣:地方万里而劫于夷狄之一姓,彼其国大而上下交征,政庞而华夷相怨……是以其国可以言静而不可以言动,其民可与共安而不可与共危。"只要上下一心,恢复之事并不难。作者最后批评那些抗金失败论者:"今之议者,皆痛惩囊时之事,而劫于积威之后，不推项籍之亡秦，而猥以蔡谟之论晋者以籍其口，是犹怀千金之璧，而不能斡营低昂，而俯首于贩夫；惩蝮蛇之毒，不能详核真伪，而褫魄于雕弓，亦以过矣。"

祭陈同父文

本篇是辛弃疾为自己的朋友陈亮写的一篇祭文。陈亮，字同父，生于南宋绍兴十三年(1143)，去世于绍熙五年(1194)。与辛弃疾一样，在当时的民族斗争中，陈亮也力主抗战，反对投降，并因此而屡遭求和派的贬斥诬陷。文章追叙陈亮的才华、性格，对友人才不得及时而用的遭遇表达了深深的遗憾之情。

呜呼！同父之才，落笔千言，俊丽雄伟，珠明玉坚，人方窘步，我则沛然。庄周、李白，庸敢先鞭[1]。同父之志，平盖万夫。横渠少日[2]，慷慨是须。拟将十万，登封狼胥[3]。彼臧马辈，殆其庸奴[4]。

天于同父，既丰厥禀，智略横生，议论风凛。使之早遇，岂愧衡伊[5]。行年五十，犹一布衣。间以才豪，跌宕四出。要其所厌，千人一律。不然少贬，动顾规检。夫人能之，同父非短。至今海内，能诵三书[6]。世无杨意，孰主相如[7]？中更险困，如履冰崖。人皆欲杀，我独怜才[8]。脱廷尉系，先多士鸣。耿耿未阻，厥声浸宏。盖至是而世未知同父者，益信其为天下之伟人矣。

呜呼！人才之难，自古而然。匪难其人，抑难其天。使乖崖公而不遇，安得征吴入蜀之休绩[9]？太原决胜，即异时落魄之齐贤[10]。方同父之约处[11]，孰不望夫上之人，谓握瑜而不宣[12]？今同父发策大廷，天子亲置之第一，是不忧其不用[13]。以同父之才与志，天下之事，孰不可为？所不能自为者，天靳之年！

闽浙相望，音问未绝，子胡一病，遽与我诀！呜呼同父，而止是耶？而今而后，欲与同父憩鹅湖之清阴，酌瓢泉而共饮[14]，长歌相答，极论世事，可复得耶？千里寓辞，知悲之无益，而涕不能已。呜呼同父，尚或临监之否[15]？

〔1〕庄周、李白,庸敢先鞭:言陈亮才华出众,即使庄子和李白,也不能领先他一着。先鞭,领先超越。

〔2〕横渠:指北宋思想家张载,字横渠。

〔3〕登封狼胥:狼胥,指狼居胥山,即今蒙古国肯特山。汉武帝时霍去病大败匈奴,曾登狼居胥山铭石记功。封,筑坛祭祀,古代一种仪式。相传,张载年轻时慷慨激昂,曾学兵法,并拟集结人马前往收复洮西失地。

〔4〕臧马:意指未确,有人认为是指东汉匈奴中郎将臧旻和伏波将军马援。恐未确。

〔5〕衡伊:指商汤时的名相伊尹和商汤时伊尹官阿衡。

〔6〕三书:陈亮在淳熙五年,曾三次上书于宋孝宗,为时人所称,所上奏章,人称三书。

〔7〕世无杨意,孰主相如:据《史记·司马相如传》:司马相如得狗监杨得意之荐,而为汉武帝所知,得以信用。

〔8〕人皆欲杀,我独怜才:杜甫有怀念李白之诗名《不见》,诗曰:"不见李生久,佯狂真可哀。世人皆欲杀,吾意独怜才。"据文献,陈亮曾三次被诬入狱。

〔9〕"使乖崖公"两句:乖崖,指北宋名臣张咏(946—1045)。张咏曾平定蜀中李顺起义,安定蜀中秩序;又曾任杭州知府,在任赏罚分明,治绩甚佳,文故夸其"征吴入蜀之休绩"。

〔10〕"太原决胜"两句:据《宋史·张齐贤传》:北宋名臣张齐贤小时值战乱,家中贫困。他曾以布衣之身向宋太祖献平太原之策。太平兴国四年(979),宋太宗亲征晋阳,张齐贤得任秘书丞,参与平太原之役。

〔11〕约处:未得官以布衣身份闲居。

〔12〕握瑜而不宣:身怀治国之大才而未显于世。瑜,美玉。比喻才干。宣,显示。

〔13〕"天子亲置之第一"以下两句:陈亮于宋光宗时举进士,礼部原报为第三名,光宗亲笔改为第一名。

〔14〕鹅湖、瓢泉:在今江西上饶,辛弃疾曾长期在此居住,淳熙十五年(1188)陈亮自东阳前来,与辛弃疾相会。

〔15〕临监:光临明察。

  这篇《祭陈同父文》,极力张扬陈亮的过人之才、过人之志,坎坷不平的遭遇,不为人赏识的悲哀;而写其为天子知之时,却不幸短命而亡。辛弃疾作为陈亮志同道合的友人而创作这篇祭文,表达的不仅是一种对友人的深深哀悼之情,在惋惜朋友才能、志向不得及时为世所用的同时,实际暗含着作者自己诸多功业未成的深深感慨和对失去同道朋友的极端悲哀之情。

◎ 附　录

辛弃疾行年略考

辛弃疾，字幼安。中年名所居曰稼轩，因自号稼轩居士。南宋恭宗德祐元年（1275）追谥为"忠敏"。

辛弃疾始祖辛维叶，在唐朝曾任大理事评事，由狄道迁济南，故世为济南人。高祖名师古，曾任儒林郎。曾祖辛寂，曾任宾州司户参军。祖父辛赞，因累于族众，未能随宋室南渡，后仕于金。先后为谯县、开封等地守令。父辛文郁，早卒，弃疾自幼随祖父辛赞生活。

宋高宗绍兴十年庚申（1140），金熙宗天眷三年，一岁

本年五月十一日卯时，辛弃疾生于山东历城。

次年十一月，宋金"绍兴和议"成，宋向金称臣。十二月，岳飞遇害于风波亭。

宋绍兴十九年己巳（1149），金海陵王完颜亮天德元年，十岁

约本年，辛弃疾受业于蔡松年，与党怀英同学。《宋史·辛弃疾传》："少师蔡伯坚，与党怀英同学，号为辛党。始筮仕，决以蓍，怀英遇《坎》，因留事金；弃疾得《离》，遂决意南归。"

宋绍兴二十三年癸酉（1153），金海陵王贞元元年，十四岁

本年，金主完颜亮迁都于燕京。辛于本年领乡举。次年首次到燕山。

宋绍兴二十七年丁丑（1157），金海陵王正隆二年，十八岁

约本年，赴礼部考试，始有第二次燕山之行。辛自谓："大父臣赞尝令臣两随计吏抵燕山，谛观形势。谋未及遂，大父臣下世。"（《美芹十论》）辛赞也约在本年去世。

宋绍兴三十一年辛巳（1161），金世宗完颜雍大定元年，二十二岁

是年夏，金主亮迁都开封。九月，大举南侵。辛聚众二千，归义军耿京部，为掌书记，劝说耿京归宋，以图大计。僧人义端窃耿京印叛逃，辛弃疾追而杀之。

十月，金辽阳留守完颜雍发动兵变，自立为帝，改元为大定。

十一月，宋金在采石矶决战，完颜亮死于内乱，金军败溃。

宋绍兴三十二年壬午（1162），金大定二年，二十三岁

本年正月，领耿京命奉表归南，高宗劳师建康，召见辛，授承务郎、天平节度掌书记，并以节度使印告召耿京。会张安国、邵进杀耿京降金。弃疾还至海州，与统制王世隆及忠义人马全福等径趋金营。张安国方与金将酣饮,即众中缚之以归。金将追不及。弃疾献俘于建康,安国被斩于市。弃疾仍授前官,改差江阴签判。

本年夏,孝宗继位,起用主战名将张浚,准备北伐。

宋孝宗隆兴元年癸未（1163）,金大定三年,二十四岁

本年夏,张浚兵败符离,罢枢密使。七月,汤思退为相,主和议。

本年,辛弃疾在江阴签判任上。作文《请练民兵守淮疏》。

宋孝宗隆兴二年甲申（1164）,金大定四年,二十五岁

本年,宋金"隆兴和议"成,议定宋金为侄叔之国。

辛弃疾仍在江阴签判任上。

宋孝宗乾道元年乙酉（1165）,金大定五年,二十六岁

辛弃疾仍在江阴签判任上。作《美芹十论》。

后此二年,或谓从本年开始三年中,辛弃疾事不详。有谓漫游吴楚,有谓失职流落金陵。

宋乾道四年戊子（1168）,金大定八年,二十九岁

辛弃疾在建康通判任上。共历二年。与知建康兼行宫留守史正志(致道)、淮西军马钱粮总领叶衡(梦锡)结识。

作品有《水龙吟》（水天千里清秋）、《念奴娇》（我来吊古）、《满江红》（鹏翼垂空）、《千秋岁》（塞垣秋草）、《八声甘州》（把江山好处付公来）等。

宋乾道六年庚寅（1170）,金大定十年,三十一岁

宋孝宗召对延和殿,与论及南北形势、攻守之计。

迁司农主簿,向执政上《九议》等。有谓《阻江为险须借两淮疏》、《议练民兵守淮疏》也作于此年。后文梁启超认为作于隆兴元年(1163)。

词作有《念奴娇》（晚风吹雨）、《满江红》（直节堂堂）、《前调·再用前韵》（照影溪梅）等。

宋乾道七年辛卯（1171）,金大定十一年,三十二岁

出知滁州(今安徽滁州)。鉴于州罹兵燹,井邑残破,他宽征薄赋,招流散,教民兵,议屯田。建奠枕楼。(有谓任滁在下年)

宋乾道八年壬辰（1172）,金大定十二年,三十三岁

在滁州任上。文作有《跋太祖皇帝赐王岩帖》;词作有《感皇恩》（春事到清明）、《木兰花慢》（老来情味减）。

宋乾道九年癸巳（1173）,金大定十三年,三十四岁

辛弃疾任江东安抚司参议官,得到留守叶衡的器重。词作有《一剪梅·游蒋山呈叶丞相》（独立苍茫去不归）、《菩萨蛮·金陵赏心亭为叶丞相赋》（青山欲共高人语）。梁启超认为作于此年或下年。认为"(丞相)之称,或后此编集者追题耳"。

其他可能作于此年者，有《太常引·建康中秋夜为吕潜叔赋》（一轮秋影转金波）、《声声慢·滁州旅次登奠枕楼作和李清宇韵》（征埃成阵）等。

宋淳熙元年甲午（1174），金大定十四年，三十五岁

本年六七月间或下年春夏之交，叶衡荐其慷慨有大略，调临安仓部郎官。词作有《摸鱼儿·观潮上叶丞相》（望飞来半空鸥鹭）、《洞仙歌·寿叶丞相》（江东父老）。

宋淳熙二年乙未（1175），金大定十五年，三十六岁

本年四月，茶商军赖文政起湖北，转入湖南、江西，官军屡败。六月，辛弃疾被任命为江西提点刑狱，节制诸军，督捕茶商军。九月，诱捕赖文政，茶商军平。辛加秘阁修撰，调京西转运判官。文作有《淳熙乙未登对札子》；词作有《满江红·赣州席上呈太守陈季陵侍郎》（落日苍茫）、《菩萨蛮·书江西造口壁》（郁孤台下清江水）、《祝英台近·晚春》（宝钗分、桃叶渡）。

宋淳熙三年丙申（1176），金大定十六年，三十七岁

本年，辛弃疾被差知江陵府并兼湖北安抚使。

宋淳熙四年丁酉（1177），金大定十七年，三十八岁

由知江陵府并兼湖北安抚使，再迁隆兴府兼江西安抚使，以大理少卿召。

诗作有《鹅湖夜坐》；词作有《水调歌头·淳熙丁酉……》（我饮不须劝）、《鹧鸪天·离豫章别司马汉章大监》（聚散匆匆不偶然）、《满江红·席间和洪景庐舍人兼简司马汉章大监》（天与文章）、《满江红·和洪丞相景伯韵》（倾国无谋）、《满江红·和洪丞相韵呈景庐内翰》（急管哀弦）、《菩萨蛮》（稼轩日向儿曹说）、《破阵子·为范南伯寿》（掷地刘郎玉斗）、《西江月·寿范南伯知县》（秀骨青松不老）、《蝶恋花·继杨济翁韵饯范南伯知县归京口》（泪眼送君倾似雨）等。

宋淳熙五年戊午（1178），金大定十八年，三十九岁

本年正月，陈亮到临安，三上书力请废和抗战，未果而归。

辛于本年春召赴临安，任大理寺少卿，与陈亮结识，互引为知己。夏秋之际，辛再出为湖北转运副使。词作有《满江红·江行……》（过眼溪山）、《水调歌头·舟次扬州……》（落日塞尘起）等。

宋淳熙六年己亥（1179），金大定十九年，四十岁

在湖北转运副使任，改湖南转运副使，知潭州（今长沙）兼湖南安抚使。"盗连起湖湘，弃疾悉讨平之"。文作有《淳熙己亥论盗贼札子》；词作有《水调歌头·淳熙己亥……》（折尽武昌柳）、《摸鱼儿·淳熙己亥……》（更能消几番风雨）。

宋淳熙七年庚子（1180），金大定二十年，四十一岁

在湖南安抚使任上。兴修水利，赈济灾民，创置湖南飞虎军，为江上诸军之冠。文作有《请创立湖南飞虎军疏》。

宋淳熙八年辛丑（1181），金大定二十一年，四十二岁

　　在湖南安抚使任上。文作有《祭吕东莱先生文》。

宋淳熙十年癸卯（1183），金大定二十三年，四十四岁

　　文作有《新居上梁文》；词作有《沁园春·带湖新居将成》（三径初成）、《沁园春·送赵景明知县东归再用前韵》（伫立潇湘）。

宋淳熙十一年甲辰（1184），金大定二十四年，四十五岁

　　本年，辛弃疾由湖南移帅江西。本传说他：加右文殿修撰，差知隆兴府，兼江西安抚使。时江西大饥，辛以严令，让富者出粜米，并"尽出公家官钱银器，召官吏儒生商贾市民各举有干实干者量借钱物，逮其责领运籴，不取子钱，期终月至城下发粜"，于是粮食"连樯而至，其直自减，民赖以济……帝嘉之，进一秩"。

　　词作有《减字木兰花·长沙道中……》（盈盈粉泪）、《阮郎归·耒阳道中为张处父推官赋》（山前灯火欲黄昏）、《贺新郎》（柳暗凌波路）、《满江红》（可恨东君）等。

宋淳熙十二年乙巳（1185），金大定二十五年，四十六岁

　　辛弃疾在江西帅任，约秋冬间被劾落职。词作有《水龙吟·次年南涧用韵为仆寿……》（玉皇殿阁微凉）、《菩萨蛮·乙巳冬南涧举似前作用韵和之》（锦书谁寄相思语）、《昭君怨·豫章寄张守定叟》（长记潇湘秋晚）、《西河·送钱仲耕自江西漕移守婺州》（西江水……）。

宋淳熙十三年丙午（1186），金大定二十六年，四十七岁

　　落职居上饶之带湖。词作有《鹧鸪天》（翠木千寻上薜萝）、《水调歌头》（带湖吾甚爱）、《水调歌头》（白日射金阙）、《水调歌头》（寄我五云字）、《满江红》（瘴雨蛮烟）、《念奴娇》（兔园旧赏）等。此时词作极多，不能一一列举。

宋光宗绍熙二年辛亥（1191），金章宗明昌二年，五十二岁

　　本年，辛弃疾由上饶家居起复为福建提点刑狱。词作有《水调歌头·送施枢密圣与帅江西》（相公倦台鼎）、《定风波·施枢密圣与席上赋》（春到蓬壶特地晴）等。

宋绍熙四年癸丑（1193），金明昌四年，五十四岁

　　本年辛弃疾被光宗召见，迁大理寺少卿，加集英殿修撰，知福州兼福建安抚使。词作有《西江月·癸丑正月四日……》（风月危亭致爽）等，文作有《绍熙癸丑登对札子》。是年，陈亮举进士，光宗亲擢为第一。

宋绍熙五年甲寅（1194），金明昌五年，五十五岁

　　在闽，被台臣王蔺举劾，说辛弃疾："用钱如泥沙，杀人如草芥。旦夕望端坐闽王殿。"于是罢归。

宋宁宗庆元元年乙卯（1195），金明昌六年，五十六岁

　　家居。来往于上饶、铅山间。

宋庆元二年丙辰（1196），金明昌七年，五十七岁

所居毁于火，徙居铅山县期思市瓜步山下。词作有《归朝歌·丙辰岁三月三日……》(山上千林花太俗)等。

宋庆元四年戊午（1198），金承安三年，五十九岁

主管武夷山冲祐观，知绍兴府兼浙东安抚使。词作有《鹧鸪天·戊午拜复职奉祠之命》等。

宋庆元五年己未（1199），金承安四年，六十岁

在浙江安抚使任上。

宋宁宗嘉泰四年甲子（1204），金泰和四年，六十五岁

在浙江安抚使任上。得皇帝召见，言盐法，加宝谟阁待制，提举祐神观，奉朝请。不久，差知镇江府。

宋宁宗开禧元年乙丑（1205），金泰和五年，六十六岁

在镇江知府任上。三月，以荐人不当，降朝散大夫、提举冲祐观。六月，改知隆兴府。七月初，未至新任，臣僚劾其"好色贪财，淫刑聚敛"，于是罢职，归铅山。

宋开禧二年丙寅（1206），金泰和六年，六十七岁

春，朝命差知绍兴府，兼两浙东路安抚使，辞免。

十二月，进宝文阁待制，又进龙图阁待制，知江陵府，诏令赴京奏事。

宋开禧三年丁卯（1207），金泰和七年，六十八岁

到京师奏对，任命兵部侍郎，力请辞免，遂罢。继叙复朝请大夫、朝议大夫。八月归居铅山，染病。九月，除枢密院都承旨，令速赴行在奏事。未受命，上奏乞致仕。九月十日卒，葬铅山县南十五里之阳原山中。

辛弃疾研究主要文献资料

一、辛弃疾著作主要版本

1. 元大德己亥广信书院刊本《稼轩长短句》十二卷
2. 《四库全书》本《稼轩词》四卷
3. 《四部备要》本《稼轩词》十二卷
4. 《美芹十论》，《四库全书》兵家类存目
5. 《稼轩长短句》，上海人民出版社，1975年版
6. 汪贤度校点《稼轩长短句》，上海古籍出版社，1988年版
7. 王步高、刘林辑校汇评《辛弃疾全集》，珠海出版社，2002年版

二、题名辛弃疾的著作

1.《南渡录》二卷,《四库全书》杂史类存目
2.《窃愤录》一卷,《四库全书》杂史类存目
3.《蕉窗杂录》一卷,《四库全书》杂家类存目
4.《蘂阁集》一卷,《四库全书》别集类存目

三、现代辛弃疾作品注本及研究介绍辛弃疾的专著

1. 邓广铭《辛弃疾传》,上海人民出版社,1956年版
2. 钱东甫《辛弃疾传》,作家出版社,1956年版
3. 邓广铭《稼轩词编年笺注》,古典文学出版社,1957年版,1978年上海古籍出版社重印
4. 邓广铭《辛稼轩诗文钞存》,古典文学出版社,1957年版
5. 邓广铭《辛稼轩年谱》,古典文学出版社,1958年版,1979年上海古籍出版社重版
6.《辛弃疾词文选注》,上海人民出版社,1977年版
7. 夏承焘、游止水《辛弃疾》,上海古籍出版社,1979年版
8. 刘乃昌《辛弃疾论丛》,齐鲁书社,1979年版
9. 王延弟《辛弃疾评传》,陕西人民出版社,1981年版
10. 张碧波《辛弃疾》,黑龙江人民出版社,1982年版
11. 杨牧之《辛弃疾》,中华书局,1984年版
12. 刘逸生主编、刘斯奋选注《辛弃疾词选》,广东人民出版社,1984年版
13. 马群《辛弃疾词选注》,上海古籍出版社,1984年版
14. 钟铭钧《辛弃疾词传》,中州古籍出版社,1985年版
15. 林俊荣《稼轩词新探与选译》,书目文献出版社,1986年版
16. 齐鲁书社编辑《辛弃疾词鉴赏》,齐鲁书社,1986年版
17. 常国武《辛弃疾词集导读》,巴蜀书社,1988年版
18. 朱德才《辛弃疾词选》,人民文学出版社,1988年版
19. 刘扬忠《稼轩词百首译析》,花山文艺出版社,1993年版

《辛弃疾集》名言警句

△观书到老眼如镜,论事惊人胆满躯。(《送别湖南部曲》)(第005页)
△日月相催飞似箭,阴阳为寇惨于兵。(《偶作四首》其三)(第009页)
△闲看蜂衙足官府,梦随蚁斗有干戈。(《题鹤鸣亭三首》其二)(第015页)

△蛾儿雪柳黄金缕,笑语盈盈暗香去。众里寻他千百度,蓦然回首,那人却在灯火阑珊处。(〔青玉案〕"东风夜放花千树")(第023页)
△满眼不堪三月暮,举头已觉千山绿。(〔满江红〕"敲碎离愁")(第024页)
△芳草不迷行客路,垂杨只碍离人目。(〔满江红〕"敲碎离愁")(第024页)
△旧时行处,旧时歌处,空有燕泥香坠。(〔鹊桥仙〕"轿儿排了")(第028页)
△宝钗分,桃叶渡,烟柳暗南浦。(〔祝英台近〕"宝钗分,桃叶渡")(第031页)
△画梁燕子双双,能言能语,不解说:相思一句。(〔祝英台近〕"绿杨堤,青草渡")(第032页)
△吴头楚尾,一棹人千里。(〔霜天晓角〕"吴头楚尾")(第036页)
△忆对中秋丹桂丛,花在杯中,月在杯中。(〔一剪梅〕"忆对中秋丹桂丛")(第042页)
△谁做冰壶凉世界,最怜玉斧修时节。(〔满江红〕"快上西楼")(第043页)
△闻道清都帝所,要挽银河仙浪,西北洗胡沙。(〔水调歌〕"千里渥洼种")(第052页)
△楚天千里清秋,水随天去秋无际。(〔水龙吟〕"楚天千里清秋")(第060页)
△休说鲈鱼堪脍,尽西风,季鹰归未?求田问舍,怕应羞见,刘郎才气。(〔水龙吟〕"楚天千里清秋")(第060页)
△斫去桂婆娑,人道是、清光更多。(〔太常引〕"一轮秋影转金波")(第062页)
△西北望长安,可怜无数山。(〔菩萨蛮〕"郁孤台下清江水")(第064页)
△青山遮不住,毕竟东流去。(〔菩萨蛮〕"郁孤台下清江水")(第064页)
△截江组练驱山去,鏖战未收貔虎。(〔摸鱼儿〕"望飞来")(第066页)
△破敌金城雷过耳,谈兵玉帐冰生颊。(〔满江红〕"汉水东流")(第068页)
△汉家组练十万,列舰耸层楼。(〔水调歌头〕"落日塞尘起")(第072页)
△吴楚地,东南坼。英雄事,曹刘敌。被西风吹尽,了无尘迹。楼观甫成人已去,旌旗未卷头先白。(〔满江红〕"过眼溪山")(第074页)
△千金纵买相如赋,脉脉此情谁诉?君莫舞,君不见,玉环、飞燕皆尘土!(〔摸鱼儿〕"更能消几番风雨")(第075页)
△如今憔悴赋《招魂》,儒冠多误身。(〔阮郎归〕"山前灯火欲黄昏")(第077页)
△都休问,英雄千古,荒草没残碑。(〔满庭芳〕"倾国无媒")(第079页)
△落日胡尘未断,西风塞马空肥。(〔木兰花慢〕"汉中开汉业")(第081页)
△白发宁有种,一一醒时栽。(〔水调歌头〕"白日射金阙")(第083页)
△赤壁矶头千古恨,铜鞮陌上三更月。(〔满江红〕"蜀道登天")(第087页)
△夷甫诸人,神州陆沉,几曾回首!(〔水龙吟〕"渡江天马南来")(第089页)
△八百里分麾下炙,五十弦翻塞外声,沙场秋点兵。(〔破阵子〕"醉里挑灯看剑")(第091页)
△汗血盐车无人顾,千里空收骏骨。(〔贺新郎〕"老大那堪说")(第095页)

△起望衣冠神州路,白日消残战骨。叹夷甫诸人清绝! 夜半狂歌悲风起,听铮铮阵马檐间铁。(〔贺新郎〕"细把君诗说")(第097页)
△不念英雄江左老,用之可以尊中国。(〔满江红〕"倦客新丰")(第104页)
△且置请缨封万户,竟须卖剑酹黄犊。(〔满江红〕"倦客新丰")(第104页)
△举头西北浮云,倚天万里须长剑。(〔水龙吟〕"举头西北浮云")(第108页)
△我见青山多妩媚,料青山、见我应如是。(〔贺新郎〕"甚矣吾衰矣")(第112页)
△却将万字平戎策,换得东家种树书。(〔鹧鸪天〕"壮岁旌旗拥万夫")(第116页)
△李蔡为人在下中,却是封侯者。(〔卜算子〕"千古李将军")(第117页)
△千古江山,英雄无觅、孙仲谋处。(〔永遇乐〕"千古江山")(第124页)
△凭谁问:廉颇老矣,尚能饭否。(〔永遇乐〕"千古江山")(第124页)
△何处望神州? 满眼风光北固楼。千古兴亡多少事? 悠悠。不尽长江滚滚流。(〔南乡子〕"何处望神州")(第126页)
△天下英雄谁敌手? 曹刘。生子当如孙仲谋。(〔南乡子〕"何处望神州")(第126页)
△山无重数周遭碧,花不知名分外娇。(〔鹧鸪天〕"扑面征尘去路遥")(第128页)
△愁边剩有相思句,摇断吟鞭碧玉梢。(〔鹧鸪天〕"扑面征尘去路遥")(第128页)
△书咄咄,且休休,一丘一壑也风流。(〔鹧鸪天〕"枕簟溪堂冷欲秋")(第130页)
△山才好处行还倦,诗未成时雨早催。(〔鹧鸪天〕"着意寻春懒便回")(第132页)
△浮天水送无穷碧,带雨云埋一半山。(〔鹧鸪天〕"唱彻《阳关》泪未干")(第137页)
△江头未是风波恶,别有人间行路难。(〔鹧鸪天〕"唱彻《阳关》泪未干")(第137页)
△平岗细草鸣黄犊,斜日寒林点暮鸦。(〔鹧鸪天〕"陌上柔桑破嫩芽")(第138页)
△城中桃李愁风雨,春在溪头荠菜花。(〔鹧鸪天〕"陌上柔桑破嫩芽")(第138页)
△明月别枝惊鹊,清风半夜鸣蝉。稻花香里说丰年,听取蛙声一片。(〔西江月〕"明月别枝惊鹊")(第145页)
△而今识尽愁滋味,欲说还休。欲说还休,却道天凉好个秋。(〔丑奴儿〕"少年不知愁滋味")(第148页)

图书在版编目（CIP）数据

辛弃疾集／（南宋）辛弃疾著；王增斌解评．—2版．
—太原：三晋出版社，2008.8
（中国家庭基本藏书．名家选集卷）
ISBN 978-7-80598-984-6

Ⅰ．辛… Ⅱ．①辛…②王… Ⅲ．①宋词—选集②古典诗歌—作品集—中国—南宋③古典散文—作品集—中国—南宋Ⅳ．Ⅰ214.422

中国版本图书馆CIP数据核字（2008）第112028号

辛弃疾集

著　　者：（宋）辛弃疾		解评者：王增斌	
责任编辑：李永明		审订者：朱嘉峰	
封面设计：敬人工作室		版式设计：敬人工作室	
责任校对：李永明		责任印制：李佳音	

出版发行：山西出版集团·三晋出版社
地　　址：太原市建设南路21号
电　　话：（0351）4956036（咨询）　　4922268（邮购）
传　　真：（0351）4922102
网　　址：http://sjs.sxpmg.com
邮　　编：030012
E — mail：sj@sxpmg.com

印刷装订：山西新华印业有限公司
（本书如有破损、缺页、装订错误，请与承印厂0351-4120948联系调换）

开　　本：787mm×960mm　　1/16
字　　数：255千字
印　　张：13
版　　次：2008年8月第2版
印　　次：2010年7月第2次印刷
书　　号：ISBN 978-7-80598-984-6
定　　价：18.00元

版权所有，翻印必究。本书图文未经书面授权，不得以任何方式转载或公开发表。